Münsterländer
und andere Tote

Zum Autor:

Dass in *Max Oeges* erstem Kriminalroman Hunde eine wichtige Rolle spielen, kommt nicht von ungefähr. Der Junggeselle lebt zurückgezogen mit seinem vierbeinigen Freund Grim im Münsterland. Die beiden haben sich die „Tatorte“ auf langen Spaziergängen erwandert. Neben seiner Tätigkeit als Schriftsteller arbeitet Max Oege als Maler und Bildhauer.

Max Oege

Münsterländer und andere Tote

Kommissar Peters kommt auf den Hund

Waxmann Münster / New York
München / Berlin

Die Deutsche Bibliothek – CIP-Einheitsaufnahme

Oege, Max:
Münsterländer und andere Tote : Kommissar Peters kommt auf den Hund / Max Oege. – Münster ; New York ; München ; Berlin : Waxmann, 2001
(Waxmann schwarze Serie)
ISBN 3-8309-1010-X

ISBN 3-8309-1010-X

Postfach 8603, D-48046 Münster

Katalog: http://www.waxmann.com
Bestellungen per E-mail: order@waxmann.com

Umschlaggestaltung: Pleßmann Kommunikationsdesign, Ascheberg
Titelbild: © Max Oege / Galerie SIGNATUR, Münster

Druck: Druckerei Runge, Cloppenburg
Gedruckt auf alterungsbeständigem Papier, DIN 6738

Für
Helga Karin Blume,
das „Arbeitstier“
im Hintergrund

Ich bedanke mich bei allen, die mich beim Schreiben dieses Romans unterstützt haben. Ob mit Rat, durch Korrekturlesen oder mit einer Tasse Kaffee …
Also bei: Grim Briard, Diana Brintrup, Walter Backhaus, Gertrud Kleingräber, Marita Philipp, Dieter Philipp, Norbert Schmidt, Sabine Volkmer, Margret Wentingmann, besonders bei Dr. Ursula Heckel und meiner Lektorin Dr. Nina Hartl.

Alle Personen, Institutionen und Handlungen in diesem Buch sind natürlich frei erfunden. Irgendwelche Ähnlichkeiten sind reiner Zufall und ganz bestimmt nicht gewollt.

1. Kapitel

16. Mai, Samstag, 14:03-18:22 Uhr

Silke war ausgesprochen guter Laune, was bei ihr in letzter Zeit selten war. Denn seitdem sie mit dem Zahnmedizinstudium begonnen hatte, ging es ihr schlecht, ohne dass sie wusste, woran es eigentlich lag. Sie hatte ihr Abitur mit Eins bestanden, im kommenden Sommer wollte sie das Physikum machen, ihr ohnehin unausstehlicher Freund hatte sich von selbst verabschiedet … Dennoch ging es ihr selten so gut wie heute.

Irgendwo war Tim. Tim konnte nie genug bekommen. Und wenn sie beide, so wie heute Nachmittag, am Kanal spazieren gingen, dann war es für Tim ein Fest. Jetzt hörte sie ihn bellen. Natürlich musste sie ihn zu Hause erst einmal mit dem Wasserschlauch abspritzen, wie stets nach einem Spaziergang am Kanal. Besonders jetzt im Frühjahr. Was Tim nicht daran hinderte, ins kalte Wasser zu springen. Und wenn er dann nass über die Felder tobte, gab das seinem Fell den Rest.

Silke musste lächeln, als sie an ihre erste Begegnung mit Tim dachte. Ein Kommilitone hatte sie wegen des Hundes angesprochen. Seine Eltern züchteten Hunde und im Wurf war offiziell ein Hund zu viel. Sie hatten dem Zuchtwart den Hund unterschlagen und so war Silke zu ihrem Münsterländer gekommen. Fünf Wochen alt war das Bündel Fell gewesen und sie hatte ihn richtig aufgepäppelt.

Gut, dass sie nicht mehr im Studentenwohnheim in Gievenbeck wohnte, sondern das Glück gehabt hatte, auf einem Bauernhof ein möbliertes Zimmer zu bekommen. Und es war nicht einmal teuer, in Münster bei 45.000 Studenten fast ein kleines Wunder.

Ihre Vermieter waren nett, sehr nett sogar. Sie ließen ihr die unaufdringliche Fürsorge zuteil werden, die ihr das Gefühl gab, ein wirkliches Zuhause zu haben. Mehr noch, Wärme war es, was sie spürte. In ihrem Elternhaus hatte es so etwas nie gegeben. Nach der Scheidung hatte sich alles aufgelöst, was Familie und Zuhause hieß. Nur weg hier, hatte sie immerzu gedacht, als sie noch zur Schule ging.

Wie warm es schon war. Eigentlich sogar viel zu warm, denn dem Kalender nach war es noch Frühling. Aber der war in diesem Jahr im D-Zug-Tempo durch die Landschaft gebraust. Der Winter war stürmisch und nass gewesen, ohne Schnee, dann wurde es Frühling und bevor man an Frühlingsgefühle auch nur gedacht hatte, hatte der Sommer schon angefangen.

Sie hatte Tim aus den Augen verloren.

„Tim", rief sie laut. „Tim."

Kein Tim weit und breit.

Ihre Freundin Maria würde jetzt gleich wieder loslegen: Du hast den Hund nicht im Griff. Du musst ihn erziehen, ein Jagdhund braucht eine starke Hand. Von meinem Onkel der Hund … Wenn Maria vom Hund ihres Onkels anfing, wurde sie einfach unerträglich. Maria war auch gar keine richtige Freundin, keine zum Ausquatschen, sondern mehr zum Lernen. Sie tauschten ihre Ausarbeitungen aus und hörten sich ab. Zahnmedizin war ein reines Paukfach. Die Praktika waren okay, das Modellieren von Zahnersatz, das alles machte ihr Spaß. Aber diese idiotische Lernerei! Und wofür? Kein Zahnarzt, der praktizierte, wusste noch irgendetwas von dem, was er einmal gelernt hatte. Manchmal fragte sie sich, ob sie nicht lieber Schreinerin werden sollte.

Wo der Hund nur blieb? Sie hing wirklich an ihrem Tim. Und ihre Vermieter auch. Die hatten auf dem kleinen Bauernhof immer einen Hund gehabt, bis ein Ausflügler im letzten Sommer beweisen musste, wie schnell man über Seitenstraßen fahren konnte.

Sie blickte den Weg entlang – kein Tim zu sehen. Nur am Ende des Feldes stieg ein Lodentyp in seinen hellgrünen japanischen Geländewagen. Ein dicker Typ. Selbst der Wagen neigte sich zur Seite, als der Lodige seinen massigen Körper auf den Fahrersitz hievte. In einer kleinen bläulichen Wolke fuhr er langsam davon.

Scheint sich für mich zu interessieren, dachte Silke, guckt sich ja auffallend nach mir um.

„Tim!" rief sie ein paar Mal laut, und zu ihrer eigenen Verblüffung merkte sie die Angst in ihrer Stimme, die ganz langsam hochkam. Irgendetwas war nicht in Ordnung. Da konnte Maria quatschen, wie sie wollte. Ihr Tim war kein Paradehund. Wozu auch? Sie konnte gut mit ihm Fahrrad fahren. Er lief zügig neben ihr her, und sie musste niemals Angst haben, dass er ihr zwischen die Speichen geriet. Auch wenn Tim nicht immer auf's Wort gehorchte, er war unerhört praktisch.

Und dass er, wie jetzt, nicht sofort kam, wenn sie ihn rief, war ja wohl nicht weiter schlimm. Aber außergewöhnlich war es schon. Denn Tim blieb nie so lange weg. Er zog seine Kreise, aber er vergaß nie, sich zwischendurch zu vergewissern, dass sein Frauchen noch da war.

Wieder beschlich Silke ein ungutes Gefühl. Fang bloß nicht an zu spinnen, ermahnte sie sich und bekam die Panik, die aus ihrem Bauch aufstieg, erst einmal wieder in den Griff. Sie beschloss, ein Stück zurückzugehen. Bestimmt hatte Tim sie nur in der Aufregung, einer Spur zu folgen, verloren. Wahrscheinlich lag er mitten auf dem Weg, völlig erschöpft und nur seine buschige Rute wedelte zu ihrer Begrüßung wie wild. Ach Tim, dachte sie, wenn ich dich nicht hätte.

Mehrmals rief sie seinen Namen, aber außer dem Rauschen des Windes in den Büschen und Birken am Kanalufer war es still.

Dann sah sie in der Kurve der Landstraße am Kanal den grünen Geländewagen auffallend langsam daherfahren. Offensichtlich hatte er die Richtung geändert, nun rumpelte er auf die Kanalbrücke Richtung Ottmarsbocholt und blieb dann in der Mitte stehen. Der Lodentyp, so viel erkannte sie aus der Ferne, musterte sie durch ein Fernglas. Perversling, dachte sie wütend.

Sie schüttelte sich und als sie in diesem Augenblick von hinten angesprochen wurde, tat sie instinktiv einen Sprung zur Seite.

„Widerlicher Typ", sagte eine tiefe Männerstimme. „So schreckhaft? Vor mir brauchen Sie keine Angst zu haben."

Sie drehte sich um und schauderte dennoch. Der junge Mann war genau das Gegenteil von Herrn „von Loden", Damit gehörte er aber nicht automatisch zu der Kategorie Männer, die Silke sonst in die Rubrik sympathisch einsortierte. Sie sah sich besorgt um.

Der Dicke war verschwunden, die Brücke leer. Nicht einmal Tim war da, dafür kam der Typ jetzt einen Schritt näher. Zuerst hatte sie ihn für einen Soldaten gehalten mit seinem olivgrünen Hemd, den schwarzen Stiefeln und dem Fernglas. Die konnte sie nun wirklich nicht ab. Dämliches Männergetue. Oder ein Rechter. Das fehlte noch, so'n rechter Spinner.

Sie verschränkte die Arme vor der Brust.

„Gegen was kämpfen Sie denn hier?" fragte sie spöttisch.

„Ach, Sie meinen meine schöne Uniform?“, erwiderte er und strahlte sie an.

Zu ihrem eigenen Erstaunen fand sie ihn plötzlich gar nicht mehr unsympathisch, das machte sie ärgerlich, sie wollte bei ihrem Vorurteil bleiben.

„Genau. Ihre komische Kluft. Ist das jetzt der Kanalarbeiterlook?“ sagte sie provozierend.

Er lachte noch immer: „Etwas muss Sie aber mächtig geärgert haben“, sagte er, ohne auf ihre spitzen Bemerkungen einzugehen. „Ich jedenfalls, kann die Ursache nicht sein.“

Plötzlich fasste sie Vertrauen.

„Sie haben Recht. Ich habe mich geärgert. Über diesen blöden Loden-Typen in dem Geländewagen.“

„Aha“, sagte er nur und nuckelte an seiner kalten Pfeife, die er aus einer seiner vielen Taschen geholt hatte. Seine Augen, dunkelgrün, blickten sie ruhig und gelassen an. Sie merkte, wie sie etwas ruhiger wurde.

„Ich weiß es selbst nicht“, gestand sie, „mir ist irgendwie unheimlich. Es ist vielleicht lächerlich … aber mein Hund ist weg!“ brach sie unvermittelt ab. Ihr Gesicht war jetzt verzweifelt und traurig.

Er blieb pragmatisch.

„Seit wann?“

„Vielleicht zehn Minuten!“

„Mmh, da müsste Ihr Hund normalerweise wieder da sein. Also suchen wir ihn. Wo haben Sie ihn denn zuletzt gesehen?“

Sie deutete hinter sich. Der junge Mann hatte inzwischen seine Pfeife in Gang gebracht, wozu er mindestens eine halbe Schachtel Streichhölzer verbraucht hatte. Rings um seine Füße lagen all die winzigen Hölzer und es sah fast so aus, als ob er genadelt hätte.

„Wie sieht er denn aus?“, fragte er sie jetzt.

„Wer?“

„Na, Ihr Hund natürlich.“

„Münsterländer. So’n weißer mit schwarzbraunen Flecken. Mittelgroß.“

„Schöne Tiere.“ Seine Pfeife stand nun mächtig unter Dampf.

„Rufen Sie ihn doch noch mal!“

„Tim! Tim! Tim!“ Dann pfiff sie.

Sie blieben stehen und warteten gemeinsam. Aber keine Spur von Tim.

„Ich heiße übrigens Heinrich", sagte der junge Mann unvermittelt. „Und Leute, die meinen, sie könnten mich damit ärgern, nennen mich Heini."

„Silke", sagte sie nur und streckte ihm ihre Hand entgegen. Seine Hand war warm und kräftig.

„Tja", seufzte er, „dann wollen wir mal suchen. Sie übernehmen das Ufer, ich stromere mal so'n bisschen durch den Wald, längs des Weges. Vielleicht hat der Hund sich mit seinem Halsband verfangen oder sonst was. Wir werden seh'n. Nun machen Sie sich mal nicht gleich solche Sorgen."

Das hatte er hinzugefügt, weil er ihre kummervollen großen Augen sah. Doch er ahnte, dass etwas nicht in Ordnung war. Aber erst wollte er sich Gewissheit verschaffen. Ärger würde es dann noch genug geben.

Unter der Kanalbrücke trafen sie wieder zusammen und gingen gemeinsam auf dem Weg zu dem Punkt zurück, wo sie ihre Suche aufgenommen hatten. Hier wurde der Wald von einem einsamen Feld unterbrochen.

Silke dachte an Tim. Bestimmt war er in dem Waldstück, das vor ihnen lag. Bestimmt war er da! Und er hatte sich nur verfangen. Oder Leute getroffen, die mit ihm spielten. Denn Tim war zutraulich, er glaubte noch an das Gute im Menschen. Wie stark ihre Gefühle für Tim waren. Sie war dankbar für die Zuwendung, die sie von Tim erhielt. Sie selbst war Menschen gegenüber immer sehr misstrauisch. Ja, bestimmt würde sie gleich auf Tim treffen. Es konnte gar nicht anders sein.

Seltsamer Mensch, dieser Heinrich. Aber es war nett von ihm, ihr zu helfen.

„Suchen Sie weiter das Ufer ab, ich nehme mir den Wald vor", schlug Heinrich vor.

„Nein", sagte sie, „ich gehe mit Ihnen."

Den Wald abzusuchen war relativ einfach, denn zwischen den Birken war kaum Unterholz. Heinrich schwieg die ganze Zeit. Er schien sich Sorgen zu machen, und zwar mehr, als er ihr gegenüber zugab.

Plötzlich wurde ihr bewusst, dass sie mit einem fremden Mann ganz allein im Wald war. Verbotenerweise, wie ihre Oma immer gewarnt hatte: Geh nicht mit fremden Männern. Nur, dass Oma damit bereits eine normale Straße meinte. Im Park oder im Wald, bei dieser Vorstellung wäre Oma fast in Ohnmacht gefallen.

Die Stimme von Heinrich holte sie zurück.

„Entschuldigung, was sagten Sie, Heinrich?“ fragte sie ihn, „ich war mit meinen Gedanken ganz woanders!“

„Kann ich gut verstehen. Ich will Ihnen gegenüber ehrlich sein. Wenn ihr Hund hier wäre, so hätten wir ihn längst finden müssen. Vielleicht ist er hinter einem Hasen oder sonst etwas hergehetzt. Und jetzt findet er nicht zurück. Aber vielleicht ist der Hund auch aus dem Wald raus und überfahren worden. Ich weiß im Augenblick auch nicht weiter. Wir könnten die Straße abfahren. Sind Sie mit dem Auto da?“

Silke schüttelte ihr rotes Haar. „Mit dem Fahrrad, Auto ist bei mir nicht drin.“

„Nehmen wir mein Auto.“

„Lassen Sie uns lieber noch hier suchen, Heinrich. Ich habe so ein Gefühl, als sei Tim ganz in der Nähe. Aber es ist ihm was passiert.“

„Lassen Sie uns vernünftig bleiben.“

Heinrich trat mit Silke aus dem Wald heraus und bot ihr mit einer Handbewegung an, sich auf einem der schwarz-gelb gestrichenen Poller, die hier das Kanalufer säumten, zu setzen. Aber sie schüttelte den Kopf. So setzte er sich allein. Seine Pfeife war inzwischen ausgegangen, mit einem Pfeifenreinigerbesteck begann er die Asche herauszustochern. Er kramte in seinen Taschen, um die Pfeife erneut zu stopfen.

„Erschossen hat ihn der Lodenkerl jedenfalls nicht. Das hätten wir gehört.“

„Ungemein tröstlich“, sagte Silke völlig entnervt. Sie war der Panik nahe, ihr Herz schlug wild.

„Ich halte diese Untätigkeit nicht aus!“ fuhr sie Heinrich plötzlich an. „Sie wissen, dass mein Hund weg ist, und sitzen einfach so da herum und stopfen gemütlich ihre Pfeife. Wie können Sie nur!“

Übergangslos hatte sie begonnen zu schreien, und da war auch schon ein Weinen in ihrer Stimme.

Heinrich war aufgestanden, ergriff ihren Arm, aber Silke riss sich los und stapfte wütend in den Wald zurück. Heinrich folgte ihr wortlos.

Heinrich grub sich gerade wieder durchs Gehölz, als Silke ihn rief. Sie stand unter einem gut versteckten Hochsitz. Der Nadelboden unter den Fichten war aufgewühlt, schwere Fußabdrücke und dazwischen kleine, dunkle Spuren: Blutstropfen. Silke stand noch wie betäubt unter dem Hochsitz, als Heinrich bereits die Tropfenspur aufgenommen hatte.

Und dann sah Heinrich Tim. Und Tim lebte. Er warf sich herum, wollte Silke vor dem Anblick schützen und sah ihre erschreckten Augen.

„Mein Gott!“, stammelte sie. Und dann schrie sie und schrie.

Heinrich nahm Silke fest in den Arm.

„Mein Hund …“, keuchte sie.

„Setz dich dahin!“, befahl Heinrich.

Silke gehorchte wie in Trance. Sie sank in sich zusammen und fing bitterlich an zu weinen.

Schweine, dachte Heinrich und bebte vor Wut. Zuerst schnitt er mit seinem Messer die Schlinge durch, an der Tim kurz über dem Boden schwebend am Hals aufgehängt war. Der Hund röchelte, sein Kopf war entstellt, die Augen ausgestochen. Seine Beine waren zerschlagen, mehrfach gebrochen. Ein um die Schnauze gezerrter Strick hatte den Hund am Jaulen und Bellen gehindert. Mit sadistischem Geschick hatte jemand seine Bauchdecke aufgeschlitzt, die Gedärme hingen heraus, der Hund troff vor Blut. Heinrich zögerte keine Sekunde, kraftvoll stieß sein Messer zu, in Tims Herz, um seine Qualen zu beenden.

Heinrich zog sein Uniformhemd aus und legte es auf den Boden, dann nahm er Tim vorsichtig auf. Er war erstaunt über das Gewicht des toten Hundes, der jetzt schwer auf seinen Armen ruhte. Silke stand plötzlich da, hilflos, mit hängenden Armen, ein Papiertaschentuch in ihren Händen geknüllt.

Heinrich legte den Hund auf sein Hemd und schlug ihn in den Stoff ein. Militärbegräbnis, dachte Heinrich, Militärbegräbnis für einen tapferen Hund. Gefallen für uns Menschen. Ermordet von einem Unmenschen.

Als Silke sich auf den toten Hund werfen wollte, brauchte er seine ganze Kraft, um sie zurückzuhalten. Er dachte bereits, es würde in eine Rauferei ausarten, als sie zusammenbrach und zuckend in seinen

Armen weinte. Nebeneinander saßen sie auf einem Baumstumpf und Heinrich legte seinen Arm schützend um Silke.

Nach geraumer Zeit, Silke hatte schon lange aufgehört zu weinen, standen sie auf. Heinrich trug Tim, Silke ging voraus.

„Mein Auto steht an der Bacheinmündung, auf der anderen Seite der Brücke", sagte er nur. Silke nickte stumm.

Heinrichs Auto erwies sich als alter französischer Kleinkombi. Mit aufwendiger Drei-Farben-Lackierung. Das Auto selbst war orange, ein Kotflügel lindgrün, die Motorhaube hellblau.

„Ist nicht abgeschlossen", sagte Heinrich, „mach mal hinten auf."

Behutsam legte er den toten Tim ins Auto und schloss energisch die Hecktür.

Heinrich startete. Während er fuhr, hantierte er fortwährend an der Kulissenschaltung.

„Der dritte Gang", sagte er einmal mit einer Geste, aus der sie entnahm, dass er kaputt sei. Sie ratterten Richtung Innenstadt.

„Wo wohnst du denn?"

„Gievenbeck."

Sie schwiegen beide, während sie quer durch die Stadt brausten. Heinrich fuhr zügig, der klapperige Wagen schien das gewohnt zu sein, die lauten Geräusche waren monoton und wirkten beruhigend auf Silkes Nerven. In Gievenbeck bogen sie hinter dem Studentenwohnheim rechts ab, sie wies ihm den Weg bis zum Hof. Silke stieg aus, als ihre Vermieterin gerade aus der Haustür trat.

„Tim?", fragte sie, ohne dass Silke oder Heinrich ihr etwas erklären mussten.

Heinrich nickte, Silke begann wieder zu weinen. Die alte Frau nahm sie in die Arme und bedeutete Heinrich mit einem Handzeichen ins Haus zu gehen.

Im Haus herrschte ein angenehmes Halbdunkel. Das musste die gute Stube sein. In einer einfachen Garnitur saß ein alter Mann, der bei Heinrichs Anblick verwundert eine Augenbraue hochzog und seine Zeitung beiseite legte.

„Hallo, junger Mann! In meiner Jugend pflegte man noch zu läuten. Aber die Zeiten haben sich geändert. Wenigstens brauch' ich dann auch nicht aufzustehen."

Heinrich stellte sich vor und erzählte, was passiert war. War der Alte zu Anfang noch spöttisch reserviert, so war er nun fassungslos. Sein Gesicht nahm einen entschlossenen Ausdruck an.

„Folgen!“, ordnete er an.

Über einen hellbeige gefliesten Flur gingen sie zur Rückseite des Hauses. Der Mann ergriff einen Spaten und hielt an der Hausecke an. Er blickte um die Ecke und signalisierte seiner Frau, ins Haus zu gehen.

„Vorwärts!“ war seine nächste Anweisung.

Silke und die Bäuerin waren im Haus verschwunden. Der Bauer marschierte zielstrebig auf den Wagen zu, Heinrich öffnete die Heckklappe und hob Tim heraus. Der Bauer schulterte den Spaten und Heinrich folgte ihm bis zur nächsten Wiese.

Dort stach der Alte ein rechteckiges Grasstück aus und begann verbissen ein Loch zu graben. Heinrich hatte Tim abgelegt, sein Hemd war blutdurchtränkt und erst jetzt wurde er sich seines Aussehens bewusst. Seine Arme waren blutverschmiert bis über die Ellenbogen. Er musste erschreckend aussehen. Ohne viel Worte nahm er dem Bauern den Spaten aus der Hand.

Nach einer Weile sagte der Alte nur: „Genug.“

Zusammen legten sie Tim in das Loch.

„War ein verdammt feiner Hund“, sagte der Bauer und faltete für einen Augenblick die Hände. Dann griff er wieder zum Spaten und ließ es sich nicht nehmen, Tims Grab bis zur letzten Schippe zuzuschaufeln.

2. Kapitel

21. Mai, Donnerstag, 16:09-19:18 Uhr

Schulte-Beikel lachte sein selbstgefälligstes Lachen: „Hö, Hö, Hö! Das ist mir ein derber Spaß. Erst sagst du mir, dass du den Wechsel für den Trecker nicht zahlen kannst, und dann soll ich dir auch noch Geld für die Motorreparatur leihen. Du hast natürlich im Grunde recht: Der Trecker gehört sowieso noch mir, dann kann ich auch gleich die Reparaturen bezahlen. Hö! Hö! Hö!"

Sein dicker Bauch hüpfte vor Vergnügen. Es war ein schöner Tag für Schulte-Beikel, wenn er seinen Spaß hatte, solchen Spaß wie diesen, und dieses war ein ausgesprochen großer Spaß, weil es um viel Geld ging.

„Aber mein Freund, du sollst wissen, ich bin kein Unmensch. Ich habe deine Hypothek übernommen, als du den Trecker bei mir gekauft hast, hö, hö, sonst hätte dir nämlich die Sparkasse den Hof unter'm Arsch weggezogen. Hö! Hö!"

Ihm gegenüber, in dem dämmrigen Büro, saß ein mittelgroßer Mann. Er war gedrungen, von kräftiger Gestalt, vom Alter her schätzte ihn jeder auf 45 bis 50. Bauer Venne war aber weder noch, sondern hatte im letzten Jahr erst seinen vierzigsten Geburtstag gefeiert. Bauer Venne war deprimiert, weil er mit seinem Hof nicht klarkam, er hatte von Kälberzucht umgestellt auf Getreide. Nach dem Hormonskandal waren die Fleischpreise in den Keller gegangen, und als Hundefutter-Produzent konnte er nicht leben.

Schulte-Beikel hatte ihm damals großzügige Hilfe angeboten. Übernahme seiner Hypothek bei der Bank, Finanzierung eines Super-Treckers mit Multi-Funktion. „Spart dir glatt zwei Mann im Jahr. Dann kannst du alles selber machen." Hatte sich gut angehört, was Schulte-Beikel ihm gesagt hatte. In der Realität konnte er zwei Knechte einsparen, wenn er und seine Frau 60 bis 70 Stunden in der Woche ackerten. Jetzt konnte er weder die Hypothekenrate noch den Trecker-Wechsel bezahlen. Dazu kam noch der Motorschaden, Kolbenfresser, kein Öl. Mit Garantie war da nichts. Venne schaute Schulte-Beikel an. Vor einem Jahr hatte er diesen noch für einen Freund gehalten. Einen neuen Freund, der einem half, wieder auf die

Beine zu kommen. Seine Bank, die Landwirtschaftliche Sparkasse Münster, war schon lange scharf auf seinen Hof.

Die Sonne stand bereits ziemlich tief am Horizont. Venne schwieg, während Schulte-Beikel nach seinem letzten Satz in einem Stapel Papier zu wühlen begann. Dann ratterte Schulte-Beikels alte Rechenmaschine, deren Bedienung ihn mit ungeheurer Genugtuung zu erfüllen schien. Sein schweinchenglattes Gesicht strahlte vor Fett und Zufriedenheit.

Bauer Venne duckte sich instinktiv tiefer auf dem hölzernen Büro-Drehstuhl, ein altes dreibeiniges Modell, wie es längst verboten war ... er brauchte nur noch dieses Jahr Unterstützung, das Wetter versprach gut zu werden, und im Herbst, nach der ersten Ernte, war er bestimmt aus seinen Liquiditätsschwierigkeiten raus. Schulte-Beikel rechnete immer noch. Es war ganz still im Büro bis auf das umständliche Rattern der grünen Rechenmaschine und sein keuchendes Atmen.

Peter Venne sah die kleinen Metallrahmen der Fenster seitlich hinter sich. Die Scheiben eingekittet und schlecht gestrichen. Sah die Spinnweben an den Scheiben, die hutzelige Ärmlichkeit des ganzen Büros. Die eine Wand schmückte ein modernes Plakat der Firma Lanz-Bulldog. Modern vor vierzig Jahren. Auf einem mittelblauen Trecker saß ein hutschwenkender Bauer. Auf den Sitzen der Radkästen saß seine Familie, die Zöpfe der Tochter wehten fröhlich im Fahrtwind. Gezogen von dem Trecker ein wie mit Gold beladener Heuwagen. Hinter einem Weidezaun stand ein lächelndes Zugpferd, offensichtlich glücklich in Pension. Und über allem, im roten Licht des Sonnenunterganges, stand: Lanz-Bulldog. Des deutschen Bauern treueste Hilfe!

Mein Gott, dachte Peter, genau so hatte auch er sich sein Trecker-Glück vorgestellt.

Ein dicker Frühlingsbrummer durchquerte in spiraliger Flugbahn den kleinen Büroraum. Peter Venne wurde von Schulte-Beikels tiefem Organ aus seinen Gedanken gerissen. „So, das hätten wir.“ Mit einem letzten, schwungvollen, raubvogelschnabelförmigen Hacken seines Zeigefingers verstummte das Rattern im Raum und Schulte-Beikel lehnte seine 130 kg fröhliches Lebendgewicht im Bürosessel zurück. Dieser Sessel schien der einzige Luxus im Büro zu sein, war aber wohl eine reine Notwendigkeit. Denn ein billigerer Sessel wäre sofort zusammengebrochen unter der Last.

„Kommen wir zur Sache, Peter." Schulte-Beikel hatte seine dicken Finger ineinander geschoben, soweit ihm das möglich war. „Ich bin, wie gesagt, kein Unmensch." Er lächelte jovial und legte seinen Kopf dabei etwas schief. „Aber leider musst du dich mit ein paar Veränderungen in deinem Leben vertraut machen!"

Hier machte er eine Pause, ähnlich wie ein Pfarrer im Hochamt, der auf die verzückte Reaktion seiner Gemeinde wartete, wo er doch so süß vom Himmel gesprochen hatte.

„Wie meinst du das?" Peter Venne saß vornübergeneigt auf seinem Stuhl und legte jetzt den Kopf in den Nacken, um Schulte-Beikel anzublicken.

„Natürlich wirst du den Hof nicht behalten können. Denn die Reparatur des Treckers kann ich dir nicht finanzieren. Wenn du die übernächste Hypothek nicht zahlst – und ich bitte dich, wovon denn – kann ich nicht mehr stillhalten. Und dein Wechsel für den Trecker platzt am Dienstag. Aus. Mit deiner Hausbank hast du wohl schon gesprochen. Aber wie gesagt, man ist kein Unmensch. Wenn ich dir für den Hof 400 biete, bleiben dir ja noch ca. 30 bis 40 Tausend. Reicht für'n Auto allemal. Und Wohnrecht will ich dir auch bieten. Kannst auch weiter auf deinem Hof arbeiten. Ist so gut wie kein Unterschied zu jetzt." Die letzten Sätze hatte Schulte-Beikel etwas schneller gesprochen, denn er sah sehr wohl die Veränderung in Peters Gesicht.

„So hast du dir das wohl gedacht!" Peter blieb erstaunlich ruhig. Er hatte sich aufgerichtet und war nun nicht mehr ein Mann, der um etwas bat, sondern einer der kämpfen wollte und es auch tun würde. „Nein!" sagte er fest, „so hast du dir das wohl schon damals ausgemalt. Aber nicht mit mir!"

„Hö, hö, hö!" Schulte-Beikel hatte nun wieder seinen Spaß. „Sag mir doch bitte, wie du das vermeiden willst. Willst wohl deine Frau bei mir in Zahlung geben? Einmal reicht da, aber …"

Weiter kam er nicht. Peter Venne war aufgesprungen. „Du mieses Schwein!" brüllte er und schlug mit voller Wucht in das feiste Gesicht hinter dem Schreibtisch. „Lass meine Frau aus dem Spiel. Sie hat mir erzählt, dass du sie bei deinem letzten Besuch begrapschen wolltest. Du alte Drecksau!"

Damit schlug er wieder zu. Schulte-Beikel schüttelte sich wie ein nasser Hund und wuchtete seine 130 kg aus dem Sessel. Blitzschnell schoss sein rechter Arm vor und packte Peter an den Jackettaufschlägen. Er zog ihn über die Schreibtischplatte und drückte seinen Oberkörper mit der Kraft eines Ochsen nach unten.

„Dich mache ich fertig", presste er zwischen seinen riesigen gelben Zähnen hervor. „Und zwar ganz. Und deine Nutte von Frau, die wird es mir auf Knien machen. Du lächerliches Scheißstück!"

Mit einem Schwung warf er Peter auf den Fußboden, packte ihn am Rücken, drückte mit dem Ellenbogen die Bürotür auf und schmiss ihn im wahrsten Sinne des Wortes vor die Tür. Krachend fiel diese ins Schloss, als Schulte-Beikel zurück in sein Büro trat, sich dort mit einem riesigen Taschentuch den Schweiß vom Gesicht wischte und dann genüsslich vom Sessel aus Peter Vennes Rückzug beobachtete.

Nichts als feiste Fröhlichkeit war in Schulte-Beikels Gesicht zu sehen. Und als er jetzt eine Zigarre anzündete, die er einer Kiste in der Schreibtischschublade entnommen hatte, sah er aus wie die münsterländische Version eines Buddhas.

Peter hatte sich hochgerappelt und war zu seinem alten Diesel geschlichen. Nachdem er den Motor vorgeglüht hatte, fuhr er langsam vom Platz.

Schulte-Beikel ordnete die Papiere und gab per Telefon Anweisungen für einen Brief. Dann trat er zu einem graugestrichenen Tresor in der Ecke des Raumes, der zwischen einem alten Rolltürschrank und zwei abgefahrenen Reifen eines Treckers eingezwängt war. Nachdem er die Papiere hineingelegt hatte, verschloss er den Tresor wieder sorgfältig und ließ die Kette, an der der Schlüssel befestigt war, zurück in die Tiefen seiner gewaltigen Hosen rutschen. Danach trat er vor die Tür und brüllte: „Willi!" Auf diesen Ruf in der Phonstärke eines startenden Flugzeuges kam hinter dem Bürogebäude ein buckliger Alter in einem völlig verdreckten Overall hervor.

„Was gibt's, Chef?"

„Hat dich auch wirklich keiner gesehen?"

„Sag' ich doch, waren beide in die Stadt gefahren. Er und die Alte. Verdammt scharfe Braut!"

„Halt's Maul. Hier deine Zweihundert. Wie vereinbart."

Der Bucklige steckte die Scheine mit schiefem Grinsen in die

Brusttasche seines Overalls und zog sorgfältig den Reißverschluss zu.

„War ganz einfach mit der Ölablassschraube. Dieser neue Trecker-Typ ist wirklich leicht zu warten."

„Verschwinde!" knurrte Schulte-Beikel und Willi kroch provozierend langsam wieder hinter das Gebäude.

Schulte-Beikel schloss die Tür zu seinem Büro ab. Er ging dann zu einem großen, weißen, zweistöckigen Flachdachbau und betrat ihn durch eine Tür an der Rückseite. Dies war das eigentliche Firmengebäude. In der oberen Etage waren die Büroräume, zu denen das Publikum keinen Zugang hatte. Merkwürdigerweise hatte das ganze Gebäude nach hinten überhaupt keine Fenster, bis auf zwei kleine, milchige Luken auf der Toilette. Der Grund dafür war vielleicht, dass die Rückseite des Hauses zugleich die Wetterseite war, vielleicht hatte Schulte-Beikel aber auch verhindern wollen, dass man Einblick in den Hinterhof erhielt. Hier herrschte ein Tohuwabohu aus alten Treckern, Fahrzeugteilen und Reifen, unter einem Wellblechdach rostete still ein alter Lanz-Bulldog, Baujahr 1939, vor sich hin – ein Liebhaber alter Landwirtschaftsmaschinen wäre aus dem Häuschen geraten.

Vor dem Hause parkte Schulte-Beikels grüner Mercedes Diesel; wie immer, wenn er sich hinter das Steuer klemmte, beklagte er, dass die S-Klasse mit Dieselmotoren für ihn unerreichbar teuer war.

Er war stolz auf sein Unternehmen. „Münsterländer Landwirtschaftlicher Maschinenhandel" leuchtete es abends gewaltig vom Dach, und das war ein Grund, weshalb Schulte-Beikel den Sommer entschieden weniger mochte. Er startete, rollte langsam zurück und fuhr dann zweimal ums Eck, um so wieder an die Rückseite zu gelangen. Hinter dem alten Bürogebäude, in dem die Besprechung mit Peter Venne stattgefunden hatte, befand sich ein Rolltor, das jetzt offen stand.

Schulte-Beikel wälzte sich aus dem Auto, wobei er sich auf die Wagentür stützte, und kommandierte erneut: „Willi!"

Sogleich tauchte sein Faktotum auf. Willi rauchte, guckte, sagte aber nichts.

„Das Schiebetor soll zu bleiben! Verdammt, wie oft soll ich dir das noch sagen!"

„Klar, Chef“, sagte Willi, „aber irgendwie musste der Venne doch vom Platz, und das war vor nicht mal ’ner Viertelstunde.“ Ohne weiter auf Schulte-Beikels Reaktion zu warten, begann er das Rolltor zuzuschieben und mit einem Bums rollte dieses ins Schloss.

„Pah!“ schnaufte Schulte-Beikel und stieg wieder ein. Es war gleich halb sieben und er musste sich beeilen, wollte er pünktlich sein und keinen Ärger haben.

Nach einigen Minuten verließ er die Bundesstraße Richtung Warendorf, an der sein Geschäft lag, und bog in eine Seitenstraße ab. Diese verließ er wiederum nach zehn Minuten zügiger Fahrt und fuhr dann auf einer Anliegerstraße weiter. Unter dem Schild prangte noch der Hinweis „Sackgasse“, den Schulte-Beikel eigenhändig hinzugefügt hatte. Das war sehr wirkungsvoll, denn Ausflügler hielt dieses Schild völlig fern. Dr. Mabuse hätte an der Einsamkeit des Bauernhofes, auf den Schulte-Beikel jetzt fuhr, seine Freude gehabt. Doch nicht nur in dieser Hinsicht war Schulte-Beikels Hof besonders. Er war von imposanter Größe, auffällig war aber vor allem sein tadelloser Zustand. Der Hof wurde, seit sein Vater gestorben war, von seiner Mutter geführt. Und das hieß, dass der Hof strahlte und funkelte. Soweit das ein Bauernhof, der seit 250 Jahren im Familienbesitz ist, kann. Ordentlichkeit und Wohlstand blitzten jedenfalls aus allen Fenstern und Türen. Schulte-Beikels Wagen rollte auf dem geharkten Hofplatz aus.

Trat man durch die Tür, so befand man sich in einer geräumigen Diele. Über der obligatorischen Truhe war die linke Wand von oben bis unten mit Geweihen behängt. Jedes Geweih war auf einer Holzplatte montiert und mit einem kleinen Messingschild versehen, auf dem das Datum des Abschusses und der Name des Jägers zu lesen war.

„Hallo Mutter, ich bin’s!“ rief Schulte-Beikel, in einem Ton, wie man ihn sonst nur sehr selten bei ihm hörte, es sei denn, man kaufte gerade bei ihm einen Trecker für ein paar hunderttausend Mark und ließ die Finanzierung über ihn laufen. Er war samtfreundlich.

„Du weißt doch, dass wir pünktlich um sieben zu Abend essen“, ließ seine Mutter mit leichtem Vorwurf vernehmen.

Schulte-Beikel hastete in die obere Etage und kam nach ein paar Minuten mit hochrotem Kopf die Treppe herunter.

Trug er im Geschäft eben noch eine braune Hose mit dunkelgrüner Joppe, so hatte er nun seinen gewaltigen Leib bis zur Hüfte in eine jägergrüne Trikothose gezwängt. Seinen Oberkörper umspannte prall ein weißes Hemd, dessen obere Knöpfe offen waren. Das Hemd hatte Schulte-Beikel in den Bund der Trikothose gestopft, wo es einen dikken Wulst bildete.

„Josef, mein Junge, wo bleibst du denn!?"

„Ich bin ja schon da!" Mit diesen Worten trat Schulte-Beikel in das Wohnzimmer, wo der Abendbrottisch schon gedeckt war und seine Mutter ungeduldig auf ihn wartete.

Schulte-Beikel senkte den Kopf und griff nach dem Brot. Sie schwiegen sich an, während sie aßen.

Seine Mutter war weit über 60, und trotz ihres Alters sah jeder sofort, was für eine Schönheit sie einst gewesen sein musste. Bei Tisch hielt sie sich kerzengerade. Sie hatte langes, blondes Haar, das sie stets aufgesteckt trug. Sie war nie eine richtige, derbe Bäuerin gewesen, wie man sie sich klischeehaft vorstellte und wie man sie auch im Münsterland fand.

„Gehst du noch fort?" fragte seine Mutter und legte Messer und Gabel beiseite.

„Ja, ich tu noch einen Gang durch's Revier. Ich will nach dem kranken Bock sehen!"

„So", sagte seine Mutter nur. „Aber wenn du schon betrunken zurückkommst, dann mach bitte nicht so viel Lärm. Du kennst meine Meinung dazu. Ich dulde es nicht, sonst schläfst du demnächst woanders, aber hier nicht mehr. Überhaupt, ein Mann in deinem Alter und immer noch ohne Frau. Ich ..."

„Mutter, hör auf!" unterbrach er sie schroff, „ich lasse mir von dir nicht in meine Angelegenheiten reinreden. Und dass Inge gegangen ist, war ausschließlich deine Schuld. Dir war sie ja nicht gut genug!"

Damit stieß Schulte-Beikel wütend seinen Stuhl zurück, sodass dieser beinahe umgefallen wäre, warf die zusammengeknüllte Serviette auf den Tisch und stapfte aus dem Wohnzimmer. Von der Unterwürfigkeit gegenüber seiner Mutter war nichts mehr zu spüren. Sie blieb regungslos am Tisch sitzen und lauschte. Ihr Sohn rumorte in der oberen Etage, das Wasser lief, offensichtlich zog er sich um. Kurz darauf polterte er die Treppe hinunter und verließ grußlos das Haus.

Eine schwarz-weiße Katze kam lautlos in das Zimmer und schmiegte sich schnurrend um die Beine der alten Dame. Als die Mutter von draußen das abfahrende Auto vernahm, stand sie auf und begann, den Tisch abzuräumen.

Schulte-Beikel fuhr über Münster Coerde, Kinderhaus die Grevener Straße runter, an der Westfälischen Reitschule kam er auf den Ring, fuhr über die Torminbrücke, bog hier rechts ab, weiter am Aasee entlang, dann Richtung Roxel und war kurz darauf in der Nähe des Reitstalles und auf der anderen Aaseeseite. In der Nähe des Reitstalles parkte er sein Auto, das unter den anderen Fahrzeugen nicht weiter auffiel. Schulte-Beikel trug jetzt kurze, feste Schnürstiefel, grüne Strümpfe, knielange Lederhosen und eine dunkelgrüne Lodenjacke. Vom Rücksitz seines Wagens griff er seinen Hut, setzte sich diesen ziemlich grob auf den Kopf, hing sich Feldstecher und Gewehr um und schlug die Wagentür zu. Nun stapfte er los, und immer mehr ergriff ihn die Erregung, die er den ganzen Tag zurückgedrängt hatte. Bisweilen war dieses Gefühl nicht so stark. Vor fünf Tagen, ja, das war etwas gewesen. Das machte ihn frei. Aber dann wuchs es in ihm. Jeden Tag mehr. Wenn es ganz stark war, dann musste er auch am Tag, während der Geschäftszeiten, in den Wald und versuchen, es loszuwerden. In seinem Brustkasten fühlte er wieder diese Leere. Sein Atem ging schwer, er schwitzte, wo hatte er nur sein Taschentuch?

Vielleicht klappte es heute. Er hatte die Frau mit dem Hund schon des Öfteren beobachtet und es wurde verdammt Zeit für diesen Scheißköter. Einmal hatte er schon fast sein Ziel erreicht, aber da kam doch tatsächlich so'n junges Ding aus dem Reitstall mit seinem Pferd über den Befestigungswall daher. Pferde mochte Schulte-Beikel auch nicht, aber Pferde waren etwas anderes als Hunde. Schulte-Beikel schritt jetzt zügig voran. Kurz bevor der Wald begann, da wo die Bank stand, bog er links ab. Gott sei Dank saß dort niemand. Rechts ging der Weg am Wald vorbei, direkt weiter zum Aasee. Auch am Wall entlang. Aber man lief unterhalb des Walls. Hier, wo Schulte-Beikel ging, verlief der Weg oberhalb des Walls und wurde kaum benutzt. Der Wall war durch den Stellungsbau im Zweiten Weltkrieg entstanden und gleichsam die letzte große Auffangstellung vor Münsters Stadttoren gewesen. Links und rechts des Walls hatte sich Wasser gesammelt, Sumpf war entstanden. Im

Sommer allerdings, wenn es längere Zeit sehr heiß war, würde alles eintrocknen, nur hier und da eine Schlammpfütze zurückbleiben. Schulte-Beikel schwang sich um einen Baum herum, hier war die Wallkrone nur fußbreit. Jahrzehnte waren vergangen und die Natur hatte sich mit Erfolg zurückerobert, was man ihr einst geraubt hatte. Auf dem Wall wuchsen nun schon recht stattliche Bäume, deren Wurzeln bisweilen aussahen wie die Knochen der wohl auch hier gestorbenen Soldaten. Manchmal ragten sie bizarr aus dem im Laufe der Zeit festgetretenen Lehmboden. Schulte-Beikel hatte noch ein Stück zu laufen. Im Bogen näherte sich die alte HKL 200, sprich Hauptkampflinie, und führte ihn so nah an einen Spazierweg.

Er war vorsichtig. Bevor er eine Operation startete, sondierte er das Terrain. Er kicherte. Keiner würde ihm das zutrauen. Ja, er war ein schlauer Fuchs. Vorbereitung war alles. Wer hatte schon Lust, sich erwischen zu lassen? Er bestimmt nicht. Die alte Dame war wirklich nett. Nett in seinem Sinne. Denn sie ließ ihren Hund frei laufen. Er arbeitete immer nach der gleichen Methode. Zuerst suchte er sich einen Hochsitz, von dem aus er einen möglichst guten Überblick hatte. Dann beobachtete er. Morgens war nicht gut, aber am späten Nachmittag, am besten so wie jetzt, gegen Abend. Dann waren nicht mehr so viele Leute unterwegs. Der Mensch ist ein Gewohnheitstier. Konnte er nur bestätigen. Viele, die ihren Hund ausführten, gingen immer denselben Weg. Auch am Abend. Der Weg war ihnen vom Tage her vertraut. Keine Gefahr am Tage, also auch keine Gefahr am Abend. Dieser Cocker von der alten Dame war ja ein völlig dekadentes Vieh. Konnte man wirklich nicht mehr als Jagdhund bezeichnen. Er hatte sich mit dem Hund bereits vertraut gemacht. Das war anders als mit dem Köter, diesem Münsterländer, von dem Mädchen neulich am Kanal. Obwohl er jedes Mal die Fährte aufnahm, die zu ihm führte, hatte er von den gestreuten Fleischstücken nichts gefressen. Er hatte ihm vorher einen mit der Latte überbraten müssen, es war nicht immer so einfach gewesen, wie es jetzt mit dem Cockerspaniel sein würde.

Mittlerweile hatte Schulte-Beikel sein Ziel erreicht. Der Unterstand war manchmal ein echtes Problem. Notfalls musste er einen bauen. Hier waren die Bedingungen jedoch optimal, der Unterstand war echt, sozusagen Historie. Ein Gefechtsstand aus dem Zweiten Weltkrieg. Eine große Betonröhre von ca. 180 cm Durchmesser war bis zur Hälfte in den Boden eingegraben. In Richtung Front war der Eingang mit beidseitiger Grabenverbindung durch eine winkelige, fast einen Meter starke Ziegelmauer armiert. Am anderen Ende der Röhre war eine kleine Treppe, die über einen Erdwall nach hinten ging. Für die Herren Offiziere hatte man einst sogar ein Kaminrohr eingebaut, das mittlerweile verschwunden war, sodass Schulte-Beikel das Loch für seine Beobachtungen nutzen konnte. Den Kopf und einen Arm mit Feldstecher konnte er ganz gut hindurchstecken.

Dumm war es nur mit den Obdachlosen. Feuerreste, Bierdosen, Papierfetzen und sorgfältig in einer Ecke zu einem Lager aufgestapelte Zeitungen gaben beredt Zeugnis. Die Penner waren ein Risiko. Aber zum Einen waren sie nicht jede Nacht hier, zum Anderen kamen sie immer erst später am Abend. Denn sie waren vorsichtig, weil sie nicht wollten, dass irgendjemand, der sich zuständig fühlen könnte, von ihrer Einquartierung Wind bekam. Das Risiko war abschätzbar und er konnte es in Kauf nehmen. Schulte-Beikel sah jetzt den Gefechtsstand vor sich liegen. Er blieb stehen, durch einen Baum gedeckt, und beobachtete ihn. Es war ganz ruhig im Wald, bis auf die gewohnten Geräusche. Auch das Zwitschern der Vögel signalisierte, dass keine Gefahr im Verzuge war, trotz seiner Anwesenheit hatten sie sich beruhigt. Es war jetzt nach sieben Uhr und es begann langsam dämmerig zu werden. In gut einer halben Stunde würde die Sonne verschwunden sein, viel Spielraum blieb ihm jetzt nicht mehr. Er setzte den Feldstecher vor die Augen und strich nochmal Zug für Zug die Umgebung ab. Dann trat er hinter dem Baum hervor und stapfte auf den kleinen Bunker zu.

Im Inneren war es kühl und Schulte-Beikel bezog Position. Im Bunker konnte man sich nur in stark gebückter Stellung bewegen, hier innen war es auch merklich dunkler. Und es stank. Nach Pisse. Schulte-Beikel hatte ein dickes Fell, aber jetzt, wo er den Gestank in der Nase hatte, war sein Hassgefühl so stark, dass er kaum noch Luft bekam. Obwohl er in Ruhe seinen Ausguck besetzen wollte, trieb es ihn erst einmal wieder hinaus, wobei er fast alle Vorsicht vergaß. Er atmete schwer, sein Oberkörper war leicht vornübergeneigt. Die Fährte für den Hund hatte er schon so oft gelegt, die letzten Male hatte er darauf verzichten können. Der Cocker hatte auch so zu ihm gefunden. Schulte-Beikel erstarrte. Ein Geräusch. Er blieb regungslos stehen, nur sein Gewehr schob er langsam mit der linken Hand etwas vom Rücken zur Seite. Dann trat er mit wenigen, entschlossenen Schritten in den Bunker zurück, in seinen Bewegungen war etwas Tierhaftes, Gefährliches. Wenn man Schulte-Beikel in seinem Bürostuhl lagern sah, hätte man nicht geglaubt, dass dieser Mann zu einer geschmeidigen Bewegung fähig wäre. Schulte-Beikel bezog wieder Posten. Er saß auf der hochkant gestellten Kiste, sein Kopf schaute aus der Öffnung, in der einen Hand hielt er den Feldstecher, als er das erste, schwache Bellen vernahm. Der Weg selbst war nicht zu sehen, weil das Gelände in Richtung Zoo vom Bunker weg abfiel. Wenn ein Spaziergänger diesen Weg passierte, so war von ihm meist nur der Kopf zu sehen, und das wegen des dichten Baumbestandes auch nur selten. Aufgeregt kaute Schulte-Beikel auf seiner Unterlippe. Von dem Hund war immer noch nichts zu sehen, aber auch nichts mehr zu hören. Wo blieb dieser Mistköter nur? Denn wer sonst als diese alte Dame würde hier heute Abend spazieren gehen. So etwas von Naivität. Schulte-Beikel grinste spöttisch. Er merkte nicht, dass er sie für sich respektvoll immer als Dame bezeichnete, sondern dachte nur an den Hund. Er würde ihn seiner gerechten Strafe zuführen. Alle Hunde mussten bestraft werden. Vor allem die, die in seinem Wald frei herumliefen. Die nichts anderes in ihrem kleinen Idiotenhirn hatten, als nach seinem Wild zu schnüffeln und zu jagen. Auch so ein Bastard von Cocker. Verhätschelt und verwöhnt. Dem immer alles erlaubt wurde. Der alles durfte. Und dann brach sie wieder über ihn herein, die Welle der Erinnerung und riss ihn unerbittlich mit sich hinab.

Als er klein war, war da plötzlich dieser Hund. Der Liebling seiner Mutter. Hündchen hier, Hündchen da. Und er konnte nichts machen. Süßigkeiten durfte er nur selten essen, der Hund bekam immer welche. Dann dieses eklige Ablecken, wenn Hündchen bei Frauchen auf dem Schoß saß und wie ein kleines Kind liebkost wurde. Wenn er kam, hieß es: Keine Zeit. Junge, wie siehst du wieder aus, wasch dich erst einmal. Seinem Vater war das alles egal. Bei Tisch hieß es stets: Josef, iss nicht so viel. Aber er hatte reingehauen. Denn der Hund bekam immer die Reste, und je mehr er aß, desto weniger bekam der Hund. Einmal war der Hund krank. Er erinnerte sich genau. Seine Mutter hatte ihn in das Kinderbett gelegt und den Tierarzt nach Hause gerufen. Der Hund durfte sogar im Bett seiner Mutter schlafen. Selbst sein Vater war sauer gewesen. Eine Woche nach dem Hund war er selbst krank geworden. Es ging ihm schrecklich schlecht, er hatte hohes Fieber. Er konnte kein Essen bei sich behalten, übergab sich sofort. Seine Mutter gab ihm Tabletten, Ermahnungen: Josef, reiß dich zusammen, wie kann man nur so wehleidig sein! In der Nacht wollte er bei ihr schlafen. Er schlich sich in ihr Bett, anfangs merkte sie nichts, ja, sie begann ihn sogar zu streicheln. Dann fuhr sie auf und verjagte ihn aus dem Bett. Am nächsten Morgen war er wieder gesund. Am Nachmittag band er den Hund an einem Baum im Hof ganz kurz an. Mit Mühe schleppte er den wuchtigen Reservekanister des Treckers heran und übergoss den Hund mit Benzin. Das Gejaule hatte inzwischen seine Eltern alarmiert, trotzdem gelang es ihm noch, den Hund in Brand zu stecken.

Sein Vater hatte den Hund gerettet, indem er seine Jacke auf ihn warf und das ganze Bündel in die Wassertonne steckte. Der Hund war danach völlig verändert. Er saß lautlos unter dem Bett seiner Mutter, zog immer den Schwanz ein. Kurz darauf war der Hund einfach gestorben. Aus Kummer, wie ihm seine Mutter vorwarf. Gesprochen wurde über die Geschichte später nie mehr.

In diesem Augenblick hörte er den Cocker kommen …

3. Kapitel

21. Mai, Donnerstag, 17:09-20:19 Uhr

Wütend drehte Pfarrer Wibbel an der Kurbel des Schiebedaches. Immer klemmte dieses dusselige Ding. Und zwar umso mehr, je wärmer es war. Das hieß, ab 27 Grad ging es nur noch einen Spalt auf. Und nach der Lücke zu schließen war es sehr heiß. Pfarrer Wibbel quälte den Motor seines kleinen Autos, indem er verzweifelt versuchte, die zugelassene Höchstgeschwindigkeit zu erreichen. Auf diesem Stück der Landstraße fuhr Pfarrer Wibbel immer sein eigenes Rennen, doch heute standen seine Chancen schlecht.

An der Ampel begann das Malheur, zuerst musste er sich von der Startreihe Drei an einer Ente und einem englischen Armeelastwagen vorbeizwängen, wertvoller Beschleunigungsweg ging verloren. Pfarrer Wibbel trat das Gaspedal fast durch das Bodenblech. Das Gaspedal musste Qualitätsarbeit sein, denn bislang hatte es die Malträtierung durch den Pfarrers unbeschadet überstanden. Weniger überzeugend war die Qualität der Schiebedachkurbel. Die hielt Pfarrer Wibbel soeben in der Hand und warf sie kurz entschlossen aus dem offenen Dachschlitz.

Pfarrer Wibbel hieß nicht so, weil ihm jemand einen Spitznamen verpassen wollte. Angesichts von Wibbels Nervosität hätte allerdings kein Name besser zu ihm gepasst. Wibbel hieß Wibbel, weil sein Vater Wibbel hieß. Er selbst trug den Namen mit Fassung. „Werd' mir nur kein Schneider“, pflegte sein alter Herr immer zu sagen. Da seine Berufswahl so dramatisch eingeengt wurde, war Wibbel Pfarrer geworden, katholischer Pfarrer. Was Wibbel vor Gott oft bereute, denn Wibbel war 35 und leider auch ein Mann. Aber er ertrug sein Leben mit Demut – und Gebet.

Wütendes Autohupen riss ihn aus seinen Gebetsmühen: „Herr, schicke mir ein anderes Schiebedach. Eines mit einem anderen Auto daran!“ Wibbel schaute sich um und sah eine Blondine am Steuer eines offenen Cabriolets. Mit dem Zeigefinger wies sie auf ihre Motorhaube und signalisierte mit dem Daumen „rechts ranfahren!“ Da die Faust der Frau nicht sehr groß war, bekam Pfarrer Wibbel auch keine große Angst. Er wurde nur etwas nervöser, was sich darin äußerte, dass sein Auto jetzt Schlangenlinien fuhr. Die junge Dame fasste das als weiteren Angriff auf ihr Leben auf. Ein Hupinferno war die Folge, dann heulte der Motor des Sportwagens auf, sie schoss vorbei und setzte sich vor Wibbels Auto-Konzentrat.

Die anstehende Vollbremsung nahm Wibbels ganzes fahrerisches Können und die Leistungskraft seiner Bremsen in Anspruch. Mit schleuderndem Heckteil kam er zum Stehen, zwei Zentimeter hinter der Stoßstange des Cabriolets. Wibbel lehnte sich auf das Lenkrad, ließ die Arme hängen und harrte der Dinge, die da kommen würden.

Die Dinge waren zuerst einmal zwei aufregende Beine, die sich aus dem Sportwagen schwangen. Wibbels Nervosität steigerte sich merklich. Die junge Frau stand nun an seinem Wagen und fauchte: „Sie haben wohl nicht alle Tassen im Schrank! Sie …“ Sie brach ab, als sie Wibbels Amtstracht sah. Wibbel wollte schnell aussteigen und verhedderte sich im Gurt.

Die junge Frau begann zu kichern.

„Wibbel, Pfarrer Wibbel!“

„Man sieht's!“ erwiderte die Frau. „Werfen Sie immer während der Fahrt mit Eisenteilen um sich? Ein starkes Stück. Meine Motorhaube, das bezahlen Sie!“

Sie wurde energisch. „Hier sehen Sie nur, was Sie angerichtet haben!“ Sie wies auf die Beule in der Motorhaube.

„Es war die Schiebedachkurbel. Sie ist abgebrochen. Es war ein Unfall.“

Pfarrer Wibbel war nervös und sehr schüchtern. Zum Gotterbarmen schüchtern. Und Gott hatte Erbarmen.

„Fahren Sie hinter mir her. Hier können wir nicht stehen bleiben!“ kommandierte die junge Dame und wandte sich ihrem Auto zu.

„Moment“, sagte Pfarrer Wibbel, „wohin wollen Sie denn fahren?“

„Nach Mecklenbeck. Ist ja wohl das Nächste. Und eine Eisdiele oder ein Café, um alles zu besprechen, wird's da ja wohl geben.“

„Gibt's“, sagte Wibbel und verschwieg vorerst, dass dort auch seine Pfarrei war.

Pfarrer Wibbel stieg wieder in sein Auto, das heißt, er zwängte sich hinein, und tuckerte hinter dem Sportwagen her bis nach Mecklenbeck. Hier gab es zwei Eisdielen und vor der einen hielt der Wagen der jungen Frau nun an.

Wibbel parkte links daneben, schloss sein Auto ab und fragte: „Und nun?"

„Nun setzen wir uns in die Eisdiele und Sie geben mir Ihre Versicherung an."

Gott, warum muss der so gut aussehen und ausgerechnet Pfarrer sein? Die junge Frau wurde plötzlich ganz religiös, wenn Wibbel es gehört hätte, wäre er vielleicht erfreut gewesen. In der Tat, Wibbel war dunkelhaarig, groß und schlank und trug einen Vollbart, der ihm ausgezeichnet stand. Er war das, was man einen attraktiven Mann nannte.

Auch Wibbel betete: „Und führe mich nicht in Versuchung. Bitte verwandele sie in eine Nonne!"

Als sie saßen, stand Wibbel wieder auf, hielt ihr die Hand hin und sagte: „Wibbel. Pfarrer Wibbel. Es tut mir Leid. Aber wir sind versichert."

Die junge Frau nahm seine Hand, blieb aber sitzen. „Rieke Rickmers. Wer ist denn wir? Sie und der liebe Gott?"

Wibbel lächelte verlegen: „Ich meine natürlich die Kirche!"

Sie bestellten beide einen Cappuccino. Auf dem Block des Kellners tauschten sie ihre Anschriften und Versicherungsnummern aus.

Zusammen waren sie ein hübsches Paar: der Pfarrer Wibbel und die blonde Frau. Rieke, Ulrike Rickmers war 27 Jahre alt, ebenfalls groß und schlank. Und gut aussehend. Ihre Sonnenbrille hatte sie sich ins Haar gesteckt, jetzt beim Cappuccino war sie ausgesprochen nett. Wibbel, der auch einen Vornamen hatte, nämlich Harry, war wie verwandelt. Nämlich mittenmal überhaupt nicht mehr nervös.

Eine Frau betrat die Eisdiele und kaufte ein halbes Pfund Schlagsahne.

„Ach, guten Tag, Herr Pfarrer!" Sie lächelte ihm maliziös zu. Die Eisdiele war um diese Zeit ungewöhnlich leer. Fußball im Fernsehen, dann lässt keiner seine Glotze im Stich. Man sollte vielleicht alle Kirchen zu überdimensionalen Fernsehern umbauen, dachte Harry und verwarf diese Idee nicht nur aus Kostengründen.

„Jetzt brauch ich's dem Bischof nicht mehr zu schreiben!" sagte Harry, der Pfarrer.

„Was?" fragte Ulrike.

„Das war die Haushaltshilfe eines Kollegen, ein altes Tratschweib. Und übermorgen weiß es der Papst.“

„Was weiß der Papst?“ Sie lächelte ihn an.

„Na, dass der Pfarrer ein Verhältnis hat.“ Pfarrer Wibbel wurde wieder leicht verlegen. Aber nicht nervös.

Beide hatten denselben Gedanken: Haben wir denn nicht eines? Ein kleines Verhältnis? Sie schauten sich an. Wie zur Mahnung schlug die Kirchturmuhr vier plus sieben dunkle Schläge.

„Zahlen“, rief Wibbel.

„Haben Sie auch eine Haushälterin?“, fragte sie jetzt.

„Ja“, erwiderte Wibbel, „aber nur halb. Ich teile sie mit einem Amtsbruder.“

Sie gingen zu ihren Autos. Ulrike stieg ein. Der Pfarrer stand zwischen seinem Auto und ihrem Renner.

„Ihrer?“ fragte er vorsichtig.

„Papas“, lächelte Ulrike zufrieden und ließ den Motor an.

„Auf Wiedersehen!“

Sie zog mit dem Zeigefinger ihre Sonnenbrille herunter und gab im Leerlauf Gas. Der Wagen rollte zurück. Pfarrer Wibbel sagte halblaut: „So’n Mist!“ Dann drehte er sich um und ging zum Pfarrhaus.

Das Pfarrhaus lag wie das Gotteshaus mitten im Zentrum. Beide wurden gebaut, als sich die Kirche noch das nehmen konnte, was sie wollte. Alle Kirchen haben erstklassige Citylagen, dachte Harry. Heute wäre das nicht mehr drin. Nicht bei der mageren sonntäglichen Kollekte. Harry wurde langsam wieder nervös. Weil er wieder an seine kirchlichen Probleme dachte. An seine Sonntags-Predigt, die er noch schreiben musste. Aber wie? Ehrlich? Das geht nicht. Da würde der Bischof ja direkt einen Scheiterhaufen errichten lassen. Und Harry will noch nicht sterben. Und nach diesem Cappuccino sowieso nicht.

Was soll er, Pfarrer Wibbel, also am Sonntag seiner Gemeinde sagen? Ihr macht die Erde kaputt mit eurer wirtschaftlichen Raffgier. Stürmt die Banken, stürzt endlich den falschen Gott Mammon! Soll er das sagen? Er hat den Mahnbrief seines Bischofs noch im Ohr. Er sei zu radikal in seinen Ansichten. Mäßigung! Demut vor dem Herrn! Mist, denkt Harry Wibbel.

„Ich bin zurück, Luise!“ ruft er laut im Hausflur, als er aufschließt.

Oben im Pfarrhaus befanden sich seine privaten Räume: zwei Arbeitszimmer und ein Schlafzimmer. Auch ein kleines Bad gab es in dem Fachwerkhaus. Das kleine Haus war urgemütlich und er wäre schon lange zusammengebrochen, wenn er nicht hier seinen Rückhalt fände. Harry war Pfarrer mit Leib und Seele. Ja, mit beidem. Und er arbeitete wie wild, damit auch der Leib Pfarrer blieb. Aber sein eigentliches Problem, Pfarrer zu bleiben, war sein Geist.

Nachdem per Konzil die Gebetsturnerei Ende der sechziger Jahre abgeschafft worden war, was er gut fand, hatte man auch gleich die lateinischen Texte verschwinden lassen. Das war weniger gut. Bis dahin hatte die Gemeinde die Texte für göttlich gehalten, weil sie sie nicht verstand. Die simplen deutschen Texte jedoch waren leer und boten zu wenig Substanz, um die Menschen heute zu interessieren. Von Begeistern war erst gar nicht die Rede. Harry setzte sich an seinen Gründerzeitschreibtisch, ein Geschenk von seinem Vater zur Priesterweihe. Früher hatte das gute Stück seinem Großvater gehört.

Der Pfarrer lehnte sich in seinem Stuhl zurück und legte die Ellenbogen auf den Schreibtisch. So saß er eine Weile. Er genoss die Stille des Hauses und entspannte sich. Er hatte die Stelle überraschend erhalten, weil sein Vorgänger plötzlich (während er die Beichte abnahm) verstorben war. Die Haushälterin war schon da gewesen und er hatte sie und den Hund übernommen. Der Hund war ihre Bedingung gewesen, sonst wäre sie nicht geblieben. Sie fand er sofort sympathisch und mit ihren 54 Jahren auch ein wenig mütterlich und Hunde mochte er sowieso. Luise kam aus Norddeutschland, von einer Insel. Er konnte sich keine bessere Hilfe wünschen. Vormittags war sie zweimal in der Woche bei seinem Amtsbruder und brachte da die Welt in Ordnung. Sonst lebte sie bei ihm. Sie hatte unten, neben dem Wohnzimmer, zwei Zimmer für sich.

Ihm fiel auf einmal auf, wie ruhig es war, er vermisste das Bellen des Hundes. Er hatte vergessen, dass Luise ihren freien Nachmittag hatte. Dann nutzte sie meist die Zeit, um mit dem Cocker einen ausgiebigen Spaziergang am Aasee zu machen. Sie aßen immer recht spät zu Abend, Luises Ausbleiben stellte also kein Problem dar. Zudem war er ein Nachtmensch. Acht, halb neun zeigte die Uhr immer, bis es mit dem Abendessen so weit war.

Jetzt stand Pfarrer Wibbel erst einmal auf, zog sein Jackett aus, legte die Weste mit dem Halseinsatz ab und sah schon beinahe wie ein normaler Mensch aus. Dann ging er ins Badezimmer, wusch sich das Gesicht und während er in den Spiegel blickte, sah er plötzlich nicht mehr sein Gesicht, sondern das der jungen Frau mit dem Sportwagen.

„Teufelswerk", murmelte er, stieg die Treppe hinunter und betrat die Küche. Er inspizierte den Kühlschrank und begann den Tisch zu decken. Er setzte Teewasser auf und platzierte Wurst und Käse auf den Aufschnitteller. Als er fertig war, rieb er sich zufrieden die Hände und ging wieder nach oben an seinen Schreibtisch.

Aus einer der Schubladen nahm er ein weißes Blatt Papier und legte es sorgfältig mittig vor sich auf den Schreibtisch. Dann schrieb er oben groß darauf: *Liebe Gemeinde.* Das Blatt bewegte sich nicht. Und blieb weiß bis auf die Großbuchstaben. Blatt und Pfarrer Harry Wibbel fochten ihr Duell aus. Das Blatt blieb ruhig liegen, Harry ruhig sitzen. Schließlich malte der Pfarrer ein Auge auf das Blatt.

Liebe Gemeinde! Heute ist Sonntag, ihr merkt es daran, dass ihr heute, wie gestern schon, nicht arbeiten müsst. Der Sonntag ist der Tag des Herrn und der Morde. Denn wenn ihr, meine lieben Brüder und Schwestern, meine lieben Schwestern und Brüder, korrigierte er sich in Gedanken, *gleich nach Hause geht, werdet ihr euch dann lieben? Mitnichten. Ihr werdet euch an die Gurgel gehen. Denn am Tag des Herrn hat die Kriminalstatistik in den Abendstunden ihren Höhepunkt. Weil euch in der freien Zeit bewusst wird, wie wenig ihr miteinander anfangen könnt. Wie wenig ihr zueinander passt. Und wahrlich, ich sage euch, mordet euch nicht. Lasst euch besser voneinander scheiden.* Pfarrer Wibbel ruckte nervös auf seinem Stuhl, der Bischof würde nicht mit ihm zufrieden sein.

Langsam malte Harry unter dem Auge einen Atompilz. Er setzte von neuem an.

Liebe Schwestern! Liebe Brüder! Diesmal machte er wenigstens den Anfang richtig. Seine Zuversicht wuchs. *Der Sonntag ist der Tag des Herrn. Und darum müssen wir an diesem Tage nicht arbeiten. Der Sonntag ist auch der Beginn einer neuen Woche. Und die Kraft dafür holen wir uns beim Besuch der heiligen Messe. Gott gibt uns die Kraft für eine ganze Woche, bis wieder Sonntag ist. So ist Gott auch bei uns im Alltag, und auch wenn Alltag ist, so ist doch immer*

Sonntag in unseren Herzen. Darum, Schwestern und Brüder, lasst uns beten, dass Gott uns in der Woche nicht verlässt und so weiter und so weiter. Harry nahm das Blatt Papier auf und zerriss es langsam in kleine Stücke, die er in den Papierkorb segeln ließ.

„Gott, bitte hilf mir!“ betete er ernsthaft. „Wenn ich deine Stimme bin, dann kann ich nicht nur Blabla predigen. Zeig mir meinen Weg. Verlass mich nicht.“

Pfarrer Wibbel erhob sich, stieg wieder die Treppe herab und setzte sich still an den gedeckten Tisch.

Bewegung kam erst wieder in ihn, als sich die Haustür öffnete und der Cocker in die Diele sprang. Freudig begrüßte ihn der Hund.

„Guten Abend, Luise“, sagte er.

„Gut, Herr Pfarrer, dass wir wieder zu Hause sind. Das muss ich Ihnen erzählen. Oh, Sie haben schon den Tisch gedeckt!“

„Nun komm erst mal zur Ruhe!“ forderte Harry sie auf.

Luise hing ihren Mantel und die Hundeleine an die Garderobe und setzte sich an den Tisch. Der Pfarrer reichte ihr den Brotkorb. „Wurst, Käse?“ fragte er. „Dann erzähl mal“, forderte er sie auf.

Luise konnte sich kaum noch halten, so gespannt war sie innerlich. „Ich glaube, jemand wollte Flaps umbringen!“

„Das gibt’s doch nicht!?“ warf der Pfarrer erstaunt ein.

„Doch. Dabei war alles so wie sonst. Um ca. fünf Uhr sind Flaps und ich aus dem Haus gegangen. Ihre Hemden sind übrigens fertig.“

„Danke“, sagte Harry und biss in sein Brötchen.

„Dann sind wir unsere Tour gelaufen. Zuletzt biegen wir immer bei dem kleinen Wäldchen in der Nähe des Reitstalles ab und wandern dann auf dem Wall weiter.“

„Du meinst sicherlich die Stellungen aus dem Krieg, da am Zoo.“

„Ja, genau. Nur, was mir schon bei den letzten Spaziergängen aufgefallen war, dass Flaps in der großen Wallbiegung mit einem Mal immer ganz außer Rand und Band war und verschwand. Und heute schon wieder. Bloß heute wollte ich dem auf den Grund gehen. Das hatte ich mir schon zu Hause vorgenommen, sogar Stiefel angezogen. Und richtig, als wir wieder an der Stelle sind, zieht Flaps los.“

„Aber das tut er doch sonst nicht!“ Pfarrer Wibbel schüttelte erstaunt den Kopf. „Und dann? Was ist dann passiert?“

„Das ist es ja.“ Luise war offensichtlich ganz durcheinander. „Mit einem Mal höre ich Flaps erstickt quieken. Ich laufe los und da ist da so'n Bunkerrest. Und da hockt ein mordsdicker Typ drin. Und der war gerade dabei, unseren Flaps mit einem Strick zu erdrosseln!" Luise war ganz außer Atem vom Erzählen.

„Bist du sicher?" Der Pfarrer duzte Luise, während sie unverbesserlich Sie zu ihm sagte. Das gehört sich so, hatte sie gesagt, als sie darüber sprachen, gleich als er angefangen hatte. Und so war es die Jahre geblieben.

„Nein. Aber als er mich sah, ließ er Flaps los, noch mit dem Strick um den Hals. ‚Was machen Sie da mit meinem Hund!?' hab' ich den Typ angeschrien. Da sagt der glatt: ‚Ihr Hund hatte sich in dem Strick verfangen,' und eh ich's begreife, dreht er mir den Rücken zu und stapft davon. Wirklich ein riesiges, unförmiges Mannsbild." Luise schüttelte sich.

„Schier unglaublich. Wer hat denn Spaß daran, am helllichten Tage Hunde umzubringen? Na ja, ein bisschen dunkler war's ja schon, aber wer tut denn sowas? Vielleicht hast du dich geirrt. Kommt von deinen Krimis." Der Pfarrer zwinkerte Luise mit einem Auge zu.

Jetzt wurde diese aber fuchtig: „Also, Herr Pfarrer, wenn Sie mich nicht mehr ernst nehmen", sie ruckte am Stuhl, „dann kann …"

Harry legte seine Hand auf ihre und beschwichtigte sie. „Nun mal sachte. Ich will doch nur die Angelegenheit mal kritisch beleuchten."

„Da muss nichts beleuchtet werden!" wütete Luise. „So dunkel war's noch nicht. Und was ich gesehen hab', das hab' ich gesehen."

„Hmm", Harry war nun doch beunruhigt. „Und nun? Willst du zur Polizei?"

„Weiß' nicht. Oh, da fällt mir 'was ein!" Mit Schwung erhob sich Luise von ihrem Stuhl, marschierte zu ihrem Mantel und während sie sich wieder setzte, knallte sie dem Pfarrer mit der Bemerkung „Da!" den Strick vor ihm auf den Tisch. Nun trat Stille ein. Harry nahm ruhig den Strick in die Hand und besah ihn sich genau. Ein Hanfseil, dick wie ein kleiner Finger. Mit einem Knoten und einer Schlinge.

Nachdenklich wog Harry das Seil in seiner Hand.

„Soll'n wir zur Polizei gehn?"

„Ach, ich weiß nicht. Außer dem Strick hab ich doch nichts. Beschreiben kann ich den Kerl auch kaum. Nur, dass er wie ein Jäger gekleidet war, groß und dick. Ich überleg's mir noch. Heute passiert ohnehin nichts mehr."

Harry belegte sich ein weiteres Brötchen mit Wurst und nickte zustimmend. Luise erhob sich, um neuen Tee aufzubrühen.

Pfarrer Wibbel spielte wieder mit dem Strick herum und machte dabei ein ernstes Gesicht. „Nun setz dich mal noch'n bisschen zu mir, Luise. Ich muss dir nämlich noch eine ganz andere Geschichte erzählen, ziemlich pikant …“

Luise hörte schweigend zu. Als der Pfarrer endete, war ihr einziger Kommentar: „Das wird böse enden.“

„Tja, so sieht es wohl aus. Ich tu noch was. Die Sonntagspredigt ruft. Ich les' sie dir vor, wenn sie fertig ist.“

Dann ging er nach oben. Den Strick nahm er mit. Man weiß ja nie, dachte er, ich hab so ein komisches Gefühl. Ob ich mit Luise noch mal sprechen sollte? Sie sollte in Zukunft woanders spazieren gehen.

Nachdenklich rieb sich Harry den Bart. Den Strick legte er in seine Schreibtischschublade.

4. Kapitel

21./22. Mai, Donnerstag/Freitag, 17:10-11:09 Uhr

Peter Venne war nach dem Gespräch mit Schulte-Beikel wie betäubt vom Hof gefahren. Er fühlte sich wortwörtlich zerschlagen und war am Boden zerstört. Zurzeit wussten das nur Schulte-Beikel und er. Sobald es auch seine Lieferanten wüssten, wäre alles vorbei. Seit der Umstellung betrachtete man seinen Hof ohnehin mit Misstrauen. Sein Nachbar zur Linken war auch nicht freundlicher zu ihm geworden, seitdem er den neuen Trecker hatte. Und dabei hatte er doch nur denen nachgeeifert, die erfolgreich waren. War es nicht sein gutes Recht, seinen Hof zu bewahren?

Die, die die Kurve nicht mehr gekriegt hatten, waren bös dran. Einer im Gefängnis, weil seine heiße Renovierung verpfiffen worden war, einer vermutlich in der Hölle, denn der Pfarrer hatte Schwierigkeiten gemacht, ihn unter die Erde zu bringen. Mord konnte man im Münsterland notfalls ja noch verzeihen, besonders, wenn es wichtige Gründe gab, wie Geld zum Beispiel. Aber Selbstmord, pfui Deibel! Die meisten hatten ihren Hof mehr oder weniger zwangsversteigern dürfen und die beflissene Hausbank hatte merkwürdigerweise immer schon einen Interessenten an der Hand.

Bei diesen Aussichten lief es Peter Venne abwechselnd heiß und kalt den Rücken herunter, Schamröte trat in sein Gesicht, als er an seinen Abgang bei Schulte-Beikel denken musste. Der Weg bis zu seinem Hof kam ihm in seinem tuckernden Diesel schier endlos vor.

Seine Frau hatte Recht gehabt. Sie hatte einen feinen Instinkt für Menschen. Bei Schulte-Beikel hatten sich ihr sofort die Rückenhaare gesträubt. Denn Schulte-Beikel hatte ihr ganz offen nachgestellt, und zwar mehrmals. Aber er war damals in der Krise wie verblendet gewesen.

„Für sein Aussehen kann er nichts", hatte er Schulte-Beikel verteidigt.

„Kann er doch", hatte Irene geantwortet. „Dass er dick ist, das ist nicht der Punkt. Aber sein Charakter spiegelt sich in seinem Gesicht. Und was ich da sehe, macht mir Angst."

Als sein Auto auf den Hof rollte und unter der riesigen Kastanie hielt, hing seine Frau gerade Wäsche in den abendlich-sommerlichen Frühlingswind. Sie hatte zwei Wäscheklammern im Mund und winkte ihm zu. Schon war alles anders. Sie würde ihn vorbehaltlos annehmen, wie immer. Er stieg aus und lehnte sich gegen den Kotflügel. Es war schön, ihr zuzuschauen. Sie war schlank und jede ihrer Bewegungen war voll Anmut, von einer eleganten, fast tänzerischen Leichtigkeit.

Dann war seine Frau fertig und lief auf ihn zu. Sie umarmte ihn, schmiegte sich an ihn und fragte: „War's schlimm? Ja, es war schlimm. Lass uns reingehen, ich habe uns Kaffee gekocht. Abendbrot gibt es heute später. Oder lass uns einfach nach Münster in die Stadt fahren."

Sie gingen gemeinsam ins Haus, setzten sich einander gegenüber an den Küchentisch und blickten durch das kleine Fenster hinaus auf den Hof – auf die große, ehrwürdige Kastanie, unter der das Auto stand. Von weitem muhten Kühe. Die Katze spazierte graziös über den Platz, die zwei anwesenden Hühner ignorierte sie.

„Erzähl", forderte ihn Irene in ihrer sanften Art auf. „Ihr habt euch gehauen, ja?"

Er nickte stumm und trank erst einmal seinen Kaffee. Seine Bedrücktheit ließ etwas nach und damit auch das Verlangen, einfach den Kopf auf die Tischplatte zu legen und sich ganz der dumpfen Betäubung zu überlassen. Er war ein Mann. Also verhielt er sich auch so. Und nachdem er ihr fest und lange schweigend in die grünen Augen geblickt hatte, sie ihn lieb angelächelt hatte und ihre Hand auf seiner ruhte, da begann er zu erzählen. Ruhig, überlegt, genau wie es gewesen war.

Als er geendet hatte, sagte sie: „Bis Dienstag haben wir noch fast sechs Tage Zeit, um das Geld für den Treckerwechsel auf die Beine zu bringen. Sechs Tage, das ist nicht morgen früh. Das wäre schlimm. Solange ein Gott über diese Erde geht, ist niemals alles aus!"

Irene sah ihn an. Sie wusste, es war ernst. Doch sie würden es schaffen. Gemeinsam hatten sie alles geschafft. Schulte-Beikel würde sie nicht kleinkriegen. Sie schüttete ihm Kaffee nach. Kaffee war sein Lieblingsgetränk. Andere Männer, das heißt, die meisten, die er kannte, tranken lieber Bier. Er mochte weder den Geschmack noch den Geruch.

„Geh'n wir noch in die Stadt", bat er.

Irene nickte. „Um neun Uhr müsste ich fertig sein."

„Gut", sagte Peter. „Jetzt kümmere ich mich erst mal um's Vieh."

Je länger Peter sich im Kuhstall zu schaffen machte, desto besser fühlte er sich. Schluss mit dem ganzen Schiet, Schluss mit Schulte-Beikel. Raus aus dieser Abhängigkeit. Dann ging ihm sein letztes Gespräch mit der Landwirtschaftlichen Sparkasse Münster durch den Kopf.

„Natürlich wollen wir Sie nicht in den Ruin treiben. Wir kündigen Ihnen auch jetzt nicht die Hypothek, wir bitten Sie nur um Glattstellung Ihrer Konten in unserem Hause bis zum x-ten. Danach wären wir allerdings gezwungen …"

Glücklicherweise besaß Herr Direktor Vollmert noch so viel Restsensibilität, nach einem Blick in Peter Vennes Gesicht innezuhalten. Kurz darauf war das Gespräch beendet und die Bankverbindung auch. In letzter Sekunde war dann von Schulte-Beikel das rettende Angebot gekommen. Und jetzt? Was sollte jetzt werden?

Irene saß in der Küche, als er frisch geduscht eintrat, und blies ihre lackierten Fingernägel trocken. Wieder spürte er das Glück, das ihn überkam, wenn er Irene sah. Irene war neun Jahre jünger als er. Dass er so lange auf die eine, die richtige Frau gewartet hatte, dazu konnte er sich gar nicht genug beglückwünschen.

„Bin gleich so weit", sagte sie, „holst du mir meinen Mantel?"

Langsam fuhren sie in die Stadt hinein. Obwohl es von Mecklenbeck nicht einmal 15 Kilometer waren, waren sie doch jedes Mal, besonders abends, wieder von Münster fasziniert.

Münster war eine lebendige Stadt. Vielleicht lag es an den Studenten, die Tag und Nacht für Trubel sorgten und mit ihren Fahrrädern das Stadtbild prägten. Natürlich gab es auch Leute mit Geld. Zum Beispiel den Graf von Westphalen, mit ph. Darauf legte er Wert. Sie hatten ihn kennen gelernt als Redner auf einer Versammlung ihrer Bauernschaft. Ein Mann von bestechendem Charme, gebildet, ohne arrogant zu sein. Der hatte Geld. Aber er stammte aus einer Familie, in der man wusste, was es hieß, arm zu sein. An dem Abend in der Bauernschaft ging es um die Konzentration der Landwirtschaft im Münsterland. Dass ein Hof eine bestimmte Größe haben müsse, um zu überleben. Entwicklung zum industriellen Nahrungsmittelproduzenten. Heile Bauernwelt ade. Das war Irene noch gut in Erinnerung.

Peter lenkte den Wagen Richtung Innenstadt, am Schloss bog er rechts ab, Richtung Theater, und fuhr dann rechts in die Altstadt. Wie immer, wenn sie Probleme hatten, gingen sie in dieses Altstadt-Restaurant. Es stand zwar auch auf dem Pflichtprogramm für Touristen, was aber nichts an der Tatsache änderte, dass sie sich hier am wohlsten fühlten.

Heute Abend hatten sie besonderes Glück. Ihr Lieblingsplatz, gleich links neben der Tür, war frei. Irene huschte hin, ohne ihren Mantel auszuziehen. Peter saß auf der Bank, die in die Wand eingelassen war, das ehemalige Kopfstück eines Bettes. Die Kellnerin stand schon an ihrem Tisch und begrüßte die Stammgäste.

Irene bestellte eine Karaffe Wein, denn Peter, der wieder Kaffee trank, bot an zurückzufahren. Hier wurde der Kaffee in kupfernen Kannen serviert. Peter blickte Irene an, ergriff ihre Hand und sagte ernst: „Ich liebe dich!“ Sie waren jetzt fast fünf Jahre verheiratet, doch ihre Beziehung war noch so lebendig wie am ersten Tag.

„Erinnerst du dich an die letzte Bauernschaftsversammlung?“, fragte Peter.

„Ja, ich weiß, was du meinst. Vielleicht solltest du mit dem Grafen reden“, stimmte Irene zu, „vielleicht würde es ausreichen, wenn er für uns bürgt. Aber welche Bank willst du denn wegen der Finanzierung ansprechen? Du warst doch bei fast allen, und immer dann, wenn sie positiv entscheiden wollten und, reine Formsache, Rücksprache mit der Sparkasse hielten, war danach alles gelaufen. Das wird doch jetzt nicht anders sein.“ Irene schüttelte den Kopf.

„Ich werde das Gefühl nicht los, dass da noch was anderes hinter steckt. Warum verhält sich die Sparkasse so? Nur mal angenommen, der Vollmert macht mit Schulte-Beikel irgendwie gemeinsame Sache …“

„Und? Beweisen können wir eh nichts.“

„Also doch verkaufen?“ fragte Peter mühsam.

„Sprechen solltest du mit Westphalen auf alle Fälle. Es ist eine kleine Chance. Und viel mehr Möglichkeiten sehe ich zur Zeit nicht.“

„Stimmt. Unseren Nachbarn um Hilfe anzugehen, wo’s dem selbst so dreckig geht, entfällt!“ Er machte eine Pause. „Verdient hat der Heinz das nicht. Müssen denn alle netten Leute hier auf Erden leiden, nur damit sie in den Himmel kommen? Weißt du, Irene, in letzter Zeit möchte ich manchmal alles hinschmeißen!"

„Was heißt, dem Heinz geht's schlecht? Ging's, musst du sagen", verbesserte ihn Irene.

„Wie, ist der Wohlstand bei Heinz ausgebrochen?"

„Das nicht gerade", versetzte Irene, „aber seine Frau erzählte mir, dass sie nächste Woche endlich wieder ein Auto bekommen und nicht mehr mit dem Bus in die Stadt fahren müssen."

„Donnerschlag", Peter staunte nicht schlecht. „Woher der Segen kommt, hat sie dir das auch gesagt?"

„Wollte sie, bei einem Kaffee. Aber ich hatte wirklich keine Zeit an dem Tag. Komisch, da fällt mir ein, sie rief mir noch hinterher, der will auch zu euch, oder so ähnlich, aber ich hab' den Rest nicht mehr verstanden. Irgendwas mit einem Bäcker."

„Frag mal nach, wenn du sie das nächste Mal triffst. Würde mich schon interessieren, wie der Heinz wieder auf die Beine gekommen ist."

„Morgen früh versuchen wir erst einmal, einen Termin beim Grafen zu bekommen. Und wenn der uns nicht helfen kann, so weiß er womöglich, wo wir Hilfe bekommen."

„Bestellen wir noch was", entschied Peter, „es wird schon werden. Noch hat uns Schulte-Beikel nicht kleingekriegt." Das Schwein oder andere Ehrentitel behielt Peter für sich, weil seine Frau das nicht mochte.

„Auf unser Wohl!" Irene hob ihr Glas mit dem restlichen Schluck Wein. „Und dass die alte Sau zur Hölle fährt!" Ja, Irene war immer für Überraschungen gut. Blitzend lachte sie ihn an.

„Na denn Prost", Peter hob seine leere Kaffeetasse, „ein gutes Stündchen können wir noch bleiben."

An diesem Morgen war er mit der Vorbereitung des Frühstücks dran. Noch im Schlafanzug stiebitzte er den Hühnern zwei Eier. In der Küche belud er ein riesiges Tablett, stieß mit dem Fuß die Schlafzimmertür auf und trompetete: „Antreten zum Frühstück fassen!" Es gab nur eine Art, auf diese charmante Morgenweckweise vernünftig zu reagieren: sich weiter schlafend zu stellen. Daher hielt Peter Irene die Kaffeetasse unter die Nase und fächelte ihr den Duft zu. Mit dem

Tagesanfang gaben sie sich immer besondere Mühe, denn diese Zeit, wie der späte Abend, gehörte ihnen ganz allein.

Noch wussten sie nicht, wie ereignisreich dieser Tag für sie werden würde, doch dann kam es Schlag auf Schlag.

Mit der Morgenpost erhielten sie ein Einschreiben von Schulte-Beikel, in dem er ihnen die Bürgschaft für die Hypothek bei der Sparkasse kündigte. Damit war auch die kleine Chance vertan, sich Geld zu leihen und erst einmal Zeit zu gewinnen. Die Bank würde nun unverzüglich reagieren.

Tiefe Mutlosigkeit erfasste sie jedoch erst, nachdem sie versucht hatten, den Grafen von Westphalen zu erreichen. Sie erhielten die für sie niederschmetternde Auskunft, dass der Graf verreist sei und aller Wahrscheinlichkeit nach erst am Sonntag zurückkäme. Zwei Tage vor Ablauf der Frist, das war einfach zu wenig.

So standen sie beide in der Küche am Fenster und blickten hinaus auf die riesige Kastanie, in deren Geäst bereits die ersten Blüten zu entdecken waren. Die unvergleichliche, Ruhe ausstrahlende Schönheit dieses Baumes beeindruckte sie immer wieder. Peter hatte sich seine Pfeife angesteckt, aber die brannte recht lustlos.

„Mmh“, sagte Peter.

Auch Irene war ratlos, was bei ihr nicht oft vorkam. So ein Elend, dachte sie nur immer wieder.

Sie hielten den Atem an, als Schulte-Beikels Wagen auf ihren Hof rollte.

„Das geht zu weit“, knurrte Peter.

„Bleib ruhig!“ warnte Irene. „Wir sprechen nur zusammen mit ihm.“

Gemeinsam traten sie vor die Tür und erwarteten Schulte-Beikel. Der wälzte sich aus seinem Wagen und kam strahlend auf sie zu.

„Guten Morgen, ihr beiden Hübschen“, grüßte er provozierend.

„Sagen Sie uns, Schulte-Beikel, was Sie uns zu sagen haben, und dann verschwinden Sie von unserem Hof!“

„Ruhig Blut, junger Mann. Warum so förmlich? Hast du es vergessen? Wir duzen uns doch, wie es unter Freunden üblich ist. Ich wollte mir nur mal meinen neuen Besitz ansehen. Darf man?“ Mit einer weit ausholenden Armbewegung wollte er das Paar beiseite schieben, aber Peter sprang vor und verbarrikadierte die offene Haustür.

„Keinen Schritt weiter, Beikel!“ knurrte er.

„Hö, hö“, ließ Schulte-Beikel sein Lieblingslachen ertönen. „Er will mich aufhalten. Warum nur so ärgerlich? Ich wollte mir nur schon mal das Schlafzimmer ansehen, möglichst mit Inventar.“ Dabei wandte sich Schulte-Beikel Irene zu. „Hat dir dein Peter schon gesagt, dass ihr beide bei mir weiterarbeiten dürft? So’n schönes Dienstmädchenkleidchen dürfte dir wirklich gut stehen, mein Schätzchen.“ Peter schnaubte wütend.

„Lass dich nicht provozieren von so’nem Dreckskerl“, sagte Irene ruhig.

„Ruhig bleiben, sag ich ja“, knüpfte Schulte-Beikel an. „Wollt ihr nicht mit mir alles noch mal hübsch besprechen? Natürlich wird sich für euch einiges ändern, aber ihr könntet hier wohnen bleiben.“ Schulte-Beikel sah sich mit Besitzerstolz um und sagte dann, wobei er auf die Kastanie zeigte: „Die muss weg! Nimmt zu viel Platz und Licht weg! Die kostet nur.“

Peter schien sich wieder gefasst zu haben. „Los, Schulte-Beikel, verschwinden Sie endlich. Oder muss ich Sie vom Hof prügeln!?“

Obwohl Schulte-Beikel auf Grund seiner Körpergröße und Masse fast allen Männern an Kraft überlegen war, war dies sein wunder Punkt, hier musste er immer unverzüglich den Beweis antreten. Blitzschnell trat er auf Peter zu und hatte diesen, eh der sich versah, am Kragen, drückte ihn gegen die Hauswand und rammte ihm sein riesiges Knie zwischen die Beine. Vor Schmerz schrie dieser auf, klappte vornüber und erhielt von Schulte-Beikel zusätzlich einen Kinnhaken. Dann griff Schulte-Beikel den außer Gefecht gesetzten Peter um die Taille und begann ihn mit der freien Hand wie einen Schulbuben auf den Hintern zu prügeln.

Zuerst sah Irene wie erstarrt der Szene zu. Wild entschlossen rannte sie dann ins Haus und kam mit großen, energischen Schritten zurück. Wie eine Furie schwang sie in ihrer Rechten eine Reitgerte und schlug mit aller Kraft auf Schulte-Beikels breiten Rücken ein. Zuerst war der Koloss von diesem neuen Gegner, der da seinen Rükken attackierte, überrascht. Als er die Situation erfasste, überzog dümmliches Erstaunen sein Gesicht und auf einmal Angst, beinahe kindliche Angst. Unbeirrt schlug Irene weiter zu. Schulte-Beikel hatte schon bei den ersten Schlägen von Peter abgelassen. Keuchend wollte er sein Gesicht vor der Reitgerte schützen und trat die Flucht

Richtung Wagen an. Da ließ Irene endlich von ihm ab. Ihr Kopf war rot angelaufen, ihr Haar völlig zerzaust.

Peter war inzwischen wieder auf den Beinen und stürzte hinter Schulte-Beikel her, um seine Mannesehre wieder herzustellen. Doch der war mittlerweile eingestiegen und fuhr in einer scharfen Kurve direkt auf Peter zu. Mit einem Sprung brachte der Verprügelte sich außer Reichweite und schrie mit Ingrimm hinter Schulte-Beikel her: „Dich bring ich um!", wobei er seine Faust drohend über dem Kopf schwang.

In diesem Augenblick fuhr ihre Nachbarin Anne mit ihrem Fahrrad am Hof vorbei, und winkte fröhlich.

5. Kapitel

22. Mai, Freitag, 11:51-23:37 Uhr

Silke sprang die Stufen der Bücherei hinab, es war kurz vor zwölf Uhr. Sie hatte Hunger und keine Lust, in der Mensa zu essen. Dort war ihr die Atmosphäre zu deprimierend, tausende mampften im gleichen Takt, dazu der riesige Raum, die nackten Tische, das machte nicht gerade gute Laune. Noch immer war ihr elend zumute, ab und an musste sie weinen, weil sie fortwährend, wenn sie nicht gerade abgelenkt wurde, an Tim dachte. Der Hund fehlte ihr sehr, es fing schon beim Aufstehen an. Jetzt läutete morgens nur noch der Wecker, keine kalte Hundeschnauze sagte an ihre Füße unter der Bettdecke stupsend: „Hallo! Heute ist ein neuer Tag."

Silke war am ersten Tag überhaupt nicht ansprechbar gewesen. Sie hatte ihr Zimmer nicht verlassen und nicht einmal der junge Mann, der Tim gefunden hatte, hatte sie ans Telefon locken können. Vergeblich hatte ihre besorgte Vermieterin an ihre Tür geklopft. Viele Menschen, die ihren vierbeinigen Freund verloren hatten, kauften sich unverzüglich einen neuen Hund. Silke hatte das auch kurz erwogen. Aber einen zweiten Tim gab es bestimmt nicht. Nein, Tim war einmalig, sie wollte keinen anderen Hund.

Aber auch wenn der Mensch trauert, muss er etwas essen. Silkes Magen knurrte, recht laut sogar, und zwang sie, sich von ihren tristen Gedanken abzuwenden. Sie war sich nicht schlüssig. Vielleicht direkt um die Ecke, in das kleine Café in der schmalen Gasse? Nett war es dort schon. Oder in das Alte Gasthaus Leve, Linsensuppe essen. Das war auch nicht so teuer, da war's jedenfalls gemütlich und darauf kam es an. Es war Silke klar, dass sie etwas tun musste, um seelisch wieder auf die Beine zu kommen. Wenn sie jetzt wochenlang durchhing, konnte sie ihr Physikum sausen lassen. Bei ihrer finanziellen Lage konnte sie sich das jedoch nicht erlauben.

Während sie noch überlegte, wurde sie von hinten angesprochen: „Gehst du mit in die Mensa?"

Es war Maria. Maria war etwas älter als sie und über den zweiten Bildungsweg ins Studium gekommen. Heute trug sie einen kurzen, dafür umso engeren schwarzen Lederrock, schwarze Strümpfe, flache

Lackslipper und eine auf alt getrimmte schwarze Lederjacke im Motorradstil über einem engen Rollkragenpullover. Sie war perfekt geschminkt und mit ihrer langen Mähne war sie mehr als nur attraktiv. Alle würden sich nach ihr umdrehen. Das war auch der Zweck des Ganzen, doch Maria würde wieder scheinbar verständnislos seufzen: „Ach die Männer, die denken doch immer nur an das Eine …“ Und zu diesem Spielchen hatte Silke gerade überhaupt keine Lust.

„Nein, hab noch 'nen Termin beim Zahnarzt“, schwindelte sie.

Obwohl oder auch weil Maria ebenfalls Zahnmedizin studierte, konnte man sie mit einem Zahnarzttermin jagen und so verabschiedete sie sich hüftschwingend, jedoch nicht ohne die Ankündigung, später anzurufen. Silke löste das Schloss von ihrem Fahrrad und machte, dass sie Richtung Altstadt kam.

Münsters Verkehr war wieder in Bestform. Wie immer dreimal täglich: morgens, mittags, abends. Silke versuchte sonst immer, diese Zeiten zu vermeiden. Denn dass die Radfahrer, wenn die Autos abbogen, geradeaus Vorfahrt hatten, das hatte sich bei einigen Autofahrern immer noch nicht herumgesprochen. Silke guckte im Zweifelsfalle schon immer nach den Nummernschildern, denn bei Auswärtigen, z.B. aus GE oder DO, wurde man garantiert über den Haufen gefahren. Das Kopfsteinpflaster auf der Straße zum Gasthof rüttelte sie ordentlich durch. Sie radelte an dem ehemaligen Autohaus vorbei. Der äußere Teil des Gebäudes stand unter Denkmalschutz. Auf dem Parkplatz nebenan hatte man mittelalterliche Stadtreste entdeckt und freigelegt. Nach der Katalogisierung war jedoch alles wieder zugeschüttet worden.

Silke stellte ihr Fahrrad gegenüber beim Jagdgeschäft ab. Hier war der Bürgersteig breiter. Sie freute sich auf das Essen und studierte im Aushangkasten, was es heute gab. Na, Gott sei Dank, Linsensuppe. Manchmal gab es auch Erbsensuppe. Oder Gemüseeintopf, aber das mochte sie nicht so gerne. Linsensuppe war ihre Leibspeise und hier schmeckte sie besonders gut.

Sie setzte sich links in die Ecke, der Tisch wurde gerade frei, wo sie mit Tim meistens gesessen hatte. Von hier aus hatte Tim alles gut beobachten können. Zu spät fiel ihr ein, Tim war ja nicht mehr. Sie schluckte. Prompt kam dann noch, was kommen musste und die Bedienung fragte sie nach ihrem Hund.

Bei sich bezeichnete Silke diese Kellnerin als Woge. Denn sie war ziemlich dick, hatte aber dennoch einen fast schwebenden Schritt. Hier im Gasthof war man im übrigen Hunden gegenüber sehr zugetan, es lag wohl an der Inhaberin, die selbst einen Hund besaß.

Also, da war sie nun, die unausweichliche Frage. „Tot“, war das Einzige, was sie herausbrachte, und dann konnte sie sich einfach nicht mehr zusammenreißen. Sie weinte still, weil sie nicht die Aufmerksamkeit der anderen Gäste erregen wollte, zumal das Restaurant um diese Zeit immer gut besucht war.

Die Woge stellte das Tablett auf ihren Tisch ab und setzte sich neben sie. Dann nahm sie eine Serviette und wischte Silke die Tränen ab. „Nun lass mal gut sein, Mädchen. Jetzt essen Sie erst mal was, und wenn ich mal mehr Zeit habe, dann erzählen Sie mir alles.“ Silke nickte tapfer und bestellte einen Teller Linsensuppe.

Die Kellnerin machte sich mit ihrer Bestellung davon. Als sie nach einer Weile wiederkam, servierte sie der erstaunten Silke jedoch statt des Tellers eine ganze Terrine Linsensuppe. Und ein Brötchen war auch dabei.

„Geschenk des Hauses“, sagte sie, Silke breit anlächelnd, und entschwebte zu anderen Tischen.

Silke aß mit großem Appetit, bis die Terrine ratzekahl leer war. Seit Tagen hatte sie nicht mehr so viel gegessen. Danach fühlte sie sich deutlich besser.

Nach dem schattigen Gasthofgewölbe war es draußen strahlend hell und Silke musste blinzeln. Sie fühlte sich längst nicht mehr so traurig und überlegte, Tim ein Holzkreuz für das Grab zu zimmern. Sicherlich hätte der Bauer, ihr Vermieter, dagegen nichts einzuwenden. Silke beschloss, nach Hause zu fahren, mit dem Rad eine knappe halbe Stunde. Heute würde sie aber in Gievenbeck einen Abstecher in die Eisdiele machen. Nach ihrer Ansicht gab es das beste Eis eben in Gievenbeck. Gerade passierte sie die Tankstelle, wo sie von der Hauptstraße abbiegen musste, als neben ihr ein Auto fröhlich hupte.

Das Auto war unverkennbar, bunt wie ein Osterei. Nur der Fahrer sah heute wortwörtlich zivilisiert aus. Seine Uniformkluft hatte er gegen Jeans und ein buntes Holzfällerhemd eingetauscht. Sieht richtig passabel aus, dachte Silke. Sie bremste und stützte sich mit einem

Fuß auf der Bordsteinkante ab. Heinrich hatte einfach den Wagen neben ihr geparkt und war herausgesprungen.

„Das ist aber schön, dass ich Sie hier treffe. Ich darf Sie zu einem Eis einladen. Nein sagen gilt nicht.“

Silke sagte nicht Nein.

„Wer zuletzt ankommt, bezahlt“, rief er lachend.

„Das ist unfair“, beschwerte sich Silke.

„Gar nicht!“ sagte Heinrich, „ich muss nämlich erst noch tanken. Sonst bleibt mir unterwegs mein Auto noch stehen. Wenn Sie warten wollen, stellen wir Ihr Fahrrad hier ab, und ich bringe Sie nachher zurück.“

Silke blickte zur Tankstelle, an der gerade reichlich Betrieb war. „Nein“, sagte sie, „ich nehme die Wette an. Aber ich werde Sie nicht schonen, wenn ich gewinne!“ Damit fuhr sie davon.

Heinrich winkte ihr hinterher. Er ließ sich Zeit, wendete etwas umständlich sein buntes Auto und eroberte sich eine Zapfsäule. An der Kasse war eine Schlange. Aber ihm war es recht, denn zum Spiel gehörte, dass Silke gewann. Dann zockelte er ganz gemütlich nach Gievenbeck.

Draußen waren bereits Tische aufgestellt und Silke hatte schon die Eiskarte studiert. Sie nahm ihn erst jetzt richtig zur Kenntnis. Während der Suche nach Tim hatte sie für nichts Anderes Augen gehabt. Nicht übel, dachte sie, als er auf sie zukam. Ein richtiger Kerl, kein Bubi, wie die meisten ihrer Kommilitonen. Heinrichs Haare waren dunkelbraun, fast schwarz und mit diesem Hemd hat er direkt was Abenteuerliches an sich. Ich mag ihn, schloss Silke ihre Betrachtungen. Für weitere war aber auch kein Raum mehr, denn Heinrich stand nun in Lebensgröße vor ihr. Mit einer eleganten Geste bot sie ihm den freien Stuhl an.

„Darf ich's wagen, schönes Fräulein?“, lautete seine Antwort darauf. Heinrich bestellte und dann saßen sie vor zwei großen Eisbechern. Zuerst löffelten sie stumm, aber ihr fiel auf, dass Heinrich sie prüfend musterte.

„Wie schaut's aus? Schon ein bisschen besser?“

Silke nickte und lehnte sich entspannt zurück. Es war schön, hier zu sitzen. Sie empfand seine Anwesenheit als angenehm, sehr angenehm sogar. „Die Vögel zwitschern so schön.“

„Ja, da ist sogar ein Dompfaff dabei. Hören Sie mal genau hin!“

Silke war verblüfft, denn von Piepmätzen hatte sie nun gar keine Ahnung. „Woher wissen Sie das?"

„Ist mein Beruf", grinste Heinrich vergnügt. „Ich bin Ornithologe, Vogelkundler zu gut Deutsch."

„Ja, braucht man denn so einen Beruf?"

„Immer mehr sogar. Wenn die Vögel sich zurückziehen, ist das für den Umweltschutz immer ein ernstes Zeichen. Zuerst verschwinden die Vögel von dieser Erde, dann folgt der Mensch."

„Das klingt aber gar nicht gut, was Sie da sagen."

In diesem Augenblick ging ein junger Mann an ihrem Tisch vorüber und grüßte: „Guten Tag, Herr Doktor Fels."

„Sind Sie das etwa?", fragte Silke erstaunt.

„Sieht ganz so aus", erwiderte Heinrich bescheiden. „Heute noch was vor?"

Silke zuckte mit den Schultern. „Nichts Bestimmtes." Sie lächelte ihn an. „Nein, ich habe soeben beschlossen, mir für den restlichen Tag frei zu nehmen. Und wie ist es bei Ihnen? Ich nehme an, Sie arbeiten hier an der Uni?"

„Genau. Aber ich habe heute auch meinen freien Tag. Wenn ich will. Und zwei freie Tage ergeben zusammen einen freien Nachmittag. Würde mich wirklich freuen, wenn wir ihn zusammen verbringen."

„Abgemacht", freute sich Silke. „Haben Sie denn eine Idee, was wir unternehmen könnten?"

„Ja", entfuhr es Heinrich stolz. „Ich hatte ja Zeit genug, mich auf ein Rendezvous mit Ihnen vorzubereiten. Wie gefällt Ihnen eine Bootsfahrt auf der Werse? Ruder- oder Tretboot, wie's der Dame beliebt."

Kurz darauf war das Fahrrad an der Eisdiele vertäut und Silke saß zum zweiten Mal in Heinrichs Vehikel. Der dritte Gang war noch immer außer Funktion, nur das Motorgeräusch klang noch erheblich ungesunder.

So kam es, dass sie den Frühlingsnachmittag auf der Werse mit Tretbootfahren verbrachten. Bisweilen ließen sie das Boot einfach in der Flussmitte treiben, plauderten und erzählten einander kleine und große Geschichten. Über ihnen prunkten die Trauerweiden in einem kräftigen, jungen Grün und wie immer empfand Silke diesen Namen so unpassend wie nur irgend möglich. Sie fand an diesem Baum nichts Trauriges und die hängenden Zweige gaben ihr die Geborgenheit einer Höhle.

Und wirklich, einmal schweiften ihre Gedanken zurück in ihre Kindheit und sie erinnerte sich, dass sie mit Großvater auf einen See hinausgerudert war, es war auch Sommer gewesen. Sie hatten Stullen aus Weißbrot mit Schinken und Marmalade gegessen, mitten auf dem See hatte Großvater geankert. Er hatte ihr Geschichten vom Seekönig erzählt und von Nixen, sie hatte im Boot gelegen und über den Rand nach ihnen Ausschau gehalten. Dass sie sie nicht erspäht hatte, hatte den Zauber nicht gebrochen. Noch Tage danach hatte sie in dieser Märchenwelt weitergelebt … und etwas von dem Glück dieser vergangenen Zeit mit Großvater, selber heute fast ein Märchen, wehte jetzt zu ihr hinüber, als sie mit Heinrich zusammen war.

Dieser merkte auch etwas von dem Zauber dieses Nachmittags und Silkes wieder gewonnene Heiterkeit stimmte ihn fröhlich. Abends waren sie in ein schickes Restaurant gegangen. Silke kannte solch teure Lokale bisher nur aus der Broschüre „Münster genießen“. Spät brachten sie gemeinsam Silkes Fahrrad zum Bauernhof. Es war bereits dunkel und kitschig-romantisch leuchtete der Mond über den Weiden und Erlen am Bach, der am Hof vorbeifloss.

Heinrich verabschiedete sich und entschwand mit seinem Auto leise im vierten Gang wie ein moderner Erlkönig über die kleine Asphaltchaussee in Richtung Münster.

6. Kapitel

26. Mai, Dienstag, 08:11-11:34 Uhr

Kommissar Peters öffnete das Fenster. Schon jetzt war es in dem alten Backsteingebäude aus Kaiser Wilhelms Glanzzeit unerträglich warm, weil die Sonne die gesamte Gebäudefront beschien. Peters setzte sich rücklings auf die Fensterbank und besah sich desinteressiert sein Büro, sein halbes. Er teilte es mit einem Kollegen. Doch der war heute den ersten Tag auf Urlaub und so würde das auch in den nächsten drei Wochen bleiben.

Peters war nicht besonders groß. In seinem Dienstausweis stand 171 cm und das war vermessen. Nämlich beim Amtsarzt um einen Zentimeter. Peters war noch jung. „27 Jahre. Aber schon fast ohne Haare." Weil sich das so schön reimte, pflegte er es bei jeder passenden und unpassenden Gelegenheit anzubringen. Peters äußere Erscheinung war unauffällig und weil auch seine Leistungen bis jetzt eher nichts sagend waren, sprich, weil er so ganz das Gegenteil von seinen berühmten Fernsehkollegen war, wurde er von seinen echten Kollegen heimlich Schlimmansky genannt.

Schlimmansky stand also am Fenster, während Münster das erste Rendezvous mit dem Sommer hatte in diesem Jahr. Er sah auf seine Arbeit. Der Tag würde noch lang werden. Denn es war gerade erst Viertel nach Acht in der Früh.

Peters gehörte zum Morddezernat, und da die meisten Täter in der unmittelbaren Verwandtschaft bzw. Bekanntschaft des Opfers zu suchen waren, kriegten sie die Mörder fast alle. Jedenfalls bestand keine Gefahr, dass Peters' mangelnde Einsatzfreude vor seiner Pensionierung auffallen würde. In einer Beziehung war Peters Spezialist. Egal wie dämlich eine Situation war, wie doof eine Frage, immer sah er dabei voll konzentriert und vor allem intelligent aus. Was er auch war. Wenn er wollte. Das gab ihm uneingeschränkten Schutz, auch bei seinen Vorgesetzten.

Nur gestern war Peters etwas unsicher geworden, weil sein Chef ihn gerufen hatte. Was er denn von der Sache hielte? Kollege Brenner, der diese Fälle sonst bearbeite, sei krank für die nächsten Wochen. Beim Reinigen der Dienstwaffe verletzt. Nicht tödlich. Selbstverständlich nicht, kleiner Scherz. Also der Kollege Brenner sei vorläufig nicht im Dienst und die Arbeit müsse ja gemacht werden, und was er von der Sache hielte, ob er Lust habe, den Fall zu übernehmen. Es sei ja schließlich auch Mord, wenn auch ein ganz spezieller. Wenn er Fragen und so weiter … und schon stand er wieder auf dem Gang.

Das war gestern. Und die Mappe, um die es ging, lag jetzt auf seinem Schreibtisch. Peters war misstrauisch. Eine Karrierefalle? Hier galt es rein taktisch zu entscheiden. Vielleicht stand der Chef wirklich unter Druck. Hielt ihn für fähig, den Fall allein zu lösen? Wenn er ablehnte, war er markiert, wenn es der Chef ernst gemeint hatte. Wenn dem so war, wenn er den Fall übernahm, wenn er ihn sogar löste, würde der Chef ihm das anrechnen. Und da hier so viele Wenns waren, gab es für Peters kein Aber mehr. Er würde den Fall übernehmen. Und lösen. Denn sicherlich war hier das gleiche Schema anzuwenden: Nachbarn, Verwandte. Wer sonst?

Peters stieß sich von der Fensterbank ab und setzte sich hinter seinen Schreibtisch. Während er an den Fingernägeln der einen Hand kaute, schlug er mit der anderen den dünnen Aktenhefter auf. Einsortiert war das ganze unter H. H wie Hundemorde. Bescheuert, dachte Peters. Warum können die Mörder nicht bei Menschen bleiben? Jeder anständige Mörder mordete Menschen. Aber doch keine Tiere.

Peters hielt inne bei den Fotos. Er war während der Ausbildung auch mit Leichen konfrontiert worden. Jeder zukünftige Sherlock Holmes musste da durch. Aber das, was er hier sah, ließ ihm doch die Darmwände gefrieren. Mit steiler Kugelschreiberschrift stand unter den Bildern: Bei lebendigem Leibe! Das Rufzeichen war extra dick ausgemalt und darunter hatte Dr. Wusch, der Leiter der Pathologischen Anatomie, seine Unterschrift gesetzt. Dann war da noch der Befund des Staatlichen Veterinärs, Dr. Brakel.

Da das Fingernägelkauen nicht half, klappte Peters die Akte erst einmal wieder zu. Er lehnte sich zurück und es war gut, dass er allein im Zimmer war. Sein Gesicht zeigte ehrliche Betroffenheit. Und irgendwo in seinem Innern fühlte er, was ihn vor einer halben Ewigkeit bewogen hatte, zur Polizei zu gehen: der Wunsch, für mehr Gerechtigkeit in dieser Welt zu sorgen. Auch in seiner Generation gab es

Idealisten. Gab. In der täglichen Mühle war noch jeder auf der Strekke geblieben.

Auch mit seinen bloß 27 Jahren erfasste er, dass mit dieser Gesellschaft etwas nicht in Ordnung war. Nur konnte keiner sagen, was eigentlich. Dabei hatten sie von der Polizei doch einen unverstellten Zugang zum Krankheitsbild der Gesellschaft. Polizisten als Sozialärzte, so hatte Peters seinen Beruf definiert und irgendwo hielt er noch immer daran fest. Doch unter seinen Kollegen fand er wenig Verständnis. Dem alten Schürholz von der Sitte, dem konnte er vielleicht vertrauen, so ein bisschen war da mal durchgeklungen, als sie von Amts wegen miteinander zu tun hatten. Aber leider würde Schürholz Anfang nächsten Jahres pensioniert.

„Zur Sache", sagte Peters halblaut. „Wer tötet Hunde? Fremde Hunde?"

Die Hundemorde waren nicht nur in Münster direkt, sondern auch im Umfeld begangen worden. Gievenbeck, Nienberge, Hiltrup. Motiv: Psychischer Defekt. Ein normaler Mensch konnte so etwas nicht tun. Obwohl Peters da gar nicht mehr so sicher war, was normale Menschen alles tun konnten. Wenn er so an den Fall dachte, wo der Vater sein eigenes Kind bei lebendigem Leibe verbrannt hatte, weil die Frau auf und davon ... Natürlich hatte sie das Kind mitnehmen wollen, Frauen nahmen immer was mit.

Aber zur Sache. Das Killerbedürfnis schien immer schubweise aufzutreten. Das war bei allen Triebtätern so. Ja, dieser Fall begann Peters zu reizen. Der Instinkt des Jägers begann sich in ihm zu regen. Peters griff zum Hörer und meldete sich in der Zentrale für ein paar Stunden ab. Er ging durch das riesige Treppenhaus nach unten, grüßte durch ein symbolisches Hand-an-die-Mütze-Legen die Wache am Eingang.

Ja, ja, die Wache. Das Lieblingskind des Chefs. Manchmal dachte Peters, sein Chef sei der RAF persönlich böse. Warum machten die nie ein Attentat in Münster? Auch der Chef wollte befördert werden. Aber so stand dieser gegenüber seinen Kollegen in Frankfurt natürlich blass da. Bauer ermordet Bäuerin mit Mähdrescher. Das war nicht spektakulär, nur blutig.

Peters schwang sich auf sein Fahrrad und brauste los. In einem Anflug von Energie und Humor trat er kräftig in die Pedale, machte Tatütata, klingelte heftig und bog zum Aasee ab. Am Nobelhotel, dann an der Tierversuchsklinik vorbei, wo Optimisten mit weißer Farbe an die Mauer „Schluss mit Tierversuchen in Münster" geschrieben hatten. Das war natürlich doof. Denn die Geldgeber der Uni trafen sich, wenn in Münster, dann schon eher in dem Nobelhotel. Da hätte man den Spruch anbringen müssen. Peters fuhr über die Torminbrücke bis zum Strand-Café.

Wieso eigentlich Strand-Café? Am ganzen Aasee gab es keinen Meter Strand. Und baden durfte man hier schon gar nicht. Dafür gab es hier umso mehr Hunde. Warum nur war hier bisher keiner getötet worden? Offensichtlich liebten die Münsteraner Hunde. Mit ein Grund, warum dieser Fall dem Chef wohl wichtig war. Der wollte die Aufklärung, bevor die ganze Sache zum dramatischen Aufmacher in der Lokalpresse wurde. Emotional gab das Thema ja einiges her. Und wenn schon die Polizei nicht in der Lage war, ein paar zwar abscheuliche, aber simple Hundemorde aufzuklären, ja bitte, was konnte man ihr dann denn noch zutrauen? Wo blieb da die Sicherheit der Bürger, um diese Phrase zu dreschen.

Peters stellte sein Fahrrad ab, sprang die Treppenstufen zum Café am Ufer herab und bestellte sich einen Kaffee. Es war jetzt noch wärmer geworden. Er krempelte seine Hemdsärmel auf, und dann begann er, sich geistig in die Rolle eines Hundemörders zu versetzen. Er blickte so grimmig drein, dass die Kellnerin irritiert den Kopf schüttelte. Peters zahlte sofort bei der Bestellung. Polizisten zahlen immer sofort. Das macht sie frei für die Fahndung. Man kann nie wissen. Nicht auszudenken, käme jetzt der Hundemörder mit einem Pappschild auf der Brust vorbei: „Ich bin der Hundemörder". Und er, Peters, könne die Fahndung nicht sofort aufnehmen, weil er noch zahlen müsste.

Peters schaute umher, machte wieder sein schlaues Gesicht und bestellte noch ein Mineralwasser. Diesmal zahlte er nicht, sondern sagte nur halblaut, allerdings mehr zu sich als zur Kellnerin: „27 Jahre und fast keine Haare."

Bei der Kellnerin war er nun endgültig unten durch. Ein Verrückter, ein Mörder vielleicht. Ein Aaseemörder. Man konnte bei diesen Menschen nie genau wissen. Sie beschloss, den Verdächtigen unauffällig im Auge zu behalten. Sie guckte schließlich auch Tatort und wusste, wie man das machte. Zuerst postierte sie sich unauffällig neben der Kasse, die Serviette über den Arm. Es waren nur noch zwei andere Gäste da, sodass sie ihre Aufmerksamkeit nicht teilen musste.

Aber Peters verhielt sich enttäuschend. Er behielt zwar sein brummig-böses Gesicht, aber sonst geschah in den nächsten zehn Minuten wenig Aufregendes. Ein Herrchen mit Hund zog schleppend vorüber. Das heißt, der Hund schleppte sein Herrchen. Peters sah es, aber er nahm es nicht bewusst wahr. Er sinnierte vor sich hin. Wie wurde man zum Hundemörder? Man hasste Hunde. Vom Hund gebissen? Oder gar entstellt? Nun kam die Kellnerin endlich auf ihre Kosten. Peters schob seinen Unterkiefer nach vorn, sperrte den Mund auf und kniff gleichzeitig ein Auge zu. Das Resultat war wirklich verblüffend. Jede Intelligenz war aus seinem Gesicht gewichen, Schlimmansky sah wirklich schlimm aus. Die Kellnerin starrte ihn mit offenem Mund an und zog so mit Peters etwa gleich, zumindest was die Dummheit des Gesichtsausdruckes betraf.

Endlich merkte Peters, was er für eine Pantomime aufführte. Schlagartig blickte er wieder normal und schaute zu den beiden anderen Gästen hinüber. Die aber wandten ihm den Rücken zu und blickten interessiert auf den Aasee. Nun sah er zur Kellnerin hin, die schnell weggucken wollte, weil sie sich ertappt fühlte. Doch die winkende Handbewegung von Kommissar Peters hinderte sie daran, sich vollends abzuwenden.

Aber die Kellnerin zeigte Rückgrat. Entschlossen ergriff sie die Serviette und nahm Kurs auf den Tisch von Peters. Der lächelte sie gewinnend an und machte eine einladende Handbewegung.

„Setzen Sie sich mal bitte einen Augenblick zu mir!"

Im Begriff, eben das zu tun, wandte sie ein: „Aber wir dürfen uns nicht zu den Gästen setzen. Der Chef …"

Peters unterbrach sie: „Sie dürfen gewiss!" Und obwohl er die Reaktion bereits kannte, war er aufs Neue überrascht, als er kurz seine Marke mit dem Wort Kriminalpolizei hervorzog.

Es war nicht nett von Schlimmansky, das Weltbild der Kellnerin so jäh ins Wanken zu bringen, ja zu zerstören. Die von wollüstigen Schauern durchwobenen Träume der Kellnerin hatten eben noch bei der Auszahlung einer Belohnung verweilt. „Tapfere Kellnerin vom Aasee stellt entsprungenen Irren." So hatte sie sich schon die Schlagzeile vorgestellt. Auf den Boden der Realität zurückgeholt, war sie nun umso verwirrter.

Mit der linken Hand winkte Peters sie näher zu sich heran, fast trafen sich ihre Köpfe. „Geheime Ermittlungen“, flüsterte er, „es geht um Mord.“ Er schwieg und wartete die Wirkung seiner Worte ab.

In diesen Sekunden machte das Leben an der Kellnerin vieles wieder gut. Da war er, der Mittelpunkt. Das, worauf sie Zeit ihres kurzen Lebens gewartet hatte. Die Kellnerin war 21 Jahre alt, davon bestimmt 18 enttäuschte. Aber jetzt bezog das Schicksal sie in seine Handlung mit ein. Hier ging es um so etwas Wichtiges wie Mord. Die Kellnerin trat nun ganz in den Dienst des Staates, der Polizei. „Was kann ich für Sie tun, Herr Oberkriminalrat?“ Damit wollte sie kundtun, dass sie sich mit der Polizeihierarchie auskannte, und verschmitzt wartete sie nun auf die Korrektur ihrer wohl gemeinten Beförderung.

Aber den Gefallen tat ihr Peters nicht. Er degradierte sich nicht selbst.

„Mord“, wiederholte er nochmals. „Hundemord.“

Peters war ein Spieler, er genoss die Enttäuschung, die sich in ihrem Gesicht breit machte, aber sie fing sich schnell: „Hundemord? So etwas gibt’s auch?“

„Ja“, sagte er schlicht, „in der Tat. Eine ganz scheußliche Sache sogar. Wer weiß, vielleicht steckt sogar mehr dahinter.“

Diesen Köder schluckte die Kellnerin dankbar, nun war sie wieder ganz von ihrer Wichtigkeit bei diesem Fall überzeugt.

„Ich hätte von Ihnen gerne ein paar Auskünfte, und vielleicht können Sie mir sogar helfen. Als Kellnerin haben Sie doch viele Gäste. Und bestimmt auch viele Gäste mit Hund. Daher meine Frage: Ist Ihnen etwas aufgefallen? Etwas Seltsames? Wenn den Leuten etwas passiert ist, mit ihren Hunden, dann erzählen sie doch gerne davon. Überlegen Sie mal, erinnern Sie sich an irgendetwas?“ Peters sah sie an, wartend.

Die Kellnerin gab sich Mühe. Sie hatte wirklich das Gefühl, dem Kriminalen helfen zu müssen. Und zu können. Da war etwas gewesen. Aber es fiel ihr nicht ein. Jedenfalls nicht jetzt. Sie überlegte angestrengt. Verdammt. Manchmal ahnte sie, dass sie mit Intelligenz nicht gerade üppig ausgestattet war, und dann litt sie darunter. Da saß vor ihr dieser nette Kriminalbeamte und wenn ihr jetzt nichts einfiel, verlor der bestimmt sein Interesse und alles war vorbei, ehe es begonnen hatte. Sie nagte an ihrer Unterlippe.

Peters beobachtete sie. Anstatt ihr jedoch Zeit zu lassen, machte er einen Fehler. Er war ja erst 27 Jahre alt und hatte noch nicht die professionelle Ruhe und Souveränität, die ein echter Jäger besitzt. Seinem Kollegen Schürholz wäre das nicht passiert, und als Peters das alles registrierte, war es zu spät. Das Wild war von der Lichtung verschwunden.

Denn Peters drängte: „Nun sagen Sie schon. Was fällt Ihnen ein!?"

Damit war die Tür zu. Ja, die Kellnerin war bereit, Peters zu helfen. Aber nicht bereit, vor ihm ein Manko einzugestehen.

„Ach, weiter nichts", sagte sie achselzuckend, „ich dachte, da wäre etwas gewesen, aber es hat nichts damit zu tun."

Peters schaute sie erst enttäuscht an und dann sagte er zu seiner eigenen Überraschung: „Peters, Kriminalkommissar. Entschuldigen Sie bitte, aber ich vergaß, mich vorzustellen."

Darauf lächelte die Kellnerin zum ersten Mal. „Marianne", sagte sie gerade, als ihr Name mit einem Riesengebrüll als Echo zurückgeworfen wurde.

„Marianne!!"

In der Tür des Cafés stand, die Arme in die Seiten gestemmt, ein kleiner, dicker Mann. Er war unübersehbar wütend.

Die anderen Gäste hatten sich zu ihm umgedreht, Marianne war erschrocken aufgesprungen und sagte verzweifelt zu Peters: „Mein Chef. Ich muss bei Ihnen noch kassieren."

Aber dazu kam es nicht. Jedenfalls nicht jetzt. Wie ein wild gewordener Panzer rollte der kleine Dicke auf ihren Tisch zu. Marianne hatte ihre Hände unter der Schürze in Sicherheit gebracht. Die Schultern zusammengezogen stand sie da, als erwarte sie Schläge. Peters saß noch immer und sah den Ereignissen mit hochgezogenen Augenbrauen entgegen.

Der Cafébesitzer baute sich vor ihnen am Tisch auf und stemmte wieder die Hände in die Hüfte.

Ohne Rücksicht auf seine Gäste bellte er Marianne an: „Wie oft habe ich Ihnen schon gesagt, dass Sie sich mit den Gästen nicht an einen Tisch setzen sollen!" Er dröhnte, Mariannes verbale Gegenwehr mit einer Handbewegung wegwischend, sogleich weiter: „Ich zieh Ihnen eine Arbeitsstunde vom Lohn ab. So schlechte Kellnerinnen wie Sie bekomme ich zu Tausenden. Was glauben Sie eigentlich, wer Sie …"

Weiter kam er nicht. Denn jetzt war Kommissar Peters aufgesprungen. Den ersten Teil war er noch geneigt gewesen mit einem gewissen Amüsement zu ertragen, nun aber ging es an die Existenz der Kellnerin.

„Stopp!“ brüllte er, in Großbuchstaben.

„He, was wollen Sie denn? Mischen Sie sich gefälligst nicht in Angelegenheiten, die Sie nichts angehen.“

Peters hob beschwichtigend die Hände. „Bevor Sie sich hinreißen lassen, noch mehr Unsinn zu reden, setzen Sie sich dahin und werden bitte schnellstens wieder vernünftig. Peters, Kriminalpolizei!“

Auch hier tat das unverzüglich seine Wirkung. Der Cafébesitzer wurde lammfromm. „Hab ich nicht gewusst, dass Sie …“

Peters winkte ab und weihte den Dicken ein.

Inzwischen hatte auch Marianne sich wieder gesetzt und die Gäste widmeten sich wieder dem Aaseepanorama und ihrem Kännchen Kaffee.

„Frage 1: Haben Sie etwas Verdächtiges im Zusammenhang mit Hunden bemerkt? Frage 2: Haben Ihre Gäste über etwas gesprochen, das vielleicht mit den Hundemorden zu tun hatte? Aus der Zeitung können die Leute übrigens nichts erfahren haben, es stand nämlich noch nichts drin. Also, fällt Ihnen etwas dazu ein?“

Peters feistes Gegenüber gewann seine Panzerdynamik zurück und war wieder ganz Chef.

„Haben Sie etwas bemerkt, Fräulein Marianne? Sie haben doch mehr Kontakt zu den Gästen. Überlegen Sie mal scharf. Der junge Mann ist von der Polizei und auf unsere Hilfe angewiesen. Ich heiße übrigens Berlin, wie unsere Hauptstadt.“

Herr Berlin hatte offensichtlich einen Delegationskursus besucht und erfolgreich bestanden. Auf die Idee, sich selbst Gedanken zu machen, verfiel er erst gar nicht, wozu hatte man schließlich Personal.

„Ich hol uns erst mal einen Kaffee und ein leckeres Stück Kuchen, während Marianne Ihnen Auskunft gibt.“ Damit schoss er aus seinem Stuhl und rasselte in das Café zurück.

„Puh“, seufzte Marianne.

Peters tat es ihr nach, nicht nur um seine Loyalität zu bekunden. Sie schwiegen, als Berlin mit einem üppig beladenen Tablett aus dem

Café zurückkam und jovial fragte: „Na, Verhör schon beendet? Na, dann lassen Sie's sich mal schmecken, Herr Oberkriminalmeister!"

Peters nahm das Stück Erdbeertorte, das ihm gereicht wurde. Mann o Mann, dachte er, 27 Jahre und fast keine Haare. Ich mümmel hier Erdbeerkuchen, Bestechung im Dienst, ein Super-Verhör ist das. Aber seltsam ist es doch, dass bis jetzt kein Hundemord am Aasee passiert ist. Hiltrup, Nienberge, jeder Stadtteil war bis jetzt einmal dran. Nur der Innenstadtbereich nicht. Und der Aasee. Zu viel Publikum? Zu viele Beobachter? Wohnte der Täter vielleicht in dem bisher ausgesparten Bereich? Oder war der Aasee der nächste Schauplatz?

Vor ihm aß der Dicke schmatzend seine eigene Torte. Auch Peters hatte Hunger und verstand nicht, warum manche Leute morgens keinen Kuchen mochten.

„Noch eins?" fragte Berlin.

Peters war an diesem Morgen für Beamtenbestechung sehr zu haben. „Gerne!"

Berlin schien glücklich darüber zu sein. Ach, kann der auch mal freundlich gucken, dachte Peters. Marianne aß schweigend, wirkte aber schon weniger verkrampft.

„Selbst gebacken!" bellte Berlin voller Stolz. „Hol uns noch was!" Und brummte ab ins Café.

„Wirklich lecker, der Kuchen!" Peters wandte sich an Marianne. „Vielleicht fällt Ihnen später noch was ein?"

Auch das zweite Stück aß Schlimmansky mit Behagen. Sein Chef hätte Krämpfe bekommen, hätte er sehen können, wie sein Mitarbeiter vor elf Uhr bereits zwei Stück Erdbeertorte vertilgte. Aber er sah es nicht und so war Peters Genuss ungetrübt.

Marianne stand nun auf und sagte: „Ja, dann auf Wiedersehen. Ich muss kassieren und noch aufräumen." Damit ging sie zu den beiden anderen Gästen.

„Eine tüchtige Mitarbeiterin haben Sie da!"

„Meinen Sie? Ist noch nicht lange bei mir. Hat Ihnen der Kuchen geschmeckt?"

„Ausgezeichnet. Ausgezeichnet." Peters hob dabei anerkennend seine Hand und bestärkte damit noch sein Lob. „Ich muss jetzt auch weiter. Halten Sie mal ein bisschen die Augen und Ohren auf. Ich komme demnächst wieder vorbei." Damit erhob Peters sich, schüttelte dem dicken, nun merklich freundlicheren Berlin die breite Hand und machte sich auf den Weg. Während Marianne in der Küche Servietten faltete, überlegte sie krampfhaft. Was war es nur gewesen, das ihr aufgefallen war?

„Marianne! In drei Stunden kommt die Beerdigungsfeier. Sieh zu, dass du die Tische gedeckt kriegst", blaffte Berlin nun wieder in gewohnter Manier hinter der Theke.

Vom Damenstift schlug die Uhr halb zwölf, als Berlin das sagte und Marianne, als sie das Wort „Beerdigungsfeier" hörte, plötzlich wieder wusste, was sie dem Kommissar hätte erzählen müssen. So'n Schiet aber auch. Jetzt war er weg und seinen Namen wusste sie auch nicht mehr.

Auch Peters hörte das Geläute und auch er hatte eine Idee. Zusammen mit dem, was Marianne ihm hatte sagen wollen, hätte sich manches verhindern lassen. Mord zum Beispiel. Diesmal an einem Menschen.

7. Kapitel

27. Mai, Mittwoch, 10:53-14:22 Uhr

Peters saß an seinem Schreibtisch. Er wühlte in einer kleinen Schachtel herum. Seine Dynamik war mal wieder auf dem Höhepunkt. Er stocherte mit einem Bleistift, ganz langsam schob er Stück für Stück des Kartoninhaltes von links nach rechts. Rechts lagen bereits zwei Lire-Stücke, 36 Büroklammern, ein Radiergummi und eine fast leere Klebstofftube. Vor dem Karton lag eine Reißzwecke und die Fahndung nach einer Zweiten lief auf Hochtouren. Da! Da war eine. Seine Laufbahn bei der Kripo war gerettet. Er stand auf und heftete mit den beiden Reißzwecken an die Wand neben seinem Schreibtisch einen fast zwei Meter langen Computerausdruck. Dann nahm er wieder Platz und blickte auf die Liste, die nun in ganzer Pracht zu sehen war.

Die Liste war nur ein Teil, ein Auszug der Hundebesitzer in Münster. Genauer: Bereich Aasee, City, Mecklenbeck. Seinen Plan, ein Rundschreiben an diese Hundehalter zu schicken konnte er vergessen. In Münster gab es über 20.000 Hundehalter.

Einfach alle ins Büro einladen. Zuvor einen Bauantrag stellen auf Vergrößerung seines Büros zwecks Vernehmung von 20.000 Hundebesitzern. Peters liebte konkrete Lösungen. Und alles natürlich geheim, damit der Täter nicht gewarnt wurde. Darum fiel auch eine Plakataktion am Aasee flach.

Er hatte mit dem zuständigen Polizei-Psychologen Dr. Grope gesprochen. Der hatte ihm bestätigt, was er sich schon gedacht hatte. Der Hundemörder-Fall war ein ganz dickes Ei. Denn nach Ansicht von Dr. Grope war es nur eine Frage der Zeit, bis der Täter auf Menschen überwechselte. Sein seelischer Druck würde ständig zunehmen. Hundemorde würden ihn irgendwann nicht mehr befriedigen, er würde nach einem größeren Ventil suchen. Es sei ihm, Dr. Grope, ohnehin unverständlich, dass für diesen Fall nur ein Mann abgestellt würde.

Aber, er, Dr. Grope, habe den ganzen Unfug eh in zwei Jahren hinter sich. Zumindest würde seine Rente in Ordnung sein, wem erzähle er das überhaupt?

Peters war sehr beeindruckt. Ob man nicht – na, inoffiziell – einfache und andere Wege gehen könne? Vielleicht mal sogar ein Gespräch nach Feierabend? Er brauche Hilfe. Der Fall sei nicht einfach. Und eine Zimmermannsche Rasterfahndung würde auch nicht funktionieren. Wie's denn wäre? Übermorgen Abend?

Dr. Grope hatte prompt reagiert: „Wissen Sie, junger Mann, als ich so alt war, na, lassen wir das. Übermorgen bin ich in meiner Stammkneipe." Damit schlug er seinen Taschenkalender auf, zog seinen Füllhalter aus seinem Jackett und – ratsch – reichte ihm einen kleinen Zettel. „Meine Stammkneipe. Von neun bis zwölf lasse ich mich da voll laufen." Das war's gewesen. Sein Besuch bei Dr. Grope.

Von Wusch und Brakel hatte er auch nichts Neues erfahren. Vielleicht war der Mörder ein Metzger. Oder ein Jäger. Denn alle Hunde waren praktisch aufgebrochen worden. Es konnte aber auch ein Zufall sein. Eine geschickte Hausfrau konnte das auch. Es war vage, sehr vage sogar. Ja, vielleicht, wieder vielleicht, konnte man von einer bestimmten Handschrift des Mörders sprechen. Tatsache war allerdings, dass die Hundemorde an Grausamkeit zugenommen hatten. So standen die Dinge.

Peters kratzte sich am Kopf. Irgendwie musste er immer wieder an den Aasee denken. Eine fixe Idee von ihm? Er notierte sich den jeweiligen Mordtag. Die Abstände wurden immer geringer, doch der letzte Mord war fast zwei Monate her. War der Täter verstorben? Hatte er keine Lust mehr oder war er schon auf Menschen umgestiegen, wie Dr. Grope prophezeit hatte?

„Dum di dum, dum di dum di dum." Peters fand keinen Anhaltspunkt. Also das Gespräch mit Dr. Grope abwarten. Mann, das war ja heute. Er wurde etwas zufriedener. Es würde bestimmt interessant werden. Peters stand auf und suchte nach dem Wassertopf. Als er ihn gefunden hatte, ging er damit auf den Gang. Der Gang war mit schwarzweißen Fliesen gekachelt, was ihm den Charme einer Bahnhofstoilette verlieh. In der Mitte des Ganges war in der Wand ein altes Wasserbecken angebracht. Es war aus Metall und hatte die Form einer Viertel-Kugel. Der Wasserkran war noch geschmiedet und tropfte, wohl als Beweis dafür, wie alt er war. Innen war das Becken emailliert, teilweise war der Belag jedoch abgesprungen. Das Becken schloss mit einem blauen Zierstreifen ab. Hier holte Peters Wasser für seine Kaffeemaschine, er war noch auf dem Flur, als in seinem

Zimmer das Telefon schrillte. Mit einem kleinen Spurt, wobei er sich als geschickter Wasserträger erwies, war er am Telefon.

„Peters", schnaufte er.

„Peters da?" fragte jemand.

„Ja, Peters", wiederholte er.

„Ja, Herr Peters, hier ist Besuch für Sie, was mit Hunden. Das bearbeiten Sie doch." Offensichtlich war es der Pförtner.

„Schicken Sie ihn bitte hoch. Halt, noch was. Beschreiben Sie den Weg. Ich hole den Besuch am Aufzug ab."

Das war Vorschrift und lästig. Peters ging nochmals zum Wasserkran, um gleich mehr Kaffee aufzusetzen, bevor er sich auf den Weg zum Aufzug machte.

Das Aufzuglicht flammte auf, die Türen schoben sich zur Seite und gaben den Weg frei für einen Mann und eine junge Frau.

Peters gab ihnen die Hand und stellte sich vor. „Folgen Sie mir bitte unauffällig." Peters ging seinem Besuch bis zur Tür seines Dienstzimmers voran, die Tür stand noch offen. „Bitte nehmen Sie Platz. Kaffee habe ich schon gekocht. Wenn Sie also mögen, bitte bedienen Sie sich."

Inzwischen hatte sich der Besuch auf die einfachen Rohrstühle gesetzt, die ihnen Peters hingeschoben hatte. Zwei weitere Tassen, Kaffeekanne, Milchdose und Zucker standen auf einem runden Tablett bereit, das Peters als Subvention für die Polizei von seinem Gehalt gestiftet hatte.

Peters legte seine Hände auf den Schreibtisch. „Darf ich Sie bitte zuerst um Ihren Besuchsschein bitten? Dann müssen Sie sich mir nicht noch mal vorstellen und unterschreiben muss ich den Zettel eh. Sonst kommen Sie nämlich nicht mehr heraus." Er schrieb sich die Namen seiner beiden Besucher ab, unterzeichnete den Anmelde- und Passierzettel und reichte ihn an den Mann zurück.

Bis jetzt hatte sein Besuch außer Danke nicht viel gesagt. Der Mann musterte ungeniert seine Umgebung; als sein Blick auf die Liste fiel, hielt er einen Augenblick inne, lächelte kaum merklich und konzentrierte sich dann wieder auf sein Gegenüber, Kommissar Peters. Die junge rothaarige Frau war sichtlich nervös. Sie zupfte an ihrem Pullover herum und ruckelte auf ihrem Stuhl.

„Aus der Anmeldung habe ich entnommen, dass Sie wegen eines Hundemordes kommen", begann Peters und wies dabei mit einem

Bleistift von dem Mann zu dem Mädchen. „Bitte, wer von Ihnen möchte beginnen?"

Dr. Heinrich Fels hob seine Hand. Wie in der Schule, dachte er. Kaum ist man in so einem offiziellen Kasten, da benimmt man sich schon anders. Dabei war dieser Polizist, Peters, wie er hieß, doch ganz nett. Jedenfalls nicht so ein Beamtenfuzzy.

„Ich bin von Beruf Ornithologe, ich betreibe Verhaltensforschung an der Uni. Zufällig war ich dabei, als Fräulein Silke Wolf ihren Hund vermisste. Wir haben dann den Hund gemeinsam gesucht und leider tot gefunden."

„Und der Hund war schlimm zugerichtet?" Peters wartete auf eine Bestätigung.

Jetzt sagte Silke etwas, aber leise: „Ja, Tim, mein Hund, lebte noch. Heinrich, ich meine Herr Fels, hat den Hund dann getötet." Sie verstummte.

„Möchten Sie noch Kaffee?" lenkte Peters einfühlsam ab. „Dafür, dass ich ihn gekocht habe, schmeckt er recht gut."

„Ja, der Kaffee ist okay." Silke lächelte und schenkte sich nach.

„Das war keine normale Tötung, es war eine bestialische Folterung, eine Hinrichtung." Heinrich klang ernst.

Peters war gespannt. Jetzt kommt's, dachte er, meine These. Das dicke Ei, von dem Grope gesprochen hatte.

„Ich will Ihrer Arbeit als Kommissar nicht vorgreifen, aber ich denke, dieser Hundemord ist nur eine Vorstufe. Fast möchte ich wetten, es ist nicht der erste Fall, oder?"

„Natürlich sprechen wir allgemein nicht über unsere Ermittlungen, aber … ach zum Teufel!" Peters sprang von seinem Stuhl auf, Silke erschrak. „Sie haben völlig recht, Herr Dr. Fels, wenn ich Sie mal als zivilen Kollegen betrachten darf."

„Sie dürfen." Dr. Fels begann in seinen Taschen zu kramen. Silke wusste, was jetzt kam. Als er seine Pfeife hervorholte, griff Peters zu dem Nichtraucher-Schild, das auf dem Schreibtisch seines noch urlaubenden Kollegen stand, und kippte es einfach um.

Peters hatte nun ein Holzlineal als Spielzeug entdeckt, mit dem er schwertfechtend die Luft zerteilte, er sprach und ging dabei vor der Tür auf und ab: „Wir haben bis jetzt – einschließlich Ihrem – sieben Fälle. Sieben Fälle, von denen wir wissen. Die zeitlichen Abstände der Taten sind geringer geworden, die Umstände des Tötens immer grausamer. Zuletzt waren es reine Schlachtereien. Alle Hunde gehörten Frauen und alle Frauen waren älter als fünfzig. Sie", Peters wies mit dem Lineal auf Silke, „sind offenbar eine Ausnahme. Die Hundemorde wurden alle im Umkreis von Münster verübt bzw. in verschiedenen Stadtvierteln. Außer in der City und im Bereich Aasee. Täterbeschreibungen bisher: keine. Hundebesitzer in Münster: hier!" Peters klopfte mit dem Lineal gegen die Computerliste, die an der Wand hing. „Ein Auszug. Ansonsten bin ich nur als Urlaubsvertretung zuständig. Ich bin nämlich von der Mordkommission. Normalerweise laufen diese Fälle als Eigentumsdelikte oder unter Tierquälerei. Wie gesagt, im Augenblick wird in Münster gerade nicht so viel gemordet, da mache ich das mit. So, jetzt wissen Sie genauso viel wie ich. – Siebenundzwanzig Jahre und keine Haare", sagte Peters zum Abschluss seiner langen Rede und nahm wieder Platz.

„Wie bitte?" fragte Heinrich, der die letzten Worte des Polizisten, der ihm immer sympathischer wurde, nicht verstanden hatte.

„Nichts", sagte Peters, „das ist der Stand. Und jetzt interessiert mich ihre Meinung als Verhaltensforscher dazu."

Heinrich hatte diesmal mit weit weniger Streichhölzern seine Pfeife zum Qualmen gebracht, er stopfte den Tabak in der Pfeife etwas fester, zog kräftig, die Pfeife war aus. „Moment", sagte er, „bin gleich so weit." Dr. Fels hustete und unter Zuhilfenahme des Feuerzeuges, welches Peters ihm reichte, begann die Pfeife endlich heftig zu dampfen. „Nach meiner Einschätzung ist dieser Fall Hundemörder in Ihrer Abteilung, Herr Peters, vollkommen richtig. Denn wenn es nicht gelingt, den Hundemörder, solange er nur ein Hundemörder ist, zu fangen, dann haben Sie bald einen richtigen Mord. Es muss nur zu einer Aufschaltung von widrigen Umständen beim Täter kommen, und – bums – ist es geschehen."

„Was meinen Sie mit Aufschaltung?" Peter war ganz Ohr.

„Nun", fuhr Heinrich fort, „zusätzlicher Stress. Mangelnde Gelegenheit, zurzeit einen weiteren Hundemord auszuführen. Darum ist für mich der Mord an Tim kein Indiz der Erleichterung, sondern eher das Gegenteil. Der Mann, ich denke, es ist ein Mann, muss so unter Druck stehen, dass er auf das Kriterium „ältere Frau" – vermutlich Mutterbeziehung – verzichtet hat. Da Sie aber vom Opfer keine Rückschlüsse auf den Täter ziehen können, ist die Lage ziemlich vertrackt. Und damit bin ich bereits mit meinem Latein am Ende."

Heinrichs Pfeife war bei dieser langen Rede fast ausgegangen.

Die drei schwiegen. Nach einer Pause fragte Peters: „Wo ist Ihr Hund denn getötet worden?“

„Am Kanal“, gab Silke Auskunft, „Richtung Ottmarsbocholt.“

„Also ein neuer Tatort, aber wieder nicht in der Innenstadt oder am Aasee. Mmm. Siebenundzwanzig Jahre, aber keine Haare.“

„Was für Haare?“ Dr. Fels guckte ungläubig.

„Nur’n Schlagertext“, log Peters ausweichend. „Wenn Sie Zeit haben, würde ich mir den Tatort gerne mit Ihnen gemeinsam anschauen.“

„Von uns aus jetzt gleich“, sagte Heinrich mit einem Blick auf Silke.

„Klar. Dann hab ich’s hinter mir. Ist mir recht.“

„Aber bevor ich zu viel verspreche, muss ich erst rückfragen.“ Peters wählte. „Fahrbereitschaft!“ Die Stimme sprang förmlich aus dem Hörer. „Peters hier. Ich brauche ein Auto. Tatortbesichtigung. Die Zeugen sind gerade hier.“

„Absolut dringend?“ bellte der Zack vom anderen Ende zurück.

„Na, so dringend auch wieder nicht, aber …“ Weiter kam Peters nicht.

„Vor zwei Stunden habe ich nichts frei. Ich habe Ihnen schon mehrmals gesagt, melden Sie bitte Ihren Fahrzeugbedarf für den nächsten Tag am Nachmittag an.“

Jetzt unterbrach Peters den Fahrzeug-Feldwebel: „Ich weiß. Ich weiß. War ja auch nur eine Frage.“ Ohne weiter abzuwarten, hängte er auf.

„Ich hab’s geahnt“, Peters zuckte mit den Schultern, „kein Auto frei und mein eigener Wagen ist in der Werkstatt. Tja, aus unserer Besichtigung wird nichts. Dann muss ich Sie leider noch einmal vorladen.“ Peters guckte bedröppelt.

„Fahren wir mit meinem Wagen.“

„Ist aber mächtig gegen die Dienstvorschrift. Und die Kosten können Sie auch nicht einreichen.“

„Wir verraten nichts“, warf Silke lächelnd ein. War schon ein irrer Typ, dieser Peters. Aber der würde den Mörder von Tim kriegen. Der war bestimmt nicht doof.

„Mir soll’s recht sein. Ich steig’ aber erst an der Ecke zu, sonst bekomme ich am Ende noch Ärger. Muss ja nicht sein. Diesen Fall möchte ich noch klären, bevor man mich dispensiert!“

„Volles Verständnis!“ Dr. Fels nickte. „Mein Auto ist übrigens leicht zu erkennen, es ist ein bisschen bunt. Französisches Fabrikat.“

„Na dann wollen wir mal.“

Sie standen auf, Peters knipste die Kaffeemaschine aus. „Ich bringe Sie zum Aufzug und komme dann nach. Sie warten bitte an der Ecke Salzstraße, an dieser kleinen Seitenstraße. Mich erkennen Sie an meinem Hut. Und an meinem hoch gestellten Mantelkragen“, ulkte er.

Heinrich und Silke machten sich auf den Weg zum Auto und warteten auf den Freund und Helfer. Als gegen das Seitenfenster geklopft wurde, fuhren sie erschrocken zusammen. „Polizei! Aufmachen!“ brummte Peters mit verstellter Stimme. Er hatte tatsächlich einen hellen Trenchcoat an, den Kragen hochgeschlagen und eine karierte Sherlock-Holmes-Mütze tief ins Gesicht gezogen. Heinrich griff nach hinten und öffnete die Tür. Peters sprang behände auf die Rückbank und setzte die Parodie fort: „Dieser Wagen ist dienstlich beschlagnahmt. Fahren Sie so schnell Sie können von hier fort. Wir werden nämlich verfolgt, von der Polizei.“

Silke musste lachen. Heinrich gab Gas und dröhnend beschleunigte der Wagen in 40 Sekunden auf die zugelassenen 50 Stundenkilometer. Peters benahm sich, als ob sie sich seit ewigen Zeiten kannten. Sicherlich auch ein grober Verstoß gegen die Dienstvorschriften: Fraternisierung mit der Bevölkerung. Er war jedenfalls nicht mehr zu halten. Quäkend simulierte er den Polizeifunk, Heinrich untermalte das Szenario mit einem lauten „Tatütata“. Silke kugelte sich, seit Tagen hatte sie nicht mehr so gelacht.

„Verrückt“, sagte Peters mittendrin, „tut mir Leid, aber ich bin irgendwie völlig ausgeflippt.“

„Braucht Ihnen nicht Leid zu tun. Uns hat es ja auch Spaß gemacht. Wir sind übrigens gleich da.“ Sie hielten an einer Kreuzung, geradeaus ging es nach Senden, rechts nach Mecklenbeck, links nach Ottmarsbocholt.

„Sagen Sie mal, Herr Peters“, fuhr Dr. Fels nach einer Pause fort, „haben Sie auch einen Vornamen? Wenn ja, würde ich vorschlagen, wir duzen uns.“

„Arne“, stellte sich Peters vor.

Sie schüttelten sich die Hände. Der Wagen stoppte.

„Jetzt ist es nur noch ein kurzes Stück zu Fuß, Heinrich hat uns fast direkt hingefahren. Ich möchte aber lieber hier warten."

„Klar doch, Silke. Mach dir das Radio an."

„Aber dass du uns nicht wegfährst!", rief Arne.

Die beiden Männer stapften los. Nun merkten sie, wie warm es war. Mittag war schon vorbei und es war still um sie herum. Vom Kanal hörten sie das Tuckern eines Schiffdiesels. Sie gingen nun abseits des Weges durch den Wald und Heinrich musste nicht lange suchen. Obwohl seitdem fast eine Woche vergangen war, waren noch Spuren sichtbar. Arne war auf einmal ganz Kriminalkommissar.

„Eine aufwendige Spurensicherung können wir uns schenken. Zu viel zertrampelt. Geregnet hat es auch. Da fällt mir gerade etwas ein: Warum hat Silke den Hund denn nicht bellen hören?"

„Konnte er doch nicht. Der Scheißkerl hatte ihm doch die Schnauze zugeschnürt. Mensch!" Dr. Fels schlug sich mit der flachen Hand auf die Stirn. „Na klar! Das Seil. Es muss hier noch irgendwo rumliegen."

Heinrich strich mit dem Fuß durchs Gras. Und da lag es. Ein Tampen von ungefähr einem Meter Länge. Mit spitzen Fingern hob der Polizist das Seil auf und ließ es in eine Plastiktüte gleiten, die er aus seiner Manteltasche geholt hatte. Das Seil war fleckig. Arne warf noch einen Blick auf die Tüte und steckte sie dann in seinen Trenchcoat.

„Von mir aus können wir zurückgehen. Ich glaube nicht, dass hier noch was zu finden ist. Man hätte eher von der Sache wissen müssen."

Peters blickte Heinrich fragend an. Der nickte. Zusammen traten sie den Rückweg an. Sie schwiegen, jeder hing seinen Gedanken nach. Es war Peters nicht entgangen, dass das Seil zu einem fachmännischen Knoten geschlungen war, einem Seemannsknoten. Peters hörte wieder das Tuckern eines Schiffes vom Kanal. War der Täter ein Schiffer? Einer, der im Hafen Münster Station machte?

Je näher sie dem Auto kamen, desto deutlicher hörten sie die Musik. Aus dem Radio erklang „Yesterday" von den Beatles.

Silke saß im offenen Wagen und weinte.

8. Kapitel

28. Mai, Donnerstag, 10:55-16:54 Uhr

Arne Peters hatte sich auf die letzte männliche Bastion zurückgezogen. Er stand im Badezimmer vor dem Spiegel und rasierte sich. Nass. Seine Freundinnen hatten ihn oft deswegen gehänselt, er mit seiner umständlichen Nassrasur, eine hatte ihm sogar einen elektrischen Rasierer zu Weihnachten geschenkt. Er hatte ihn nie benutzt. Das Ding lag noch irgendwo in seiner Originalverpackung. Und wie es aussah, war es dazu bestimmt, als archäologischer Sensationsfund im Jahre 4000 zu enden. Nein, dieses Brummding konnte eine Nassrasur nicht ersetzen. Das war eben noch echte Handarbeit. Unvorstellbar für Arne Peters, auf dieses morgendliche Ritual zu verzichten.

Heute war für ihn ein glücklicher Tag. Ein dienstfreier. Die Sonne war schon ein paar Stunden auf den Beinen, gleich war es Mittag und es war schon recht warm. Nach der Morgentoilette machte Peters auf dem Schlafzimmerteppich schnell seine zwanzig morgendlichen Liegestützen und klemmte sich in seine Jeans. Dann begann er in der Küche sein Frühstück vorzubereiten und aß langsam und genüsslich. Es ging doch nichts über Mohnbrötchen!

Netter Kerl, dachte er, während er den Tisch abräumte, dieser Heinrich Fels. Aber auch dieses rothaarige Mädchen war nicht ohne. Schade, aber die hatte wohl schon was mit dem Doktor. Konnte man ihr nicht verdenken.

In der oberen Etage hatte man ihm eine gründliche Abfuhr gegeben. Innerhalb von zehn Sekunden war seine schöne Idee auf der geistigen Mülldeponie seines Chefs, Dr. Treude, gelandet. Viel zu aufwendig. Offensichtlich habe er zu viel Fernsehen geschaut. Kollegin als Köder benutzen, Hunde vom Tierheim einsetzen: Schnapsideen! Völlig indiskutabel. Und überhaupt, den Fall so aufzublähen. Sachlich bleiben. Hundemorde, sonst nichts. Simple Sache, hören wohl auch von selbst auf irgendwann. Wie lange her, das letzte Mal? Vier Wochen? Na, da sehen Sie's ja. Setzen Sie sich noch ein paar Tage dran, ansonsten kann Kollege Brenner sich weiter darum kümmern. Arne Peters ließ sich nichts anmerken.

Seltsam, die Oberste Heeresleitung und seine Kollegen hielten diesen Fall für einen typischen Schlimmansky-Fall. Einen Fall für ihn. Kein Ruhm, keine Ehre, kein Täter. Nur von Schürholz und Dr. Wusch bekam er dezente Unterstützung. Dezent, weil sie für ihn nichts tun konnten. Der eine hatte keinen Einfluss, der andere saß fernab in der Pathologie. Nun, er würde erst einmal das Angenehme mit dem Nützlichen verbinden und einen kleinen Spaziergang am Aasee machen. So, wie er den dicken Cafébesitzer in Erinnerung hatte, waren da Kaffee und Kuchen drin.

In der Regel benutzte Arne Peters, wenn er privat in Münster unterwegs war, sein Fahrrad. Meist auch, wenn er zum Dienst fuhr. Aber jetzt ging das nicht. Sein hellblauer Käfer war das erste Modell ohne Brezelfenster und bis auf einen Kotflügel waren alle Teile original. Das Blech war noch 0,6 mm dick, worauf Peters besonders stolz war. Mit lautem Röhren setzte sich der Volksporsche in Bewegung. Seine Einflugschneise zur Stadt war ungewöhnlich frei, am Ludgeriplatz erzwang er sich vor dem neuesten Kapitalisten-Modell dreist den Zugang zum Kreisel und verließ diesen sogleich wieder in Richtung Bahnhof.

Vor der Post war ein Parkplatz frei. Heute war eben sein Glückstag. Ein Fünfzigpfennigstück opferte er der Parkuhr. Vor dem Haupteingang des Bahnhofs tummelten sich die üblichen Verdächtigen: rauchende Jugendliche, Stadtstreicher, Punker mit ihren Hunden und dazwischen bepackte Reisende. Soziale Schaubühne, Elend im Ein-Stunden-Takt. Schlimmansky schüttelte seine Gedanken ab.

Er betrat die Bahnhofsbuchhandlung und stöberte zwischen den reduzierten Büchern und kaufte dann zwei Edgar-Wallace-Krimis, versäumte jedoch nicht, sich eine Quittung über Fachliteratur ausstellen zu lassen.

Mittlerweile hatte er Hunger und freute sich auf Berlins Tortenberge. Nachdem er den Ludgerikreisel hinter sich gelassen hatte, bog er rechts ab, kam dann auf den Straßenring, der ganz um Münster herumführte, bog kurz darauf wieder links ab und brauste dann mit seinem blauen Käfer an der Segelschule und am Friedhof vorüber. Am Ende der Sackgasse stellte er sein Auto ab. Peters war nun nicht weit von der Torminbrücke, die den Aasee in zwei Hälften teilte, entfernt. Er entschied, sich zunächst erst einmal wieder der Stadt zu nähern. Er wollte sich mal wieder frischen Wind um die Nase wehen lassen. Obwohl er dazu lieber nach Hamburg gefahren wäre. Aber heute musste die steife Brise des Aasees genügen. Schlimmansky gestand es sich ein, er liebte Münster. Aus der Sicht seiner bescheidenen 27-jährigen Lebenserfahrung gab es keinen schöneren Ort für ihn. Außer vielleicht Hamburg, aber nur teilweise. Bei näherer Überprüfung kehrte seine Liebe immer zu Münster zurück.

Die Steintreppen am östlichen Ende des Sees waren noch von den nächtlichen Gelagen verschmutzt, auf den Stufen lagen leere Bierflaschen. An die Mauer hatten Sprayer Sprüche geschmiert. Einer war in grellem Rot: *Du Schwein! Dich kriegen wir.* Das nahm Bezug auf eine Vergewaltigung vor ein paar Monaten, bis jetzt hatte man den Täter nicht gefasst. Wenn man die Fälle, die sich quasi selbst aufgeklärt haben, aus der Kriminalstatistik herausrechnen würde, dann läge die Aufklärungsquote im Keller. Nun ja, jedenfalls war das ein gut gehütetes Staatsgeheimnis. Schließlich würden die Bürger zu Recht fragen, wozu wir eigentlich die Polizei bräuchten.

Damit war Peters wieder bei seinem Fall. Er hatte seinen freien Tag und ging am Aasee spazieren. Der Hundemörder tat das vielleicht auch. Woran konnte er ihn erkennen? War es der Dicke, der ihm mit seinem Dackel entgegenwatschelte? Das Herrchen hatte völlig die Gangweise seines Hundes übernommen. Peters kam sich geistig ziemlich pleite vor. Es gab keinen Lichtblick. Er hatte keine Täterbeschreibung, es gab keine Spuren. Nur ein paar grauenhaft zugerichtete Kadaver. Obendrein war die Arbeit bei den ersten Tierleichen äußerst schlampig durchgeführt worden, jedenfalls was die Spurensicherung anging.

Er konnte sich als Frau verkleiden. Den aufrechten Gang auf Stökkelschuhen üben, sich einen Stoffhund auf Rädern kaufen und verlockend bellend um den Aasee laufen. Bis man ihn ermordete. Im Augenblick konnte nur der helfen, der bei der Polizei nicht auf der Gehaltsliste stand: Kommissar Zufall! Diesem Kollegen wäre Schlimmansky jetzt nur zu gerne begegnet. Vielleicht hatte er im Cafe bei der Kellnerin eine kleine Chance. Wie hieß die eigentlich noch? Na ja, es würde ihm schon wieder einfallen.

Würde ihn ohnehin nicht wundern, wenn in den nächsten Tagen von oben die Anordnung kam, die Hundefälle erst einmal ad acta zu legen. Brauchte nur eine zweibeinige Leiche aufzutauchen, eine richtig schön aufgequollene Wasserleiche. So etwas sollten sie im

Fernsehkrimi mal realistisch zeigen. Dann hätten die Wasserwerke Hochbetrieb, so viele müssten sich dann auf ihrer Toilette übergeben. Peters schüttelte seinen Kopf vor Ekel, dass die Haare flogen, genauer, die wenigen, die er noch hatte.

Peters kam wieder an der Brücke an und setzte sich auf eine der Stufen, die zum Wasser hinabführten. Im Kino war es immer ganz einfach. Der Detektiv rauchte Pfeife, zog seinen Trenchcoat an, stülpte einen Hut auf (lässig schräg) und schon jagte ein Gedankenblitz den anderen. Notfalls half ein riesiger Ballermann, weil der Täter gerade einfach so daherkam. Aber ihm kam nichts. Weder was daher noch eine Idee.

Wenigstens kam da ein Hund, ohne Leine, Frauchen zehn Meter hinterher. Ob er sie ansprechen sollte? Hallo, ich bin ein Bulle. Haben Sie zufällig den bösen Hundemörder gesehen?

Etwas frustriert erhob er sich und steuerte endgültig das Café an. Kaffee und Leichen, musst du weichen. Kaffee und Kuchen, musst du suchen. Ihm fiel zu der ganzen Misere wieder nur eines ein: 27 Jahre, aber fast schon ohne Haare.

Bis zum Strand-Café war es nicht mehr weit. Auch diesmal waren nur wenige Plätze besetzt. Schlimmansky setzte sich in den Schatten, ins Eck. So konnte er den Weg gut überblicken, der am Café vorbeiführte, und die Terrasse. Dann kam die Serviererin, jedoch nicht Marianne. Peters winkte ab. Er wolle Marianne sprechen. Oh, sie verneinte. Da müsse er sich noch etwas gedulden. Marianne habe erst ab 14 Uhr Dienst.

„Dann warte ich“, sagte Peters, „bringen Sie mir bitte schon einmal ein Kännchen Kaffee.“

Na, „Kuchen umsonst, so viel Sie wollen!“, damit war wohl nichts. Obwohl heute doch sein Glückstag war.

„Ja, ich kenne sie doch!“ dröhnte es plötzlich von hinten. „Wenn Sie nicht dieser tüchtige Kriminalinspektor sind!“

„Tag, Herr Berlin!“ Peters wollte aufstehen, um aus dem Kernschatten des Café-Besitzers herauszutreten.

„Keine Umstände“, sagte dieser und drückte ihn einfach in den weißen Plastikstuhl zurück. „Bleiben Sie sitzen. Mal ein bisschen ausspannen? Vernünftig! Haben Sie Ihren Mörder schon?“

Jetzt guckte auch der letzte Gast zu ihrem Tisch herüber.

„Heute haben wir Mocca-, Sahne- und Apfelkuchen. Sie mögen doch bestimmt ein kleines Stück. Selbst gebacken. Von mir." Wie ein Gorilla schlug sich Berlin vor die Brust, sprang auf und holte seinen Kuchen. Zwischenzeitlich kam die Kellnerin, brachte den Kaffee und wollte kassieren. Aus der Cafétür dröhnte Berlin: „Nicht kassieren. Der Inspektor ist mein Gast!" Wieder schaute alles herüber.

Peters nahm Zuflucht zu seinem intelligenten Gesicht und schüttete konzentriert Zucker aus dem Spender auf seinen Teelöffel. Unter gesenkten Lidern blickte er sich um, noch immer wurde er beguckt. Jetzt hatten die Leute, tuschel, tuschel, ihr aufregendes Tageserlebnis. Stell dir vor, Erich, ich habe einen echten Kommissar gesehen. Im Café. Der wartete auf einen Mörder. Der Inspektor hatte sich ganz raffiniert als Tourist getarnt. Der Arme, er musste ständig Kuchen essen. So ungefähr. Da kam auch schon Berlin mit seinem Kuchen. Von jeder Sorte eine doppelte Portion. Du hast es dir so gewünscht, sagte Schlimmansky zu sich selbst. Nun enttäusch' die Leute nicht, iss brav alles auf.

„Sie wollten doch sicherlich mit Sahne? Ich habe vorsichtshalber welche drauf getan." Berlin war die Fürsorge selbst. „Was kann ich für Sie tun? Sie wollten sicherlich zu unserer Marianne?" Berlin holte mit seinem Arm weit aus, sodass seine Hemdsärmel zurückrutschten und eine dicke Armbanduhr zum Vorschein kam. „Da haben Sie aber ausgesprochen Glück. Marianne muss praktisch jeden Augenblick kommen." Vergaß aber nicht, knurrend hinzuzufügen: „Wenn sie pünktlich ist ..."

Weitere Auslassungen über Mariannes Unpünktlichkeit blieben Peters erspart, denn sie erschien just in diesem Augenblick. Sie hatte den Kommissar und ihren Chef nicht gesehen und stürzte eilig ins Café. Wenige Minuten später hastete sie in ihrer schwarzen Kellnerinnentracht auf die Terrasse. Nun sah sie auch ihren Chef und ging zielstrebig auf den Tisch zu, an dem die beiden Männer saßen.

„Setzen Sie sich, liebes Kind", befahl Berlin, jovial und ganz Chef. „Unser tüchtiger Kriminaloberkommissar hat noch ein paar Fragen. Als gute Staatsbürgerin ist es Ihre Pflicht, ich sage Pflicht, ihn zu unterstützen." Nun wieder Peters zugewandt: „Sie sehen, wir stehen Ihnen gerne zur Verfügung. Wenn's Probleme gibt, Sie wissen, wo Sie mich finden." Damit verschwand er im Café.

Arne Peters alias Schlimmansky ließ ihn ziehen. Frohen Herzens. Er wollte zuerst einmal den Aufmerksamkeitspegel im Café sinken lassen. „Nur keinen Stress“, beruhigte Peters die hektische Marianne. „Erstens bin ich nicht hier, um Sie zu vernehmen, zweitens bin ich nicht im Dienst. Ich habe meinen freien Tag und bin nur zufällig hier (schöner Zufall, dachte er bei sich). Vielleicht holen Sie sich auch eine Tasse Kaffee, und da Ihr Chef es praktisch angeordnet hat, würde ich gerne mit Ihnen noch ein paar Worte wegen der Hundemorde wechseln. Okay?“

Peters verstellte den Sonnenschirm, während Marianne verschwand, um ihren Kaffee zu holen. Nun stand der Tisch, der mit einer wabbeligen Plastikdecke verschönt war, wieder mehr im Schatten. Am Seeufer flogen die Möwen laut kreischend umher. Marianne kam mit ihrem Kaffee zurück, nur dass der keiner war, sondern eine Cola, ein Stück Eis und eine Scheibe Zitrone schwammen obenauf.

„Na, wie geht’s Ihnen? Viel Arbeit?“

„Ja, es geht wieder richtig los. Man soll ja nicht glauben, wie viele Touristen hierher kommen. Bei der Latscherei dürfte ich eigentlich keine Füße mehr haben. Und den Chef kennen Sie ja inzwischen selbst.“ Marianne schwieg für einen Augenblick und fuhr dann fort: „Sie wollen sicherlich wissen, ob mir noch was eingefallen ist?“

Sie beschloss, es spannend zu machen. Schließlich war er ja wieder da, ihr Kommissar. Bestimmt war er sogar nur ihretwegen zurückgekommen. Ob er sie einladen würde? In eine Disco? Dieser starke Typ im Fernsehen tat das doch auch immer. Na, stark sah dieser Kommissar zwar nicht aus, dafür war er immerhin echt. Echter als im Fernsehen.

„Und ist Ihnen was eingefallen?“ Schlimmansky sah Marianne an.

Er würde nicht wieder den gleichen Fehler machen und stellte seine Frage eher beiläufig. Ließ sie kommen, wartete. Diesmal war Schlimmansky als Jäger besser.

„Also, ganz im Vertrauen“, Marianne, die links von Peters am Tisch saß, schob ihren Stuhl näher heran, „ist das nicht auch gefährlich für mich? Wenn uns jetzt der Hundemörder sieht? Vielleicht will er mich dann umbringen, weil ich ihn verraten habe?“

„Ja, wie?“ Peters spielte mit und tat ganz erstaunt. „Sie kennen den Hundemörder?“

„Na, so genau noch nicht“, Marianne schwächte ab, „aber ich weiß etwas sehr Wichtiges!“

Die Serviererin machte eine Pause, um dem Folgenden noch mehr Gewicht zu verleihen, und nippte an ihrer Cola.

„Können Sie auch für meinen Schutz garantieren?“, flüsterte sie.

Arne Peters klopfte viel sagend auf sein Jackett in Höhe der Brieftasche und kniff dabei ein Auge zu. Natürlich hatte er keinen Ballermann dabei, aber die kleine Ausbeulung an der Stelle, bedingt durch Brieftasche nebst Portemonnaie und einer Packung Papiertaschentücher, reichte wohl aus, um der Kellnerin die Kraft und Herrlichkeit einer 44er Magnum zu suggerieren.

„Ich wusste es ja, Sie sind ein richtiger Held. Sie würden mich bestimmt beschützen. Zu Ihnen hätte ich immer Vertrauen. Sogar nachts, wenn wir alleine wären.“

Sie rückte noch etwas näher, was Peters durchaus bemerkte.

„Sie können sich auf mich verlassen.“ Peters' Stimme kam irgendwo zwischen der 5. und 7. Rippe hervor, was ihr einen komplizenhaften Resonanzton gab.

„Die Sache ist die“, begann Mariannes Auftritt, „zu uns ins Café kommt donnerstags immer eine ältere Frau, mit Hund. Und da habe ich das mitbekommen. Nicht, dass ich gelauscht habe. Aber sie hat sich so aufgeregt und so laut gesprochen. Da war wohl so ein Kerl, der ihrem Hund ans Fell wollte. Also den Hund allemachen.“

Marianne verstummte und sah sich unauffällig um, ob der Mörder schon da war und ob auch alle mitbekommen hatten, was für ein wichtiges Gespräch sie mit einem Polizisten führte. Hoffentlich bleibt das heute mein Glückstag, dachte Schlimmansky. Dass jetzt nur nicht Berlin, der Tölpel, kommt und mir alles verpatzt.

Doch Marianne fuhr schon fort: „So'n großer, dicker Typ, hat sie erzählt.“

„Aha, und wem erzählte sie das?“ fragte Schlimmansky behutsam nach.

„Weiß ich nicht! Es war bloß ein Gast, eine Frau. Gekannt hat sie die nicht. Da bin ich mir sicher. Sie hat sich einfach an den Tisch dazugesetzt. War ja sonst kein Platz mehr, alles voll.“

„Kannten Sie denn die Frau? Also die, der das mit dem Hund passiert ist? Das würde uns wirklich weiterhelfen. Denn die Frau hat doch den Täter gesehen. Was hatte sie denn für einen Hund?“

„Hätte ich Ihnen auch so gesagt!“ Marianne, in ihrem Redefluss unterbrochen, war etwas pikiert, fing sich aber schnell. Sie triumphierte: „Ich weiß sogar, wo sie arbeitet!“

„Nein!?!“ Peters war nun wirklich erstaunt.

„Sie arbeitet bei einem Pfarrer, als Haushälterin. Hat sie mir selbst erzählt. Es ist mir eingefallen, gleich nachdem Sie beim letzten Mal gegangen waren. Und sie hat einen Cockerspaniel.“

„Donnerwetter!“ Arne Peters ging mit seinem Lob in die Vollen. „Das hilft uns bestimmt weiter. Nun haben wir endlich eine Spur des Mörders. An welcher Pfarre sie arbeitet, wissen Sie nicht zufällig?“

„Nee, aber ich glaube sie hat kein Auto. Also kann sie so weit ja nicht weg wohnen.“

„Gut kombiniert“, lobte Peters. „Heute ist tatsächlich mein Glückstag. Übrigens: Kompliment an Ihren Chef. Sein Kuchen ist wirklich lecker. Und vielen Dank nochmals, dass Sie mir so geholfen haben. Ah, da kommt ja Ihr Chef!“

Otto Berlin stampfte heran, während er gekonnt ein volles Tablett balancierte.

„Nachschub“, lachte er. „Sie erlauben, dass ich mich für einen Moment hinzusetze?“

Berlin schenkte generös nach, offensichtlich hatte er heute bessere Laune. Arne Peters ließ sich gern verwöhnen, ihm ging es gut. Er war mit sich und der Welt zufrieden. Es hätte nicht besser laufen können. Um den Anstand zu wahren, fragte er Berlin, was er ihm schuldig sei. Aber er war ihm nichts schuldig.

„Kommen Sie wieder“, forderte der ihn stattdessen auf. „So oft Sie mögen. Hat mich gefreut.“

Zum Abschied zerquetschte er fast Schlimmanskys Hand. Peters setzte seinen Weg um den westlichen Teil des Aasees fort und folgte dem Uferpfad in Richtung Torminbrücke. Hätte er, statt auf die spielenden Hunde zu achten, auf die Brücke geschaut, so hätte er einen grünen Geländewagen vorbeifahren sehen. Er hätte auch nur im Wald am Ende des Sees ein wenig spazieren gehen müssen, um eine interessante Bekanntschaft zu machen. Denn die Uhr ging bereits auf Fünf und es war eine gute Zeit, hier jemanden zu treffen, der keine Hunde mochte. Insofern war doch nicht Schlimmanskys Glückstag.

9. Kapitel

30./31. Mai, Samstag/Sonntag, 18:52-04:36 Uhr

Eine Gestalt schlich um die Kirche in Mecklenbeck herum. Es war Pfarrer Harry Wibbel auf der Suche nach einer Inspiration. Denn morgen ist Sonntag und um 10 Uhr ist das Hochamt. Wibbel setzte eben zur dritten Umrundung der neugotischen Backsteinkirche an. Für Münsters kleinen Ortsteil Mecklenbeck war das Gotteshaus eigentlich viel zu groß. Als es gebaut wurde, war man vielleicht noch von enormen Zuwachsraten unter den Gläubigen ausgegangen. Aber die Entwicklung verlief genau umgekehrt. Kein Monat verging, in dem Pfarrer Wibbel nicht einen Kirchenaustritt zu verzeichnen hatte. Es waren gerade die jungen Leute, die austraten. Und in Rom tat man so, als ob man davon nichts wüsste.

Pfarrer Wibbel blieb stehen und schaute zu seinem Kirchturm empor. Wie weit entfernt Gott in diesen Zeiten doch war. Die Zeiten, wo der Himmel direkt über dem Kirchturm anfing, waren unwiederbringlich vorbei. Unter der dicken Kastanie blieb Harry stehen. Der Baum stand in voller Blüte und der Anblick und der Schatten der majestätischen Kastanie stimmten Pfarrer Wibbel etwas ruhiger. Er setzte sich unter dem Baum auf die Bank. „Gestiftet von der Landwirtschaftlichen Sparkasse Münster“ stand auf einem kleinen Schild, aufgeschraubt auf der Rückenlehne. Ja, wenn Tennisspieler schon Millionen für kleine Werbefilme bekamen, warum trug Jesus am Kreuz eigentlich kein T-Shirt mit Werbeaufdruck? In eigener Sache. Oder er machte Reklame für eine Autofirma. Eine mit Stern zum Beispiel. Gott im Himmel und ein Stern auf Erden, das passte immerhin.

Reiß dich zusammen, du alter Ketzer, ermahnte sich der Pfarrer. Denk an deine Sonntagspredigt. Wibbel dachte an Gott und betete. Er meinte es ernst. Er meinte es immer ernst, wenn er zu Gott betete. Pfarrer Harry Wibbel glaubte an Gott, er war sein Lebensinhalt. Aber gerade darum hatte er Schwierigkeiten mit seinem Beruf. Harry Wibbel betete wieder einmal um seine Predigt. Ich bin nicht dazu in der Lage, sie zu schreiben. Ich bin blockiert. Ich brauche Abstand. Es nützt nichts. Ich muss an den Schreibtisch.

Er ging zum Pfarrhaus und jemand, der ihn beobachtet hätte, hätte gesagt, der Pfarrer kommt zurück von schwerer Arbeit. Als er die Diele des Pfarrhauses betrat, hörte er den Fernseher. Er ging nach oben, ohne Luise zu stören, setzte sich hinter seinen Schreibtisch, die Tür seines Arbeitszimmers stand offen, von unten hörte man laut und deutlich den Nachrichtensprecher. Wibbel war völlig deprimiert und blickte auf ein weiteres weißes Blatt Papier. Doch dieses Blatt war ausersehen. Denn von unten tönte es herauf: „Es folgt das Wort zum Sonntag. Es spricht Prälat Holzmann aus Bad Marienmünster."

Pfarrer Wibbel war auf einmal wie elektrisiert. Und ohne Scham begann er, die langsam und gesetzt vorgetragenen Worte mitzuschreiben. Ja, Gott ist groß. Jetzt, wo er die Worte seines Kollegen hörte, wurde Pfarrer Wibbel einiges klar. Wer so für Gott wirbt, der schreckt ab. Werbefernsehen für Gott. So etwas war bestimmt kein Trost für Menschen in Not.

Der Prälat im Fernsehen hatte salbungsvoll zu Ende gesprochen und vor Pfarrer Wibbel lagen fast vier volle Seiten, das Startkapital für die Sonntagspredigt. Wibbel dankte dem Herrn und stand auf, um seine Freude mit Luise zu teilen. Er schlich die Treppe hinunter, um Luise zu foppen. Ganz leise stieg er Stufe für Stufe herab. Im Parterre blickte er vorsichtig um den Türrahmen in Luises Zimmer. Pfarrer Wibbel musste lächeln. Luise lag zur Seite gesunken in ihrem Ohrensessel und schlief den tiefen Schlaf einer gerechten Haushälterin. Pfarrer Wibbel korrigiert sich. Einer gerechten und tüchtigen Haushälterin.

Er mochte seine Haushälterin sehr, auch weil sie ihn ein wenig bemutterte. Seine eigene Mutter war tot, er sprach selten darüber. Wie ein Indianer schlich er sich nun auf Socken und Zehenspitzen an Luises Sessel heran.

Luise schlief fest, auch die Schüsse, die im Fernseher fielen, weckten sie nicht auf. Na sowas, dachte der Pfarrer. Die Fernsehpredigt muss ja eine starke Schlaftablette gewesen sein. Hinterher schläft mir noch die ganze Gemeinde ein, wenigstens der Teil, der sich ins Gotteshaus verirrt hat. Kann ich das riskieren?

Wibbel ließ ab von Luise. Wer so tief schläft, den soll man schlafen lassen. Er stellte den Fernseher leiser und begab sich in die Küche. Der Tisch war gedeckt. Luise hatte offensichtlich mit dem Abendessen auf ihren Pfarrer gewartet.

Erst jetzt merkte er, was für einen fürchterlichen Hunger er hatte. Fröhlich summend strich er sich ein Brötchen und belegte es mit drei Scheiben Fleischwurst. Soeben wollte er hineinbeißen, als hinter ihm eine tiefe Stimme drohend sagte: „Hände hoch!" Dabei spürte er einen Revolverlauf in seinem Rücken.

Wibbel riss erschrocken die Arme hoch, sein Brötchen flog auf den Tisch und landete knapp neben der offenen Marmeladenschale. Es folgte ein Kichern und Luise sagte jetzt mit normaler Stimme: „Brötchen her oder Ihr Leben!"

Der Revolverlauf verwandelt sich in einen Besenstiel, Luise strahlte ihn an, die Hände auf den Besenstiel gestützt.

„Na, wie war ich? Wo bleibt mein Applaus?"

Wibbel musste sich erst einmal sammeln. „Luise!", sagte er tadelnd, „wie kann man einen ehrwürdigen Pfarrer nur so erschrekken!"

Luise hatte inzwischen ihm gegenüber Platz genommen.

„Von wegen ehrwürdig", sagte sie, „arme Haushälterinnen im Schlaf erschrecken wollen! Wenn das man keine Todsünde ist." Sie drohte mit dem Zeigefinger.

Wibbel war glücklich mit Luise. Nicht jeder hatte so eine humorvolle Haushälterin wie er. Kauend erzählte er ihr stolz von seinem Raubzug geistigen Gutes: „Musnu nowas ädern."

Luise hatte kein Wort verstanden.

„Mit vollem Munde, ja, ich weiß", unterbrach sie selbst ihre Zurechtweisung.

„Ich muss nur noch etwas ändern", entschlüsselt Wibbel sein Genuschel. „Aber das bekomme ich schon hin."

Mit der Zuversicht wuchs auch Wibbels Appetit und er langte ordentlich zu. Nach dem feudalen Mahl strich er zufrieden über seinen kleinen Bauch, erhob sich und half Luise, das Geschirr abzuräumen. Nachdem ihn seine Umlaufbahn um den Esstisch zum zweiten Mal in die Küche geführt hatte, stellte Luise sich ihm in den Weg.

„Ihre Predigt ruft. Ich weiß, dass Sie das ungerne machen, aber es führt kein Weg dran vorbei. Ich bringe Ihnen auch gleich eine Kanne Kakao, so wie Sie's mögen."

Pfarrer Wibbel presste die Lippen aufeinander, sodass sie ganz schmal wurden, und wackelt dabei mit dem Kopf.

„Du hast ja Recht, es muss getan werden. Und es ist gleich schon Neun. Wie war denn der Spaziergang heute? Keine besonderen Vorkommnisse?“

Doch weiter kam Harry nicht. Ganz resolut schob Luise ihn zum Treppenaufgang. So sehr Harry seine Selbständigkeit liebte, das Bemuttern von Luise mochte er auch. Und sie hatte ja Recht. Zu gerne würde er die Arbeit an der Predigt verschieben. Auch jetzt, nach der Anleihe bei Prälat Holzmann. Wibbel ging also die Treppe zu seinem Zimmer hinauf und nahm hinter dem Schreibtisch Platz. Zuerst las er sich die Rede des Kollegen noch einmal durch. Wibbel begann zu streichen und fügte hier und da etwas hinzu.

Eher geht ein Kamel durch ein Nadelöhr, als dass ein Reicher in den Himmel kommt, eine Aussage nach Pfarrer Wibbels Herzen. Das wäre Kirche. Aber die Kirche selbst ging ja schon lange nicht mehr durch ein Nadelöhr. Pfarrer Wibbel klopfte mit seinem Kugelschreiber auf die Tischplatte. Nicht abschweifen, ermahnte er sich. Halt dich zurück.

Pfarrer Wibbel war heute Abend entschlossen. Er blieb bei der Fernsehpredigt. Am Ende setzte er ein Amen darunter. Und ein Amen dahinter. Wibbel freute sich mit Kästner. Der Pfarrer legte eben seinen Schreiber aus der Hand, als Luise eintrat, den Kakao auf einem kleinen Tablett.

Luise klemmte sich das Tablett unter den Arm und machte Anstalten, wieder hinabzusteigen in ihr Reich, aber Harry hielt sie zurück. Er schüttete Kakao in die neue Tasse und schob diese zu Luise rüber.

„Ich habe doch noch meine Kaffeetasse“, winkte er Luises Einwand ab und goss sich Kakao nach. Die Kirchturmuhr schlug dreimal. Zufrieden lehnte Wibbel sich zurück.

„Nun, Luise, wie war euer Spaziergang?“

„Wir sind heute zum ersten Mal wieder den alten Weg gegangen. Alles war wie immer. Fast denke ich, ich habe mir die ganze Geschichte mit Flaps nur eingebildet.“

„Nur weil du keinen Schurken gesehen hast, ist das kein Beweis dafür, dass keiner da war!“

„Jetzt fangen Sie mir nur nicht an, logisch zu werden, Herr Pfarrer! Ich lebe nicht nach Logik, sondern nach Gefühl. Und das sagt mir, es war kein Bösewicht in der Nähe.“

Wibbel brummte. „Luise?“ Harry dehnte ihren Namen. „Bei der Gelegenheit, willst du nicht endlich auch du zu mir …“

„Herr Pfarrer!“ Luise konterte mit mindestens drei Ausrufungszeichen hinter dem Pfarrer. „Das haben wir doch ein für alle Mal geklärt. Sie haben keinen Beruf wie jeder andere Mensch. Sie sind Priester. Und einen Priester duzt man nicht.“

„Aber Luise“, warf Wibbel nachsichtig ein, „den lieben Gott siezt du doch auch nicht.“

„Das ist was ganz anderes, Herr Pfarrer!“ Luise wurde jetzt streng. „Gott ist sozusagen mein Vater im Himmel. Und seinen Vater siezt man nicht!“

„Das war aber auch nicht immer so“, wandte Harry ein.

„Papperlapapp“, erwiderte Luise. Damit war das Thema für sie beendet.

„Und was ist mit Ihrer Rede fürs Volk morgen? Das ist ja wohl ein bisschen wichtiger. Wollen Sie mir die nicht noch vorlesen?“

„Nein“, lachte Wibbel, „dann schläfst du mir gleich wieder ein … Verspricht mir, Luise, dass du wenigstens ein bisschen Acht gibst am Aasee“, kam Wibbel noch einmal auf ihre Spaziergänge zurück.

Luise nickt zustimmend. „Abgemacht. Um mich machen Sie sich mal keine Sorgen. Flaps paßt doch auf mich auf. Und wenn, dann werden wir eh erst nächsten Donnerstag wieder am Aasee sein. Vorher kann uns nichts passieren“, scherzte sie. Und damit sollte sie Recht behalten.

Nachdem seine Haushälterin mitsamt Tablett entschwunden war, machte der Pfarrer es sich in seinem Sessel mit einer Zigarre gemütlich. Als er seine abendliche Lektüre aufschlagen wollte, wurde er unsanft unterbrochen. Der Klingelknopf war wieder einmal eingeklemmt. Oder eine arme Seele läutete Sturm. Ein Notfall? Letzte Ölung? Wibbel spurtete die Treppe hinunter. Warum macht Luise denn nicht auf? Unten im Flur hörte er sie rufen: „Bin auf’m Topf!“ Das entschuldigt alles. Etwas atemlos erreichte Wibbel die Haustür, riss sie auf und prallte einen Schritt zurück, gerade so, als stünde der Leibhaftige vor ihm. Währenddessen schepperte die eingeklemmte Klingel munter weiter.

Wibbel war perplex. Hin war seine Samstagabendruhe. Herr, führe mich nicht in Versuchung. Denn draußen stand sein Unfallopfer.

Luise stürzte an ihnen vorbei. „Warum stellt denn keiner das grässliche Gebimmel ab!“, raunzte sie und schlug mit der flachen Hand auf den Störenfried.

Die plötzliche Stille war wohltuend. Luise hielt die Klinke in der Hand und wedelt ungeduldig mit der Haustür: „Anstatt hier wie die Stockfische herumzustehen, entscheidet euch, ob ihr raus oder rein wollt.“

Die junge Frau hatte sich zuerst gefasst. „Ulrike Rickmers“, stellte sie sich vor und reichte Luise lächelnd die Hand.

„Damenbesuch für den Pfarrer. Und das nach zehn. Wissen Sie nicht, dass der Pfarrer schon längst im Bett liegen müsste?“

Offensichtlich hatte Luise in Ulrike schon das Unfallopfer des Pfarrers erkannt.

„Kaffee, Tee oder Wein?“, fragte sie barsch, „Kakao ist auch noch da!“

„Kakao“, sagte Frau Rickmers, während sie ihren Trenchcoat auszog. Mittlerweile war auch Wibbel wieder zu Leben erwacht. Er nahm Ulrike den Mantel ab und hängte ihn an die Garderobe. Dabei bekam er Luises viel sagenden Blick mit. Das wird übel enden, ganz übel sogar.

„Hier lang“, sagte Wibbel und zeigte auf die Stiege zu seinem Arbeitszimmer. Während Ulrike langbeinig vor dem Pfarrer die Treppe erklomm, entwich ein stummer Seufzer Harry Wibbels Brust. Heute Abend startet der Teufel seine Invasion im Pfarrhaus, denkt Wibbel. Und gleich hat er seinen Brückenkopf gebildet, mein Arbeitszimmer fest in seiner Hand.

Oben angekommen brachte Wibbel die erloschene Zigarre wieder in Gang, um den Pfarrer in ihm hinter den Rauchwolken zu verbergen.

„Was führt Sie zu so später Stunde noch zu mir?“, fragte er gerade ganz förmlich, als Luise mit dem Kakao eintrat.

Die Antwort blieb aus, denn Luise stellte die Tassen hin, schenkte ein und machte dabei einen ziemlichen Lärm. Ihre Augenbrauen nach unten gezogen blickte sie ihren Pfarrer streng an, als ob sie ihn ermahnen wollte, ja nicht das Gelübde der Keuschheit zu vergessen.

Wibbel erwiderte Luises Blick, ihn stach der Hafer und so sagte er zu ihr: „Ich weiß, Damenbesuch ist ab 22 Uhr verboten, Luise, aber du kannst ja die Tür auflassen oder Flaps hochschicken.“

Luise schwieg erneut viel sagend und schloss die Tür hinter sich.

Ulrike schaut den Pfarrer an und sagte: „Also, das ist so …“ In diesem Augenblick wurde die Tür einen Spalt geöffnet und Flaps betrat die Bühne des Pfarrgeschehens.

„Tja …“, begann Ulrike von neuem. „Quatsch“, unterbrach sie sich selbst, „ich wollte Sie einfach wieder sehen. Ich find' Sie so sympathisch.“

Nun war es heraus und der Pfarrer konnte nicht leugnen, es gehört zu haben. Denn er verschluckte sich an seinem Kakao.

„Mein liebes Kind“, sagte Pfarrer Wibbel darauf hüstelnd. Etwas irritiert war nun auch Ulrike, bis sich die Situation von selbst in Gekicher auflöste.

Selbst Flaps, der auf dem Boden wonnig seine Beine ausgestreckt hatte, hob ganz erstaunt den Kopf. Was Menschen doch für seltsame Wesen sind. Sie mag ihn, er mag sie, was gibt es da noch für Probleme?

Wibbel wurde jetzt wieder ernst: „Sie wissen ja, dass ich katholischer Pfarrer bin. Und dass ich jede Beziehung zurückweisen muss, die über mein Amt als Priester und Seelsorger hinausgeht. Ich mag Sie auch sehr gut leiden, aber mehr Gefühle darf ich mir einfach nicht gestatten. Wenn ich kein Priester wäre, würde ich mich über Ihren Besuch jetzt sicherlich mehr freuen.“

„Nun sehen Sie, Sie brauchen mir nichts vorzumachen. Als Frau fühlt man das. Außerdem glaube ich nicht, dass Sie bei dem Laden, äh, ich meine natürlich der Kirche, bleiben.“

„Das sind unfaire Geschütze, die Sie da auffahren, und Sie wagen sich ziemlich weit vor. Wenn Sie mich besser kennen würden, so wüssten Sie, dass ich ein Mensch bin, der sich bemüht, die letzten Stellungen zu halten. Und heute bricht alles zusammen. Aber noch ist nicht der Zeitpunkt gekommen aufzugeben. Es geht nicht um meine Bedürfnisse, es geht um meine Pflicht. Um meinen Eid als Priester. Ich bitte Sie, das zu respektieren.“

Bei diesen Worten war der Mann Gottes ans Fenster getreten. Er hatte seinen breiten Rücken Ulrike zugewandt, die Zigarre lag im Aschenbecher. Dünner Rauch schlängelte sich wie ein weißer Faden nach oben.

Ulrike war ein wenig blass geworden. Mit der einen Hand hatte sie die andere fest umfasst, gerade so, als wollte sie sie an der Flucht hindern.

Harry Wibbel drehte sich um. Er sah Ulrike fest an: „Ich kann keinen anderen Gedanken zulassen. Ich mag Sie ebenfalls sehr. Bitte verstehen Sie, es geht nicht anders. Aber in einem Punkt haben Sie Recht, ich muss meine Beziehung zur Kirche klären, wenn es nicht der Bischof für mich tut."

Ulrike blickte den Mann an – ihren Mann. Sie konnte nichts sagen. Stumm reichte sie dem Pfarrer die Hand, wandte sich um und rannte die Treppe hinunter, griff den Mantel von der Garderobe und ließ die Haustür ins Schloss krachen.

Wibbel war ziemlich durcheinander. Nur das schwache Laternenlicht vom Kirchenvorplatz fiel noch in das Zimmer. Die Kirchturmuhr schlug zweimal, war es bereits halb eins? Der Pfarrer ließ seinen Kopf auf die Tischplatte fallen.

Im Parterre war Luise noch auf. Sie hatte die Tür zufallen hören und stieg nun leise die Treppe zum Pfarrer empor. Die Arbeitszimmertür war nur angelehnt. Nach kurzem Zaudern trat Luise ein. Er lag noch immer halb auf dem Schreibtisch, den Kopf auf den Armen.

„Mein Junge, vergiss nicht: nicht wir entscheiden, sondern Gott. Wenn er dir Ulrike schickt, so habe Geduld in allem. Er wird dich dahin stellen, wo du ihm am meisten nutze bist. Gott braucht die Zweifler mehr als die Mitläufer."

Harry wandte den Kopf zu Luise. Sie trat in den Flur. „Gute Nacht."

„Gute Nacht", erwiderte der Pfarrer.

An den Fensterscheiben kroch bereits das Morgengrauen hoch, als er endlich zu Bett ging.

10. Kapitel

2. Juni, Dienstag, 06:30-11:10 Uhr

Schon beim ersten Weckerklingeln fuhr der Mann hoch und stand auf. Die Frau, die neben ihm lag, murmelte etwas und kuschelte sich noch mehr in ihre Bettdecke. Der Mann rüttelte sie sanft, ohne die Bettdecke beiseite zu schieben. Die Frau murrte: „Lass mich noch ein bisschen!“ Der Mann hörte jedoch nicht auf, sie zu rütteln. Im Schlafanzug aus Seide, dunkelbraun, mit goldenen Streifen, stand er gebeugt an ihrem Bett.

„Liebling, es wird Zeit, du weißt, ich darf nicht zu spät kommen.“ Der stille Vorwurf war nicht zu überhören.

Der Mann ließ jetzt von seiner Frau ab und betrat das Badezimmer. Wie jeden Morgen hörte seine Frau, wie er im Stehen pinkelte.

Sie, die er Liebling nannte, hielt sich mit der Bettdecke die Ohren zu, dennoch vernahm sie das Geräusch laut und deutlich, weil sie es in den 1095 Tagen zu oft gehört hatte.

Sie wusste, dass ihre Ehe nichts mehr wert war. Überhaupt nichts mehr. Aber sie hatte nicht aufgehört, ihre Rolle zu spielen und sie sah keinen Ausweg, sich von ihm frei zu machen. Wenn er wenigstens die Tür schließen würde. Lachend hatte er sie ignoriert, sie solle sich nicht so anstellen, das hätte er noch von keiner Frau gehört. Geändert hatte sich nichts, nur dass er irgendwann nicht einmal mehr die Toilettentür schloss, und so hatte sie resigniert.

Ihr Mann begann sich inzwischen zu rasieren, gleich würde er mit seiner Morgengymnastik beginnen. Sie warf die Bettdecke zurück, schlüpfte in ihre Pantoffeln und machte, dass sie nach unten kam.

Sie bewohnten ein zweistöckiges Reihenhaus in Nienberge, eines von den neuen Häusern ohne Flachdach.

Die Frau schaltete die Kaffeemaschine ein und deckte den Tisch. Die Eier setzte sie im Topf auf den Herd, schaltete diesen aber nicht ein. Nachdem das Ei ein paar Mal noch weich gewesen war, hatte ihr Mann angekündigt, er wolle fortan die Eierkocherei selbst in die Hand nehmen. Das Ritual lief auch diesen Morgen wie gewohnt ab. In ihrem Leben lief alles wie gewohnt ab. Alles war geregelt.

Sie hätte glücklich sein können. Keine Geldsorgen, nichts, worum sie sich noch Gedanken machen musste. Im Übrigen war heute ihr Beischlaftag. Heute hatte ihr Mann früher Feierabend. Donnerstags war sie vor ihm sicher, da hatte er immer länger zu tun.

Jetzt betrat ihr Mann die Küche. Er war fertig angekleidet, bis auf sein Jackett. Nun schaltete er den Elektroherd ein, begann dann sorglich seine Armbanduhr so zu programmieren, dass sie nach genau fünf Minuten piepte.

Er saß am Tisch, begann aber noch nicht zu frühstücken. Immer wieder blickte er zum Topf, dann wieder zur Uhr. Er behielt beides scharf im Auge. Kurz bevor die Uhr zu piepen begann, stand er schon mit dem Löffel neben dem Herd in Habacht-Stellung. Er stellte das Piepen der Uhr ab, balancierte das Ei vom Löffel in den Eierbecher. Die Frau wünschte sich jeden Morgen, dass ihm das Ei, einmal wenigstens, auf den Boden fallen möge, bisher vergebens. Der Mann öffnete das Ei, indem er mit dem Kaffeelöffel einen Trommelwirbel auf die Eikuppe ausübte.

„Liebling, du hast leider wieder meinen Eierlöffel vergessen." Gelegentlich rächte sie sich auf diese Weise für das Pinkeln im Stehen … Sie ruckte mit dem Stuhl, er aber wehrte ab: „Bleib sitzen, kann ja passieren, ich hole ihn mir schon."

Natürlich aß ihr Mann sein Ei nur mit einem richtigen Eierlöffel. Da der Löffel aus Perlmutt war, war er eines der wenigen Teile, die sie noch per Hand spülen musste.

„Siehst du, Liebling, absolut hart gekocht! Präzision und Disziplin sind die Väter des Erfolges."

Und die Mutter der Langeweile, hätte sie hinzusetzen können, aber in gut einer Viertelstunde würde sie auch diesen Morgen überstanden haben.

Heute war ihre stille, einsame Wut besonders groß, und sie beschloss, ihn noch einmal besonders zu ärgern, bevor er ging. Während des Frühstücks war sie besonders nett, reichte ihm Brot und Aufschnitt, bediente den Toaster. Nein, sie hatten keine Kinder. Ihm gegenüber tat sie so, als habe sie die Pille abgesetzt, in Wahrheit nahm sie sie immer noch. Ja, dachte sie hämisch, er wäre mit ihr zufrieden gewesen, wenn er gewusst hätte, wie diszipliniert sie die Pille schluckte.

Ihr Mann sprach indessen kauend vom Geschäft, wobei ihr in den letzten Tagen aufgefallen war, dass er manchmal irgendwie nervös wirkte. Auch war er bisweilen später nach Hause gekommen, ein paar Mal hatte er sogar das Haus wieder verlassen und war mit vor Schmutz starrenden Schuhen wiedergekommen. Im Büro hatte er sich bestimmt nicht so eingedreckt.

Ihr Mann begann sein Geschirr aufeinander zu stellen und leitete damit das Abschiedsritual ein.

„Liebling, es wird Zeit für mich“, sagte er, „hast du heute was Bestimmtes vor?“

Sie schüttelte nur mit dem Kopf: „Vielleicht fahre ich noch zum Markt, wir brauchen frisches Obst. An Erdbeeren habe ich auch gedacht.“

„Ja, Erdbeeren“, er nickte zustimmend. „Erdbeertorte für Sonntag, wenn meine Eltern kommen, das wäre eine gute Idee.“

„Deine Eltern wollen Sonntag kommen? Schön, dass ich das auch einmal erfahre!“

„Aber Liebling“, beschwichtigte er sie, „Mutter hat sich doch praktisch selbst eingeladen und klar, dass sie Vater mitbringt.“

„Klar, dass sie Vater mitbringt.“ Die Frau heuchelte Verständnis. „Und Erdbeertorte möchtet ihr essen. Dann sag mir wenigstens, ob deine Eltern zum Kaffee oder bereits zum Mittagessen kommen wollen. Normalerweise kommen sie doch schon immer zum Mittagessen.“

Weil sich sonst die „weite Fahrt“ von Nordwalde bis Münster nicht lohnte, dachte sie zynisch.

„Entschuldige, Liebling“, sagte er, „ich werde sie gleich fragen. Ich sage dir dann sofort Bescheid.“

„Ich werde aber auf dem Markt sein.“

„Na gut, wenn ich es dir heute Abend sage, ist es ja immer noch früh genug.“

Er schlüpfte in sein Jackett, nahm seinen Aktenkoffer von seinem Platz an der Garderobe. Der Aktenkoffer war aus schwarzem, feinen Leder, mit vergoldeten Beschlägen, Eckenschützern und einem siebenstelligen Zahlenschloss. Alle Direktionsmitglieder erhielten diesen Aktenkoffer. Es war eine Spezialanfertigung für den Verband. Serienmäßig hatte dieser Koffer sonst nur ein sechsstelliges Zahlenschloss. Mit der freien Hand prüfte er die Einstellung des Schlosses; die Nummer kannte selbst sie nicht. Sein Geburtsdatum war es jedenfalls nicht, so viel hatte sie schon herausbekommen, als der Koffer einmal, für einen kurzen Moment, ohne seine Aufsicht war. Wahrscheinlich war in dem Koffer sowieso nichts drin, was ihre Neugierde lohnte. Jedenfalls war er immer ganz leicht.

Er stand jetzt in der Tür, und nun kam der Augenblick, den sie sich beim Frühstück schon vorgestellt hatte. Wie üblich hielt er den Aktenkoffer in der einen Hand, umarmte sie und wollte ihr einen flüchtigen Kuss geben. Sie wusste, dass ihn Sex im unpassenden Augenblick ärgerte, und passend war für ihn nur, wenn er selbst den Zeitpunkt dafür festgelegt hatte. Mittwochabend war für ihn so ein passender Zeitpunkt.

Sie war jung und attraktiv, und sie wusste, dass er sich ihrer Wirkung nicht entziehen konnte. Sie ließ sich die Umarmung gefallen und hatte, bevor er es merkte, ihre Hand zielsicher um sein vermeintlich bestes Stück gelegt. Seine Reaktion verlief wie geplant. Unwirsch entzog er sich ihrer Umarmung, setzte den Koffer ab und brachte seine Hose wieder in Ordnung.

„Aber Liebling, doch nicht jetzt! Kannst du dich nicht beherrschen?“

Es war zum Totlachen. Alles war zum Totlachen. Lächerlich, wie er da stand, er, der ihr Mann sein sollte. Lächerlich seine Einbildung, er könne sie erregt haben.

„Mach’s gut“, sagte sie.

„Na ja“, gab er sich großzügig, „heute Abend sollst du deinen Spaß haben.“

Sie schloss die Haustür hinter ihm, lehnte sich von innen dagegen und hörte, wie er davonfuhr. Sie holte tief Luft, ging zurück in die Küche und bereitete neuen Kaffee zu. Bisher hatte sie an ihrem Kaffee nur genippt undnoch nichts gegessen, denn in seiner Gegenwart bekam sie kaum einen Bissen herunter. Sie wusste, wie schizophren sie lebte, und fragte sich, wie lange sie diese Verlogenheit noch aushalten konnte.

Am Anfang ihrer Ehe, besser vor ihrer Eheschließung, war ihr Mann nicht so gewesen. Jedenfalls war es ihr nicht aufgefallen. Zuvor hatten sie auch keinen Tag zusammengelebt, außer im Urlaub. Er hatte es mit seiner Mutter begründet, die sei nun einmal streng katholisch, darauf müsse er Rücksicht nehmen. Sie hatte sich darauf eingelassen. Und als sie dann endlich zusammenlebten, war das

Kleinliche, Pedantische seines Wesens immer mehr zu Tage getreten. Es hatte eine Zeit gegeben, wo sie dagegen rebelliert hatte, doch zugleich hatte ihr Selbstbewusstsein immer mehr abgenommen. Denn nichts konnte sie ihm recht machen, nichts war ihm gut genug.

Es gab für sie nur wenige Möglichkeiten. Entweder fraß sie sich dick und rund, wie manche ihrer Freundinnen, oder sie fing an zu trinken. Die letzte Möglichkeit war, sich scheiden zu lassen, wenn sie nicht draufgehen wollte, und realistisch gesehen war nur die letzte eine wirkliche Möglichkeit.

Aber sie hatte keinen Beruf gelernt. Außer schön und Hausfrau sein konnte sie nichts. Nutte kann ich werden, dachte sie. Im Grunde bin ich's ja schon. Wie Millionen andere Frauen auch. Stillhalten für ein bisschen Existenz, für den neuesten Modefummel, für den gesellschaftlichen Status. Gleichberechtigte Partnerschaft – Scheiße – wo gibt's denn das? Manchmal hatte sie das Bedürfnis, sich gehen zu lassen. Oder sich heimlich eine Existenz als Edelnutte aufzubauen und ihn so eines Tages gesellschaftlich zu ruinieren, um frei zu kommen. Letztlich wusste sie, dass sie damit nur sich selbst zerstört hätte. Sie wollte doch bloß ein normales Leben, aber nicht diesen siechenden Tod unter seiner Kontrolle.

Sie schmierte sich ein Brötchen mit Marmelade. Die Marmelade hatte sie selbst gekocht. Kein Wort der Anerkennung von ihm. Was in seinen Augen zählte, war Geld, Geld und nochmals Geld. Selbst mit seinem riesigen Gehalt war er nicht zufrieden. Er wollte mehr. Wahrscheinlich nahm er Schmiergelder. Oder verkaufte vertrauliche Bilanzen. Wenn sie sich scheiden lassen wollte, würde er bestimmt nicht mit sauberen Mitteln kämpfen. Und es würde zu einem Kampf kommen. Eine Scheidung käme für ihn als Katholik überhaupt nicht in Frage. Das hatte er mehrfach betont, schon seine Mutter würde es nicht dulden, von seiner Karriere ganz zu schweigen. Das hieß, sie musste alles genau vorbereiten. Sie musste weiter die brave Hausfrau spielen. Und es würde bestimmt nicht schaden herauszufinden, was ihr Mann nebenbei für Geschäfte machte.

Mit seinem Gehalt, von dem sie nicht einmal wusste, wie hoch es eigentlich war, konnten sie jedenfalls sehr gut leben. Heimlich hatte sie schon fast zehntausend Mark gespart, es war leicht, ihn zu beschummeln. Wenn er wüsste, dass sie, seit ihr klar war, dass ihre Ehe nicht mehr zu retten war, meist bei einem Billigmarkt einkaufte und allein auf diese Weise ein paar Hunderter im Monat sparte! Und er schmeckte nicht einmal den Unterschied zu den Sachen, die sie sonst im teuersten Feinkostladen unter den Arkaden in Münster gekauft hatte. Es war alles nur Schau.

Wenigstens war ihr Wagen auf ihren Namen zugelassen. Sie griff zur Zeitung. Den Auto- und Immobilienmarkt überblätterte sie und schlug die Wohnungsanzeigen auf.

Plötzlich reifte in ihr ein Gedanke. Sie würde ihren Absprung sorgfältig vorbereiten. Wenn es so weit war, würde sie nicht ins Leere fallen. Sorge bereitete ihr nur, dass sie keinen Beruf hatte. Ob sie mal mit ihrer Freundin Petra darüber sprechen sollte? Petra war unerhört praktisch.

Dass Petra ihren Mann nicht mochte, beruhte auf Gegenseitigkeit. Sie kannte Petra schon, bevor sie ihren Mann kennen gelernt hatte. Die Antipathie ihres Mannes gegenüber Petra hatte zwar zur Folge, dass sie sich mit Petra in ihrem Haus nicht mehr treffen konnte, aber heimlich bestand die Freundschaft fort und unter diesen Bedingungen war sie sogar noch intensiver geworden.

Spontan beschloss sie, Petra anzurufen. Wenn ihr Mann nach Hause kam, wollte sie nicht wie eine deckbereite Kuh im Schlafzimmer auf ihn warten. Nein, heute nicht. Sie würde ihr Leben wieder selbst in die Hand nehmen. Das war es. Selbst etwas tun. Ein eigenes Leben beginnen. Auf einmal war sie nicht mehr deprimiert. Seit Monaten war es ihr nicht mehr so gut gegangen. Noch kauend wählte sie Petras Nummer.

„Hallo“, sagte sie mit ihrer warmen Stimme „Petra, hier ist Sabine. Hast du Zeit und Lust, dass wir uns treffen?“

„Wann?“ fragte Petra.

„Nun, am liebsten wäre mir gegen elf, heute. Für länger. Bisschen überraschend, wie?“

Petra kannte sie zu gut, um nicht zu ahnen, dass es einen besonderen Anlass gab.

„Willst du zu mir ziehen? Ist es endlich so weit?“ witzelte sie. „Ich muss noch schnell einen Termin absagen, aber das lässt sich ohne Probleme machen. Also, bis dann.“

Sabine hatte noch genug Zeit, um sich in Ruhe fertig zu machen. Sie räumte alles – bis auf den Eierlöffel – in den Geschirrspüler und ging in die obere Etage. Im Gehen ließ sie zuerst ihren Morgenmantel von den Schultern gleiten, streifte dann ihren Slip herunter, darauf das kurze Oberteil und betrachtete sich nackt vor dem Spiegel. Aber so kritisch sie sich auch prüfte, an ihrer Figur konnte sie keinen Makel finden. Sie war groß und schlank, ihre Brüste waren fest und ihre Beine waren so lang wie die eines Mannequins.

Sie war mit sich zufrieden, wieder etwas mit der Welt versöhnt. Nachdem sie den Kleiderschrank einmal vor- und zurück durchwühlt hatte, entschied sie, ihr neues blaues Marinekleid anzuziehen. Es war ein besonderer Tag heute, also würde sie sich auch besonders anziehen. Geschminkt war sie schnell, ein paar Minuten später bestieg sie ihren Wagen.

Für die Fahrt nach Warendorf hatte sie eine halbe Stunde eingerechnet. Sie kam zügig voran und kurz nach elf Uhr parkte sie vor Petras Wohnungstür. Die Frauen verließen ein paar Minuten später schon wieder das Haus, um fast den ganzen Tag gemeinsam zu verbringen.

Zu dieser Zeit war der Mann, Sabines Mann, seit fast drei Stunden bei der Arbeit. Er hatte zweimal sein Büro in Münsters Innenstadt verlassen, das erste Mal kurz nach neun Uhr. Da war er durch die Bankpassage zu einem Jagdgeschäft geeilt. Hier hatte er ein paar dunkelgrüne Gummistiefel erworben, weil ihm aufgefallen war, dass seine Frau seine schmutzigen Schuhe registriert hatte. Die Stiefel hatte er aus dem Karton nehmen und in unauffälliges Papier packen lassen. Danach eilte er zurück, betrat das Gebäude, in dem er arbeitete, aber nicht direkt, sondern durch die Tiefgarage. Dabei achtete er darauf, dass er das Paket nicht in die Überwachungskammera hielt. Die Kamera war eigentlich kein Problem, denn im Rhythmus von zwei Wochen wurden alle Aufzeichnungen automatisch gelöscht. Es sei denn, es gab einen Anlass, den Tagesfilm aufzubewahren. Allerdings war so etwas – Kfz-Diebstahl zum Beispiel – in den Jahren, in denen er hier arbeitete, noch nicht eingetreten.

Er verstaute die Stiefel im Kofferraum seiner englischen Limousine, schloss sorgfältig ab und prüfte das penibel nach. Mit dem Fahrstuhl fuhr er direkt in die dritte Etage und öffnete mit einer Karte, die er in ein kleines Prüfkästchen schob, die Etagentür.

Danach ließ er sich von seiner Sekretärin Kaffee kochen und diktierte zwei Briefe. Er benutzte dazu kein Diktiergerät, sondern sie stenografierte. Nach außen vertrat er die Ansicht, es sei einfach leichter, einem Menschen etwas zu diktieren als einer Maschine, der Stil wäre dann auch nicht so kalt. Die Wahrheit war, dass er schlecht arbeiten konnte, wenn er allein war. Seine Hektik, die aus dieser Angst entsprang, wurde generell als Dynamik gewertet. Da er in der Vergangenheit eine Reihe von richtigen Entscheidungen gefällt hatte, war er schnell befördert worden. Jedenfalls gehörte seine Abteilung, was Abschlüsse anging, zu den erfolgreichsten.

Das zweite Mal verließ er sein Büro, um zur Toilette zu gehen. Hier verhielt er sich nicht anders als zu Hause, mit dem einzigen Unterschied, dass ihm hier ein Pissoir zur Verfügung stand.

Zurück hinter seinem Schreibtisch fragte er seine Sekretärin über die Gegensprechanlage, welche Termine noch anlägen.

„Um elf Uhr zwanzig, Herr Peter Venne. Die Akte liegt bereits auf Ihrem Tisch."

„Gut. Lassen Sie ihn zwanzig Minuten warten, wenn er kommt!"

Der Mann trug an diesem Morgen einen seiner dunkelblauen Anzüge, mit einem doppelreihigen Jackett. Der Stoff hatte, ähnlich wie sein Bademantel, einen ganz feinen beigefarbenen Streifen. Er sah in dem Anzug sehr vornehm aus, was sein pedantisch geschnittener englischer Schnurrbart noch unterstrich. Die Krawatte war mit einem Windsor-Knoten geknüpft und äußerst dezent rot gemustert. Der Mann war auch optisch absolut ein Vorbild. Er war beliebt bei den Mitarbeitern, seine Kolleginnen schätzten seinen Charme und seine Höflichkeit. Er war 42 Jahre alt und bekam langsam graue Schläfen, was ihm gut stand.

Für die Position des Leiters der Kreditabteilung der Landwirtschaftlichen Sparkasse Münster hätte man sich wirklich keinen Besseren vorstellen können als Claus Vollmert, der seine Frau Liebling nannte.

11. Kapitel

2. Juni, Dienstag, 11:12-12:41 Uhr

Heute war Dienstag. Die Woche hatte für Irene und Peter Venne unheilschwanger begonnen. Der Graf von Westphalen war am Montag immer noch nicht zurückgekehrt. Vor Donnerstag, hieß es, sei der Graf nicht wieder erreichbar, seine Amerikareise würde ein paar Tage länger dauern.

Schulte-Beikels Triumphwoche war angebrochen. Jetzt war es wohl nur noch eine Formsache, bis er ihren Hof in Besitz nehmen konnte. Was sollte nun werden?

„Noch ist Preußen nicht verloren", sagte Irene leise, die mit Peter am Tisch saß.

Peter Venne kratzte sich am Kinn und schenkte sich Kaffee nach. Gedankenverloren rührte er in seiner Tasse. Irene sah die Hand ihres Mannes. Eine schöne Hand. Mit einem breiten, sehnigen Rücken. Breit und stabil, dachte sie. Eine Hand wie der ganze Mann. Wir werden den Hof nicht verlieren. Ich werde nicht aufgeben und Peter auch nicht. Er wird kämpfen.

Mut zu haben war leicht, wenn man stark war. Aber waren sie stark? Noch immer rührte ihr Mann schweigend in der Kaffeetasse. Irene sagte nichts. Sie kannte ihren Mann gut genug. So war es immer mit ihm, bis er einen Entschluss fasste. Abrupt hörte Peter mit dem Rühren auf und blickte sie an.

„Ich werde noch einmal mit der Sparkasse reden. Auch wenn es wenig Sinn hat. Aber ich möchte mir später nicht vorwerfen, nicht jede Chance genutzt zu haben."

„Du weißt, was du dir damit antust?", fragte Irene. „Direktor Vollmert wird dir gar nicht zuhören. Wenn Schulte-Beikel nicht die Bürgschaft übernommen hätte, dann hätten sie uns nicht nur das Konto gesperrt, sondern auch gleich die Hypothek gekündigt. Und genau das wird jetzt passieren. Ich hatte eigentlich mit dem Brief der Bank schon gestern gerechnet. Sie werden dich bestimmt fertig machen, aber ich werde mitkommen, wenn du willst."

„Nein", sagte Peter entschieden, „ich gehe allein. Und jetzt versuche ich erst einmal, überhaupt einen Termin zu bekommen."

Die Sekretärin stellte ihn durch. Vollmert war schleimfreundlich. Gerne stünde er für einen Termin zur Verfügung. Er möge doch bitte die Unterlagen mitbringen, Bilanzen, Perspektiven, Entwicklungsanalysen. Das alles klang sehr professionell, sehr verbindlich. Peter spürte ein Gefühl der Hoffnung in sich aufsteigen. Aber sein Kopf sagte ihm, dass es anders laufen würde.

Das Telefonat mit Vollmert war gestern gewesen. Und jetzt saß er hier. Auf diesem teuren, hässlich-modernen Ledersofa im Wartebereich der Kreditabteilung in der dritten Etage. Das Leder der Garnitur war genauso glatt wie Vollmerts Freundlichkeit. Man saß unangenehm tief. Die Alternative war, sich vornüber zu beugen, aber dann saß man wie auf einer Toilette, nur mit der Verdauung klappte es nicht. Es war fatal und es war Absicht.

Zweimal hatte ihn die Empfangsschönheit aufgefordert, Platz zu nehmen, man wisse ja nicht, wie lange es noch dauere. Herr Direktor Vollmert sei ja so beschäftigt. Aber Peter war zunächst stehen geblieben und hatte aus dem Fenster hinunter auf das sonnenbeschienene Treiben in der Fußgängerzone geschaut. Irgendwo da unten wartete Irene. Ab 12.15 waren sie in der Eisdiele verabredet, solange vertrieb sie sich die Zeit mit einem Einkaufsbummel.

„Bitte melden Sie mich noch einmal bei Herrn Direktor Vollmert“, sagte Peter Venne zur Schreibtisch-Dekoration, „wenn es noch länger dauert, müssen wir leider einen neuen Termin vereinbaren.“

„Aber Herr Direktor Vollmert hat ausdrücklich gesagt, er möchte nicht gestört werden.“ Sie senkte vertraulich die Stimme und sagte: „Er hat eine wichtige Besprechung.“

Aber Peter Venne war nicht beeindruckt. „Ich warte jetzt seit zwanzig Minuten. Entweder fragen Sie ihn oder ich frage ihn selber.“

In ihrem Verhaltensregelbuch für Bankbesucher war dieser Fall von Aktionsandrohung offensichtlich nicht vorgemerkt. Bevor sie etwas falsch machte, gab sie lieber nach. „Herr Direktor Vollmert, Herr Venne wartet auf Sie. Wie lange dauert es wohl noch?“

Sie legte den Hörer auf und sagte zu Peter: „Herr Direktor Vollmert holt Sie gleich ab. Er bittet nur noch um einen Moment Geduld. Wollen Sie sich nicht wieder setzen!?“

Peter seufzte. Es war hoffnungslos. Er trat erneut ans Fenster und blickte hinab auf die Fußgängerzone. Dann vernahm er Schritte hinter seinem Rücken.

„Guten Morgen, Herr Venne!“

Peter Venne drehte sich um. Ja, das war Vollmert. Wie immer tadellos gekleidet. In seinem dunkelblauen Anzug und mit seinem akkuraten Schnurrbart war er der Prototyp des seriösen, erfolgreichen Bänkers. Eine Zierde seines Standes.

Gemeinsam schritten sie über den dicken, dunkelblauen Teppichboden. An seinem Besprechungstisch wies der Direktor Peter Venne einen Stuhl an, nahm selbst Platz und schob seinem Besuch Aschenbecher, Zigaretten und Streichhölzer zu. Wie vor einer Hinrichtung. Wenn ihr letzter Wunsch der nach einer Zigarette ist, können wir ihn selbstverständlich erfüllen.

„Sehr geehrter Herr Venne, unser beider Zeit ist kurz bemessen, deshalb erlauben Sie mir, dass ich bereits vor dem Kaffee zu Sache komme. Ihr Besuch in unserem Hause spart uns sozusagen die Portokosten, äh, kleiner Scherz am Rande. Leider insgesamt eine wenig erfreuliche Sache. Wie Sie sicherlich bereits wissen, hat Herr Schulte-Beikel die Bürgschaft Ihrer Hypothek gekündigt. Ein Geschäfts- oder Privatkonto haben Sie ja in unserem Hause nicht unterhalten, das wäre also kein Problem. Aber wegen der Hypothek dürften wir Sie bitten, das Konto in den nächsten Tagen glattzustellen. Sie sehen, dass wir keine Unmenschen sind, wir wissen auch, dass so etwas nicht von heute auf morgen geht. Wir haben Ihnen dafür großzügigerweise eine Frist bis zum Ende dieser Woche eingeräumt. Noch weiter können wir Ihnen leider nicht entgegenkommen. Was ich Ihnen gerade erzählt habe, finden Sie im Übrigen auch in dem Schreiben unserer juristischen Abteilung. Wenn Sie mir bitte auf dem Duplikat freundlicherweise den Empfang quittieren wollen, reine Formsache, Sie verstehen sicherlich.“

Damit legte Vollmert Peter Venne das Schreiben vor zusammen mit einem Kugelschreiber, dessen Mine er vorher mit einem hellen Knips herausdrückte. „Dokumentenecht“, lächelte Vollmert verbindlich.

Peter Venne nahm Herrn Vollmert den Brief aus der Hand und legte ihn vor sich auf den Couchtisch. Fehlt nur noch der Fernseher, am besten in einer Einbauwand, auf dem Tisch müsste Knabbergebäck stehen und fertig ist das Spießerstillleben. Den Kugelschreiber übersah Peter, Direktor Vollmert versuchte zu übersehen, dass Peter ihn übersah, und überspielte die kleine Aggression, indem er nur einfach „Bitte“ sagte und den Schreiber in Peters Reichweite legte. Es war ein sehr teurer Kugelschreiber von einer Nobelmarke, mit Gravur.

In ihrem Match trat eine kleine Pause ein, es klopfte, Vollmerts Sekretärin servierte Kaffee.

„Ich möchte, dass Sie die Kündigung der Hypothek zurücknehmen, weil es auch nach der Bürgschaftsrücknahme von Schulte-Beikel für einen solchen Schritt keinen Grund gibt. Darum habe ich um dieses Gespräch gebeten. Ich habe hier …“

Lachend unterbrach ihn Direktor Vollmert: „Guter Herr Venne, das kann doch nicht Ihr Ernst sein. Sie sind mit zwei Raten Ihrer Hypothek im Rückstand, und wir haben eine große Verantwortung für das uns anvertraute Geld. Außerdem geht es hier um's Prinzip. Es geht um Präzision und Disziplin. Jawohl. Das gilt nicht nur allgemein, das gilt besonders für Unternehmen. Und das ist der Punkt, der gegen eine Kreditverlängerung spricht. Ihrem Unternehmen fehlt die Präzision, sprich Planung, und die Disziplin, Vereinbarungen einzuhalten.“

„Sie mögen Recht haben, Herr Direktor Vollmert, dennoch möchte ich auch meine Sicht der Dinge darstellen. Zusammen mit meinem Steuerberater habe ich Ihnen einige Zahlen zusammengestellt, die sehr wohl erklären, warum sich die finanzielle Situation meines Hofes jetzt so kritisch darstellt und warum eine Trendwende nicht sofort möglich ist.“ Dabei reichte Peter dem Direktor einen dünnen Schnellhefter.

Der nahm den Schnellhefter maliziös lächelnd entgegen: „Fein, wir nehmen das zur Kenntnis, aber ich muss leider im Interesse der Bank bei unserer Kündigung bleiben. Vielleicht überlegen Sie doch einmal, ob Sie Ihren Hof nicht kurzfristig verkaufen wollen. Wir wären Ihnen dabei gerne behilflich. Eine Zusammenlegung mit Ihrem Nachbarn wäre für beide Höfe nur von Vorteil. Aber dieser Gedanke, äh, nur am Rande. Tut mir leid, mehr kann ich für Sie nicht tun, unser beider Zeit ist kostbar.“

Damit erhob er sich. Venne nahm den Brief, den er unterschreiben sollte, und reichte ihn Vollmert.

„Die Kündigung schicken Sie mir bitte per Einschreiben zu. Erst dann werde ich sie offiziell zur Kenntnis nehmen. Haben Sie vielen Dank für das Gespräch.“

Peter Venne trat zur Tür und marschierte zum Aufzug, ohne sich noch einmal umzusehen. Als er das Bankgebäude verließ, blieb er für einen Augenblick stehen und blinzelte in das helle Licht der Mittagssonne. War jetzt alles vorbei? Begann jetzt der Abstieg? Landarbeiter für Schulte-Beikel? Er blickte auf seine Armbanduhr. Es war kurz nach zwölf, Irene wartete in der Eisdiele auf ihn.

Peter Venne holte tief Luft. Solange ein Gott über diese Erde geht, ist nie alles vorbei. Ich bin gar nicht verzweifelt. Warum bin ich innerlich so ruhig? Ich spüre nur meinen Hass. Auf Schulte-Beikel. Er liegt so ruhig in mir wie ein wildes Tier, das schläft. Und man weiß nicht, wann es wach wird. Ein kleines Geräusch kann es aus dem Schlaf reißen.

Er mischte sich unter die Passanten und ging in Richtung Prinzipalmarkt. Er öffnete die Tür zur Kirche, zu der ihn sein Weg geführt hatte, trat in den Windfang und ließ die schwere, eisenbeschlagene Kirchentür langsam hinter sich zufallen. Dann öffnete er die Glastür, die den Zugang zum Innenraum freigab, und es war kein Erstaunen in ihm, als er seine Frau hinten in der Bankreihe sitzen sah.

Auf Außenstehende machten sie beide den Eindruck eines heimlichen Liebespaares, welches sich im Schatten Gottes traf. Irene lächelte ihn an, er suchte ihre Hand, als er neben ihr saß. Der Lärm von draußen war gedämpft, nur noch ein Raunen. Es war kühl und durch die bunten Fenster fiel ein friedliches, trostvolles Licht. Das Tier in Peter erstarb für diesen Moment.

Als sie die Kirche verlassen hatten, steuerten sie auf ein Café in der Nähe des Stadtmuseums zu und wühlten sich durch das Gedränge bis in eine stille Ecke. Es war Mittagszeit, und die Menschen flüchteten aus den Büros und der Hektik der Einkaufsstraßen.

Mit keinem Wort sprachen sie über ihr Zusammentreffen in der Kirche. Sie kannten einander zu gut, als dass große Erklärungen nötig gewesen wären. Irene fragte auch nicht, wie es verlaufen sei. Sie wusste es. Und sie gab Peter die Zeit, die er brauchte, um selbst davon anfangen zu können.

„Es war ein gutes Bankgespräch, wirklich. Allerdings nur für die Bank." Peter lachte. „Er hat, wie erwartet, alles abgeschmettert, hat sich unsere Zahlen nicht einmal angesehen und wäscht sich bei allem, was jetzt passiert, die Hände in Unschuld. Etwas Komisches hat er noch gesagt: Es wäre ohnehin besser, unseren mit Heinz' Hof zusammenzulegen. Wie er das nur wieder meint? Vielleicht weiß der noch gar nicht, dass Heinz neuerdings mit dem Bäcker kooperiert? Da läuft doch irgendwas. Jetzt möchte ich mich aber erstmal mit dem Bäcker unterhalten. Wann, sagte Anne, kommt der wieder zu ihnen?“

„Morgen“, wusste Irene nur, „irgendwann am Nachmittag. Ich erkundige mich nochmal.“

„Vielleicht bringt es ja was. Jedenfalls ist bei uns jetzt ein Wunder fällig. Bei Gott, es können doch nicht immer nur die Schweine gewinnen. Ein bisschen Gerechtigkeit auf Erden, das könnte doch nicht schaden.“

„Mein Lieber“, beschwichtigte Irene ihn, „nun werd’ mir auf deine alten Tage aber nicht verbittert. Lass uns mal ziehen. Gut?“

Auf dem Weg zum Parkplatz stoppte Peter kurz an einem Papierkorb.

„Was wirfst du denn da weg?“ registrierte Irene neugierig seinen Abstecher.

„War nur’n kleines Werbegeschenk vom werten Herrn Direktor Vollmert“, grinste Peter sein bestes Lausbubengrinsen. „So’n olles Rappelding von Kugelschreiber … Fährst du?“

Die Sonne schien auf sie herab und er dachte nicht mehr an das Tier, das in ihm schlief.

12. Kapitel

3. Juni, Mittwoch, 11:02-16:52 Uhr

Das einzige Indiz dafür, dass Schulte-Beikel nicht mehr ganz der Alte war, war, dass er in letzter Zeit häufiger für Stunden dem Betrieb fern blieb. Das fiel aber keinem besonders auf, nicht einmal Willi, der Schulte-Beikel neben seiner Mutter am längsten und vielleicht sogar am besten kannte. Noch nie hatte Schulte-Beikel in seinem Leben – außer seiner Mutter natürlich – jemandem gesagt, wohin er ging oder wie lange er blieb. So nahm man an, dass er sich mehr um das Außengeschäft kümmere, vielleicht war zurzeit ein Trecker-Boom ausgebrochen, was wusste man schon?

Äußerlich war von Schulte-Beikels Veränderung nichts zu merken. Dennoch wuchs der Druck stetig. Schulte-Beikel war wie ein Dampfkessel, dessen Sicherheitsventil zugeschraubt war. Trotz seiner inneren Spannung war er noch in der Lage, seinen Zustand zu verbergen. Aber immer häufiger stieß er an die Grenze seiner Beherrschung.

Schulte-Beikel konnte mit keinem reden und hatte grauenhafte Angst. Nicht, weil er tun würde, was sich nicht vermeiden ließ. Das und was er bereits getan hatte, war für ihn über jeden Zweifel erhaben. Nein, Schulte-Beikel hatte Angst, Angst um sich selbst. Nämlich zu krepieren, bevor er sich durch eine neue Tat Erleichterung verschaffen könnte.

Als er im Bunker auf den Cocker gewartet hatte, war er sich dank der minutiösen Planung seines Erfolges sicher gewesen. Alles steuerte auf den genussvollen Punkt zu, wo er seine Rache an dem Hund vollziehen würde. Und dieser Cocker hatte den Tod tausendfach verdient, so wie er von seinem Frauchen verhätschelt wurde. Ein Bußopfer. Und sein Tod hätte lange gedauert. Nicht so pfuschig schnell. Er hatte in der Werkstatt alles vorbereitet, auch den Schneidbrenner. Den Hund mitzunehmen wäre ein wenig riskant gewesen, aber ein Aas zu verbergen, das war wirklich kein Akt. Wie oft hatten sie beim Veterinärsamt Abschussgeld für eine Katze bekommen, die sie für einen Fuchs ausgegeben hatten. Gefroren sahen die Biester doch alle gleich aus. Ab in die Müllverbrennungsanlage damit …

Und er hatte ihn schon in der Schlinge gehabt. Für einen Moment hatte er überlegt einfach auf den Hund zu verzichten – aber die Frau zu töten, das hatte er doch nicht gewagt. War auch noch nie so konkret gewesen. Aber in dem Augenblick, wenn er so an seine Gefühle dachte, Scheiß-Weiber, das hatte was für sich. Immerhin waren sie es, die diese verdammten Köter so verhätschelten.

Aber jetzt saß er hier auf der Bank am Kanal, hatte die Fäuste geballt und suchte nach Klarheit in seinem Kopf. Die Vorbereitung von Wochen zunichte. Am Aasee. Wo täglich hunderte von Kötern rumliefen, ja, das wäre eine feine Sache gewesen. Kein Mensch hätte ihn je verdächtigt. Dazu war er viel zu intelligent. Aber die Alte, die musste doch Verdacht geschöpft haben? Verdammt. Vielleicht hätte er doch nicht zögern sollen. War ja sonst kein Mensch da. Kein Zeuge, kein Risiko. Er hatte versagt. Und dann die Sache mit diesem Trottel von Venne. Seine Frau, dieses Miststück. Ja, das wäre auch noch was. Für jeden Hieb. Die mit dem Schneidbrenner. Aber schön langsam.

Schulte-Beikel stöhnte. Für jeden Hieb. So eine Demütigung. An dem Abend, in der Nacht, war er wegen der feuerroten Male nicht nach Hause gefahren. Er hatte ein paar Stunden im Büro gedöst und bevor es hell wurde, sogar mit seinem Wagen die Stadt verlassen. Er war rüber zur holländischen Grenze, Richtung Gronau. Gegen Mittag hatte er den Mut gefunden, seine Mutter anzurufen. Er sei auf Geschäftsreise und würde erst in drei Tagen zurückkommen. Ihr war klar, dass er log und er wusste es. Aber es ging nicht anders.

In einer Apotheke hatte er sich mit überspielter Verlegenheit etwas gegen Abschürfungen gekauft. Zumindest hatte seine Mutter von seinen Striemen nichts mitbekommen. Im Gesicht hatte er nur zwei gehabt, aber die waren Gott sei Dank schnell verschwunden. Wie hieß die Hexe noch mit Vornamen? Ich komm gleich drauf. Ja, Irene war's. Mit ihr zuvor vielleicht noch seinen Spaß haben. Schulte-Beikel leckte sich die Lippen.

Er konnte hier nicht mehr einfach so rumsitzen. Es musste was passieren. Er hielt es nicht mehr aus. Vielleicht doch beide zugleich? Erst die Frau. Und dann den Hund. Es war zu überlegen. Wenn die Frau nur nicht verschreckt war. Machte aber eher nicht den Eindruck. Beschreiben konnte sie ihn bestimmt nicht. Sie hatte ihn ja nur von hinten gesehen. Und sein Rücken war halt ein Rücken wie Millionen andere auch. Vielleicht eine Spur breiter. Gut, er war dick. Aber es gab viele Dicke. Trotz dieses ganzen Joghurt-Zeugs. Höhöhö. Das war nix für ihn. Er wollte nicht vor Hunger sterben.

Aber die Alte, diese Frau und ihr Hund. Das wäre mal was Neues. Und später die andere. Schulte-Beikel ging es besser. Er war kurz davor, einen Entschluss zu fassen. Dann ging es ihm immer besser. Er wuchtete sich hoch und stapfte zurück zu seinem Wagen. Am besten inspizierte er noch heute Abend die Umgebung. Mal sehn, ob die alte Dame noch kam. Ganz unauffällig. Vielleicht sogar vom Parkplatz aus. Einfach den Wagen abstellen und rübergucken zum Waldrand. Fiel nicht auf. Viele fuhren zum Aasee. Und blieben im Auto sitzen. Aßen Burger, hörten Musik, knutschten.

Schulte-Beikel fuhr zurück zu seiner Firma. Fehlte noch, dass er den Laden vernachlässigte. Darauf wartete seine Mutter bloß.

„Josef, du bist überfordert. Dein Vater …" Große Scheiße. Aber er war bis jetzt allein klargekommen. Zuwachsraten jedes Jahr. Nicht nur beim Umsatz. Beim Gewinn. Zweistellig. Und dann erst recht das andere Geschäft. Von dem sie nichts wusste. Keiner wusste davon. Außer demjenigen, mit dem er es machte. Nötig hatte er es nicht. Vielleicht sollte er damit aufhören. Wozu das Risiko? Machte sowieso keinen Spaß mehr. Kinderkacke. Ja, das sollte er tun. Mal zur Abwechslung den Schleimer selbst melken. Junge, der würde zittern. Das wäre doch was! Schon mal am Telefon ankündigen. Der würde sich winden, wie ein Wurm. Und ihn hinterher noch in sein Büro holen. Musste dann noch mehr Angst bekommen, dass einer was mitkriegte. Dann wäre der platt, wie eine Scholle.

Schulte-Beikel klatschte während der Fahrt vor Begeisterung in die Hände. Vielleicht erreichte er ihn noch im Büro. Oder zu Hause. Mit seiner piekfeinen Frau. Die sich für was Besseres hielt. Höhöhö. Schulte-Beikels Laune hob sich zusehends.

Und dann konnte er sich noch Willi schnappen. Ein bisschen anbraten, wie er das nannte. War sowieso längst mal wieder fällig. Wurde langsam aufmüpfig.

Schulte-Beikel fing an zu pfeifen. Er stellte das Radio ein. Dass der Sender eine ganz andere Musik spielte, störte ihn nicht weiter. Er fing an, sich im Takt zu wiegen. Immer noch pfeifend betrat er kurz vor Feierabend seine Firma und begab sich unverzüglich in sein Hinterhausbüro.

Hier plumpste er in seinen Sessel. Mit dem Zeigefinger klopfte er auf die Wählscheibe des alten schwarzen Telefons. Dann begann er mit den Fingerspitzen zu trommeln, dazu pfiff er wieder, völlig unrhythmisch. Da Schulte-Beikel immer nur Marschmusik trommelte und pfiff – gab es eine andere Musikrichtung? –, fiel seine geringe musikalische Begabung nicht weiter ins Gewicht.

Unvermittelt begann er, die Büronummer seines Partners zu wählen. Er ließ es zweimal läuten und begann dann von neuem, die Wählscheibe schnacken zu lassen. Wie zwischen ihnen vereinbart, meldete sich sein Gegenüber niemals mit Namen.

Schulte-Beikel stieß gleich zu: „Keine Geschäfte mehr in Zukunft. Von Ihnen bekomme ich eine kleine Abfindungsprovision. Hundert Mille wären so meine Vorstellung. Vielleicht zahlen Sie mir ja auch freiwillig gerne mehr. Höhöhö."

Wer Schulte-Beikel kannte, wusste spätestens jetzt, dass er am Telefon war. Im Gegensatz zu Schulte-Beikel klang die Stimme des Angerufenen kultiviert und seminargeschult.

„Das meinen Sie doch nicht im Ernst", war dessen spöttische Antwort. „Ich lasse mich nicht erpressen! Und auch noch ohne Beweise!"

„Von wegen! Video! In super Stereo-Ton-Qualität", trällerte Schulte-Beikel lustig.

Schweigen am anderen Ende. Schulte-Beikel schnaufte genüsslich.

Dann, nach einer Pause: „Sie wollen mir doch nicht erzählen, dass Sie unsere Treffen im Wald auf Video aufgenommen haben!"

„Sie hätten mehr auf die Vogelkästen achten sollen. 1A-Qualität, sag' ich Ihnen. Ja ja, die Japaner haben's echt drauf!"

Der Andere ließ nur ein schweres Atmen vernehmen.

„Hallo, wie geht es Ihnen? Sind Sie noch dran?" Schulte-Beikels Fröhlichkeit war nicht mehr zu steigern. Seine Süffisance auch nicht. Ja, es ging ihm wirklich besser. Er hatte einen Entschluss gefasst. Kurzen Prozess. Das heißt langen, einen schön langen Prozess würde er machen. Schulte-Beikel schnaufte: „Mein Gott, sind Sie eine Mimose. Ist doch klar, was ich will! Schluss mit der ganzen Geschichte und ich krieg 'ne kleine Abfindung. Wie lange brauchen Sie, bis Sie das Geld aufgetrieben haben? Notfalls kann ich's Ihnen ja leihen."

An dieser Stelle verlor Schulte-Beikel vor lauter Freude fast die Beherrschung. Ein glucksendes Lachen schüttelte seinen massigen Körper. Immer noch schwieg sein Gegenüber.

„Jetzt reicht's mir aber. Also wenn Sie sich nicht äußern wollen, dann setze ich Ihnen eine Frist. Vierzehn Tage maximal. Sie selbst sind ja auch nicht gerade zimperlich gegenüber Ihrer Kundschaft. Wo und wann genau wir uns treffen, werde ich Ihnen noch mitteilen. Schluss jetzt mit den Fisimatenten. Woll'n Sie noch was sagen?"

Schulte-Beikels Stimme war hart und kompromisslos.

„Okay. In hab's mir überlegt. In vierzehn Tagen. Einhunderttausend. Aber keine Mark mehr. Danach keinen Kontakt, nichts. Aus. Und ich bekomme den Videofilm. Bei der Geldübergabe. Zug um Zug. Ich werde meinen Videorekorder mitbringen, damit ich sicher bin, dass sie mir keinen Heimatfilm unterjubeln."

„Wieso", bölkte Schulte-Beikel zurück, „machen Sie mir meinen Film nicht schlecht. Habe ich ja schließlich auch im Wald gedreht. Ist das etwa kein Heimatfilm? Höhöhö?!"

Kein Mensch konnte sagen, dass Schulte-Beikel keinen Humor hatte.

„Hören Sie auf mit dem Scheiß", fauchte der andere gar nicht mehr in seiner sonst so feinen Art zurück, „wir schließen das Geschäft ab und ich rufe Sie an, sobald ich das Geld habe."

„Na, wenn Sie's eher können. Soll mir recht sein, mein Lieber."

„Ich bin nicht Ihr Lieber, weder jetzt noch in Zukunft. Was Sie mit mir machen, ist schlichtweg Erpressung. Sie …"

Schulte-Beikels Lachen unterbrach ihn: „Der feine Herr hat plötzlich Moral. Dass ich nicht lache! Huh, huh, das ist wirklich gelungen. Haben Sie sich schon einmal auf Schizophrenie untersuchen lassen? Schönen Tag noch, und sparen Sie schön!"

Schulte-Beikel wartete die Antwort gar nicht mehr ab. Er legte auf, lehnte sich in seinem Sessel zurück und verschränkte die Arme hinter seinem Kopf. Lächerlich, diese Pflaume. Absolute Matsche, dieser Mann. Einem mit dem moralischen Zeigefinger zu kommen. Aber das war geregelt. Natürlich würde der das Geld nicht auftreiben können. Schon gar nicht in vierzehn Tagen. Aber sollte er doch ruhig mal ein bisschen brutzeln. Das war doch eigentlich der Hauptspaß. Der würde auch wie die anderen hier bei ihm im Büro knien, ihn um Aufschub anwinseln. Höhöhö.

Blieb noch Willi. Wo der nur wieder steckte? Seit Tagen hatte er ihn nicht gesehen.

Dann fiel Schulte-Beikel etwas ein. Er trat an den Tresor, hievte den Schlüssel aus den Tiefen seiner Hosentasche und öffnete die schwere Tür. Aus der hintersten Ecke holte er einen ziemlich alten, strapazierten Schuhkarton heraus. Diesen stellte er feierlich auf seinen Schreibtisch. Schulte-Beikel setzte sich wieder in seinen Sessel, hob den Deckel des Kartons ab, stemmte die Ellenbogen auf den Schreibtisch, stützte den Kopf in seine massigen Hände und blickte in den Karton wie in die unergründlichen Tiefen eines Sees. Sein dickes Gesicht war so bewegungslos wie selten, kurz lag ein merkwürdiger Ernst darin.

Schulte-Beikel atmete tief ein. „Hmm, Schluss damit!“ sagte er zu sich selbst. Es klang entschieden. Er entnahm dem Karton ein grünes Notizbuch, präziser einen fünf Jahre alten Jagd-Taschenkalender. Mit dem Daumen ließ er die Seiten vorbeiwirbeln. Er legte es zurück, griff wieder hinein und förderte diesmal eine Videokassette zu Tage, die er in seiner Hand wog. Nach einer Weile legte er alles wieder an seinen Platz im Karton und schloss diesen, so wie man ein soeben ausgelesenes Buch zuklappte. Kurz darauf war alles wieder an Ort und Stelle im Tresor verstaut und der Schlüssel in Schulte-Beikels Hosentasche versenkt.

Schulte-Beikel begann erneut, seine Marschmusik zu trommeln. Ein Streichholz entzündete sich fauchend und dicker Havanna-Zigarrenrauch erfüllte das kleine Büro. Schulte-Beikel paffte schwer drauflos, und es dauerte nicht lange, da verschwand er, den Göttern gleich, im dicken Rauch. Eine fast mystische Stille senkte sich über das kleine Büro. Auch von draußen drang kein Geräusch herein; das Sonnenlicht, das durch die kleinen Scheiben fiel, verwandelte den Rauch in geisterhafte Nebelfelder, die im Zimmer trieben, und nur ab und an wedelte Schulte-Beikel mit einer Hand nach den Rauchwolken. Ein Gefühl von Wochenene machte sich breit. Für diesen Augenblick war es friedlich um Schulte-Beikel herum.

Mit einem Mal zerriss ein entsetzliches Geräusch die Ruhe des Olymps. Vor Schrecken verschluckte Schulte-Beikel sich fast am Rauch. Da war es wieder. Erregt war er aufgesprungen, die Zigarre zerquetschte er gnadenlos im Aschenbecher.

Da! Noch einmal. Im Hof bellte ein Hund. Mit drei mächtigen Schritten war Schulte-Beikel bei der Tür, riss sie auf und brüllte wie ein Dampferhorn: „Willi!“

Wie eine Schockwelle breitete sich der Ruf aus. Aber nichts geschah. Schulte-Beikel marschierte zielstrebig auf den kleinen Schuppen zu, in dem noch Licht brannte. Er trat gegen die Tür, dass sie aufflog.

Tatsächlich. In der Ecke des Schuppens hockte im Halbfinsteren Willi. Er beugte sich über ein wuscheliges Etwas. Sprach besänftigend auf den kleinen Hund ein und versuchte zugleich, seinen Schützling am Bellen zu hindern, indem er ihm die Schnauze zuhielt. Doch das half wenig. Denn je mehr Willi sich bemühte, den Hund zu beruhigen, umso zappeliger wurde der.

Schulte-Beikel war in der Tür stehen geblieben. Sein massiger Körper verwehrte dem Licht von draußen den Zugang zum Schuppen, phantomhaft leuchteten seine Konturen. Schulte-Beikel sah aus wie ein Bote des Unheils, wie der Tod in Person.

13. Kapitel

2. Juni, Dienstag, 17:13-23:26 Uhr

Vom Frühling keine Spur mehr. Wer nicht jeden Tag draußen in der Natur war, für den war der Sommer überraschend und übergangslos gekommen. Es war heiß geworden. Während Willi mit seinem Fahrrad nach Hause fuhr, genoss er den warmen Fahrtwind und dachte über Schulte-Beikel nach. Irgendwas war da im Busch.

Bis zu seiner Wohnung hatte Willi ordentlich zu strampeln. Fast zehn Kilometer, ein Weg. Aber mehr als eine halbe Stunde brauchte er selten. Im nächsten Jahr würde er sechzig werden, viel hatte er in seinem Leben nicht geschafft. Er war eine kleine Ratte geblieben, während Schulte-Beikel eine große Ratte geworden war. Das war überhaupt der einzige Unterschied im Leben: Es gab große und kleine Ratten.

Das war so in etwa das Weltbild von Willi. Seine Philosophie. Die Erfahrung eines ganzen Lebens. Fast ganzen Lebens. Noch bin ich ja nicht hin, dachte Willi. Noch ein paar Jährchen wollte er machen. Körperlich ging's ihm gut. Arbeit bei Schulte-Beikel hält fit.

Natürlich hätte er sich auch ein Auto leisten können. Nicht so einen feinen Schlitten wie Schulte-Beikel, aber halt einen fahrbaren Untersatz. Aber Willi hatte kein Interesse am Autofahren, abgesehen davon hatte er keinen Führerschein.

Er war Zeit seines Lebens Fahrrad gefahren. Schon als kleiner Junge. Er war immer der schnellste gewesen in seiner Straße. Trotz seines Buckels. Oder gerade deswegen. Die anderen Kinder hatten ihn immer Buck gerufen, Buck für Buckel. Als er älter geworden war und gelernt hatte, dass es außer Deutsch auch noch andere Sprachen gab, war er eines Tages in die Stadtbücherei gegangen, hatte nach einem englischen Wörterbuch gefragt. Buck, hatte ein Junge zu ihm gesagt, der auf das feine Stadtgymnasium ging, sei Englisch und bedeute Wichser. Das hatte ihn noch mehr getroffen, als wenn die Kinder ihn Buckel gerufen hätten.

So hatte er seinen ganzen Mut zusammengerafft und war in diese heiligen Hallen gegangen. Da hatte ihn sogleich eine Frau wegen seiner Schuhe angefaucht. Ja, er erinnerte sich noch, als sei es gestern gewesen. Na klar waren seine Schuhe nicht gerade sauber gewesen. Er hatte immer schmutzige Schuhe an, alle Kinder in seiner Straße hatten schmutzige Schuhe an. Fast alle.

Da er nun schon einmal den Mut aufgebracht hatte, zog er einfach seine Schuhe aus und stellte sie in eine Ecke hinter der Tür. Dann war er auf seinen schäbigen Socken weitergegangen. Wenn er stehen blieb, stellte er verschämt den linken auf den rechten Fuß, sodass man seinen großen Zeh nicht sah.

Dann stand er vor einer großen Theke, deren Platte genau in Augenhöhe war. Er war nicht nur buckelig, sondern auch kleiner als andere Kinder in seinem Alter. Eine junge Frau fragte ihn, was er denn wolle.

Na, ein dickes Buch hätte er gerne. Über englische Wörter und so. Wie die dann auf Deutsch hießen. Wo denn seine Lesekarte sei? Ne, eine Lesekarte habe er nicht. Aber er könne bezahlen. Dann klapperte sein Groschen auf den Tisch. Einen Würfel Brause könne er noch dazulegen, aber mehr habe er nicht. Ehrlich nicht. Und dann geschah das Wunder.

Jetzt beim Trampeln huschte so etwas wie Freude über Willis altes Gesicht. Ne, das hatte er nicht vergessen. Nie würde er das vergessen. Plötzlich hatte er einen Kloß im Hals. Und Willi weinte.

Die junge Frau hatte sich zu ihm heruntergekniet und ihm die zehn Pfennige in die Hand gedrückt. Mann, wie die roch. So sauber. Und dicke, ganz dicke braune Haare hatte die gehabt. Von der in den Arm genommen zu werden, das hatte er sich gewünscht. Nicht so wie seine Mutter. Die immer roch, wie saure Milch. Und nie so schöne Haare hatte. Später, als er Matrose war, da hatte er sich oft so eine Braut gekauft. Mit braunen, dicken Haaren. Er hatte nie mit ihnen geschlafen. Nur sein Gesicht in ihrem Haar verborgen. Wenn die Mädchen ihn nicht kannten, hielten sie ihn immer erst für einen Spinner. Am Anfang hatte er ein paar Mal heulen müssen. So wie jetzt.

Er saß hier auf seinem Fahrrad, strampelte sich fast die Seele aus dem Leib, aber wenn er an die Geschichte in der Bibliothek dachte, dann, ja verdammt, dann packte es ihn immer noch.

Sie hatte ihm den Groschen zurückgegeben. Ihn gefragt, was er denn nachsehen wolle. Er hatte rumgedruckst. Dann war er damit herausgeplatzt. Sie hatte ihn an die Hand genommen, sie waren eine

Treppe höher in die nächste Etage gestiegen. Kein Wort hatte sie über seine Socken gesagt.

Er war erstaunt, wie dünn das Buch war, das sie aus dem Regal nahm. Die junge Frau fand das Wort schnell und las ihm vor: „Rehbock, Rammler." Sie hielt inne, doch es war schon zu spät.

Sie sah sein bestürztes Gesicht und reagierte schnell. „Das heißt es nicht allein. Es heißt auch Dollar. Und der Dollar ist etwas Wertvolles. So wie bei uns die Reichsmark."

Da hatte er Mut gefasst. „Können Sie mir das auf einen Zettel schreiben? Dass es Dollar heißt? Bitte!"

Wieder hielt er ihr den Groschen auf der flachen Hand hin.

„Komm", sagte sie nur wieder.

Dann waren sie die Treppe hinuntergegangen und sie schrieb ihm den Zettel. Dollar heißt auf Amerikanisch auch Buck. Das stand da. Darunter machte sie einen Stempel.

Damit war er losgestürmt wie ein Irrer. Hatte sogar seine Schuhe vergessen, war schon auf dem Bürgersteig, als es ihm einfiel. War umgekehrt und zurückgelaufen. Zu ihr. Hatte Danke gerufen. Ganz laut, weil es so viel wert war. Damit sie merkte, wie er sich freute. Er zog seine Schuhe nicht an, keine Zeit. Flitzte zurück in seine Straße, suchte alles ab. Bis er den Jungen vom Gymnasium fand.

„Da!" sagte er nur. Aber es war sein ganzer, neuer Stolz.

Der Junge las und aus einer Gönnerlaune heraus lenkte er ein: „Okay, Dollar", sagte er. „Ich habe sogar einen zu Hause. Willste den mal seh'n?"

Er wollte. Und dann hielt er das in Händen, was so hieß wie er. Ein echter Silberdollar. Er wog ihn in der Hand. Und dann begannen die zwei zu spekulieren, was er denn wert sei. Überboten sich beide, bis die Münze ein gigantisches Vermögen wert war, so viel wie sein neuer Name.

Geheiratet hatte er nie. Weil keine Frau seiner ersten Liebe standhielt: der Braunhaarigen aus der Bücherei. Er spielte jetzt weniger mit den anderen Kindern. Er ging zur Bücherei. Versteckte sich gegenüber im Hinterhof. Sich ihr zu zeigen traute er sich nicht. Er war Straßendreck. Sie war ein Engel. Was für ihn Liebe bedeutete, das hatte er für sie. Liebe war auch Opfer. Und er opferte. Fast jeden Tag gegen sechs Uhr abends nahm er seinen Beobachtungsposten ein.

Damals war es auch Sommer gewesen. So wie jetzt. Er bog mit seinem Fahrrad schwungvoll um die Kurve und dann war er zu Hause. Der Teil Münsters, wo er wohnte, gehörte zum Innenstadtbereich. Er hatte eine kleine Anderthalb-Zimmer-Wohnung. Das Haus war auch klein. Trotzdem wohnten hier sechs Parteien. Auf den ersten Blick wirkten die Bauten wie Reihenhäuser aus den fünfziger Jahren. Es gab keine Zentralheizung, nur Kohleöfen. Aber er hatte ja nie etwas anderes gekannt. An Miete zahlte er gerade 220 Mark im Monat. Er sparte.

Willi hängte seine Jacke ordentlich auf einen Bügel in den Schrank und zog seine schmutzigen Arbeitsklamotten aus. Dann duschte er. Er rasierte sich auch immer erst, wenn er nach Hause kam. Zur Drecksarbeit von Schulte-Beikel ging er nicht frisch gewaschen. Schon aus Trotz nicht. Nicht für den.

Nach dem Krieg, er war damals noch keine achtzehn Jahre alt, war er ab nach Hamburg. Schiffe waren schon immer seine heimliche Leidenschaft gewesen. Schiffe waren weiß und schön. Waren frei. Also, er ab nach Hamburg. Bis zum Matrosen hatte er es gebracht. Doch dann war was schief gelaufen. Auf der Paul Wessel. Aber er war's gar nicht gewesen. Schließlich hatte er keine Wache gehabt. Danach hatte er noch eine Zeit lang auf einem Seelenverkäufer angeheuert. Ein Schietkahn.

Dann ins Ruhrgebiet, Bergbau. Unter Tage, Maloche. Nichts mit dem Mond von Wanne-Eickel. Danach auf einem Bauernhof angefangen. Dann, noch beim Vater von Schulte-Beikel, auf dessen Hof in Münster. Irgendwann vor tausend Jahren war das gewesen. Als der Alte noch gelebt hatte, war das der beste Job seines Lebens gewesen.

Aber mit dem Tod vom alten Schulte-Beikel hatte sich alles verändert. Zuerst hatte der Junior die Landwirtschaft verpachtet. War ihm selbst nicht fein genug. Seine Mutter hatte ihn noch dabei unterstützt. Da er sich auf Maschinen verstand, hatte ihn der junge Schulte-Beikel bei seinem Landmaschinen-Handel gut gebrauchen können. Aber mit jedem Jahr war er abhängiger geworden. Er hatte einfach den Absprung verpasst. Er war auch kein gelernter Landmaschinenschlosser oder Automechaniker. Er war Matrose und das Meer war verdammt weit weg. So kam, was kommen musste. Wundersamerweise florierte Schulte-Beikels Laden. Alle Welt brauchte neue Landmaschinen. Als dann die große Werkstatt mit Meister eingerichtet wurde, kam er in den Hinterhof. Und mit jedem Tag wurde seine Angst größer, mit fünfzig auf der Straße zu stehen.

Schulte-Beikel wusste nur zu gut von seiner Angst. Erst waren es nur kleine Dinger, die Konkurrenz ausspionieren. Dann ein bisschen Sabotage. Damals noch unbedeutend. Später größere Sachen. Er war immer mehr reingeschliddert. Ja, so war's gekommen. Wer nahm schon einen buckeligen, bald sechzigjährigen Matrosen? Keine Chance. Sein Leben war gelaufen.

Schulte-Beikel hielt ihn knapp. Seinen Stundenlohn hatte er seit Jahren nicht erhöht. Willkürlich zog er ihm etwas vom Nettolohn ab. Strafe, sagte Schulte-Beikel dann. Gegenüber der Krankenkasse und so war alles paletti, was sollte er denn machen? Selbstanzeige? Noch auf seine alten Tage in den Bau. Vorbestraft. Mit siebzig fängt das Leben erst an. Ne!

Aber er hatte seinen Plan. Und er würde durchhalten. Noch hatte er nämlich seinen Stolz, er, der Silver-Buck.

Nach dem Duschen zog er sich an, abgetragene, aber saubere Jeans. In der kleinen Küche brutzelte er sich Bratkartoffeln mit Spiegelei. Im Wohn-Ess-Raucher-Schlafzimmer deckte er sich den kleinen Tisch. Nur für sich, ganz allein. Es war ihm viel wert, ordentlich zu essen. Weil er sich dabei vorstellte, wenn es geklappt hätte in seinem Leben, wenn er je so eine Frau wie seine erste Liebe bekommen hätte, dann wäre es so. Dann wäre es schön zu Hause, dann wäre der Tisch gedeckt. Das gehörte nur ihm und keiner konnte es ihm nehmen. Allein schon, weil keiner davon wusste. Ne, er war ein Silver-Buck. Eines Tages, ja dann …

Nach dem Essen wusch er gründlich das Geschirr ab. Inzwischen war es dunkel geworden und Willi legte seine Lieblingsplatte auf: „Roter Mohn.“ Er zog die Tischdecke vom Tisch und kramte seine Bastelutensilien hervor. Vom Schrank jonglierte er seinen Modelltraum herab. Was nicht so einfach war. Denn Willi war nicht nur buckelig, sondern, wie gesagt, auch klein.

Es war ein gut 1,60 Meter langes Modell der Bremen und bis auf die Persennings der Rettungsboote war es nahezu fertig.

Willi hatte sich gerade gesetzt, als es klingelte. Nanu, dachte er, beschloss aber, nicht zu öffnen. Es klingelte weiter, als ob derjenige, der schellte, sehr genau wusste, dass er zu Hause war. Willi gab nach.

Er legte das Stückchen Stoff beiseite, das er gerade in den Händen hielt, und schluffte zur Tür.

Das Flurlicht brannte kümmerlich, sodass das ganze Treppenhaus noch ärmlicher wirkte. Andererseits wäre bei besserer Beleuchtung der erbärmliche Zustand des Hauses nur noch deutlicher hervorgetreten.

Es klingelte noch einmal und Willi machte auf. Vor ihm stand das Fräulein aus der Bücherei. Er traute seinen Augen nicht, sie sah fast so aus.

„Guten Abend, Herr Stolp", sagte sie.

Willi war völlig verdattert.

„Ich bin die neue Nachbarin von gegenüber. Vorgestern eingezogen. Ich bin Studentin und ich bräuchte Ihre Hilfe …" Dabei hielt sie Willi einen kleinen Hund entgegen. Willi guckte skeptisch. Aber es war ihm nicht möglich, ihr einen Wunsch abzuschlagen. Er bat sie also herein. Was er sonst niemals getan hätte. Vor allem dann nicht, wenn sein Schiff noch auf dem Tisch stand.

„Immer rein in die gute Stube", hörte Willi sich wie von weitem sagen.

„Ist ja toll!" rief das Mädchen aus, als es die Bremen sah. „Haben Sie die gebaut? Dumme Frage", verbesserte sie sich sogleich. „Ich mag Schiffe. Sehr sogar. Mit Autos kann ich nichts anfangen."

So etwas konnte nur sie sagen. Für ihn. Für Silver-Dollar. Je länger er sie ansah, desto mehr schoben sich Erinnerung und Wirklichkeit ineinander.

Den kleinen Hund hatte sie auf den Dielenboden gesetzt, von wo aus er eine Erkundungstour durch die Wohnung startete.

„Wo haben Sie denn den her?" fragte Willi, nur um überhaupt etwas zu sagen.

„Gerade deshalb komme ich ja zu Ihnen. Ich muss nämlich heute Abend noch für ein, zwei Stunden außer Haus. Mitnehmen kann ich den Hund leider nicht und ich will den kleinen Kerl nicht schon wieder allein lassen."

„Waren Sie denn heute schon einmal ohne den Hund fort?"

„Nein, ganz anders", sagte das Mädchen. „Ich habe ihn heute gefunden."

„Gefunden? Aber einen Hund findet man doch nicht so einfach!"

„Doch, in der Tat. Er war angebunden an einer Parkbank am Aasee. Mit einem Zettel um den Hals: Suche neues Herrchen. Ich war da nämlich joggen heute früh. Zuerst wollte ich weiterlaufen. Aber dann bin ich umgekehrt. Morgen früh bringe ich ihn ins Tierheim. Denn wie ich es auch drehe und wende, ich kann den Hund nicht behalten. Es geht nicht wegen der Uni."

„Mmm, wollen Sie 'nen Kaffee?"

„Gerne, aber eigentlich muss ich noch zum Kopierladen, der macht um 20 Uhr zu."

Willi stand auf und ging in die Küche. Der kleine Hund hatte mitten auf den Fliesen einen kleinen See hinterlassen.

„Schurke", sagte Willi und wischte die Pfütze auf. Er stellte zwei Kaffeetassen neben die Bremen, während die Kaffeemaschine in der Küche vor sich hinbrabbelte.

„Also, wenn ich Sie richtig verstanden hab, möchten Sie, dass ich auf ihren neuen Freund heute Abend aufpasse?"

Das Mädchen nickte. „Ich heiße übrigens Ursula."

„Und warum haben Sie keinen anderen im Haus gefragt?" Willis Frage klang misstrauisch. Er wartete ihre Antwort nicht ab, sondern ging in die Küche, um den Kaffee zu holen. Der kleine Hund hatte inzwischen das Anmachholz neben dem Kohleofen entdeckt.

„Ich kenne ja keinen hier im Haus und Sie habe ich wenigstens schon einmal gesehen. Sie mögen doch Tiere?!"

„Mmm", brummte Willi. „Na gut, aber nur heute Abend. Wann kommen Sie denn zurück?"

„Gegen zehn. Ist Ihnen das recht? Bitte!"

Willi sah das Mädchen an. Ja, sie war es. Natürlich war sie es nicht. Sie hätte alles von ihm verlangen können. Aber das sagte er ihr nicht.

Als Ursula gegangen war, fragte Willi zuerst den Hund, ob er hungrig sei. Offensichtlich war er es, denn die Bockwurst, die Willi ihm anbot, war im Nu verschwunden. Willi setzte sich auf den einzigen Stuhl in der Küche und beobachtete den kleinen Hund. Die Bremen konnte er für heute Abend abschreiben.

Vielleicht sollte er mit dem Hund vor die Tür gehen. Schien noch nicht mal stubenrein zu sein. Doch wo war eine Leine? Ursula hatte keine dagelassen. Na, machte nichts. Flugs hatte er ein Stück Paketband so geknüpft, dass es als Halsband brauchbar war.

Das war auch etwas, worauf Willi stolz war: Knoten schlingen. Schulte-Beikel hatte ihn einmal überrascht, als er in der Mittagspause nur so zum Spaß ein paar alte Knoten übte. Zu seiner Überraschung hatte er die meisten noch richtig gut im Griff. Dann musste er Schulte-Beikel auch ein paar Tricks zeigen. Aber der hatte lange gebraucht, bis er begriffen hatte. Na, Übung macht den Meister, wozu musste Schulte-Beikel auch Seemannsknoten können? Der fuhr doch nur Auto.

Ein alter Gürtel wurde zur Hundeleine umfunktioniert und schon stapfte Willi mit dem Hund die Treppe hinunter. War wirklich goldig zu sehen, wie der kleine Bursche die Treppenstufen mehr hinunterpurzelte als -ging. Ja, ja, alles wollte gelernt sein im Leben.

Willi Stolp war etwas durcheinander. Es war ein anstrengender Abend für ihn, erst die Vision mit Ursula und nun noch der Hund. All das bekam er nicht so schnell geregelt. Erst mal wieder klar Schiff machen in der Birne, dachte Willi. Wird auch mir gut tun, so'n kleiner Spaziergang.

Er redete in Gedanken mit sich selbst: Ursula war nicht die Frau aus der Bücherei. Aber ihre Tochter könnte es sein. Deine Tochter könnte es sein. Tochter. Wenn ihr zusammengekommen wärt.

„Quatsch", sagte er laut, „es kann nicht meine Tochter sein, weil sie dann einen Buckel hätte. Mein Gehirn läuft mir aus'm Ruder."

Willi war stehen geblieben, weil auch dieses noch namenlose Hundewesen angehalten hatte und einen Haufen machte.

„Fein gemacht!" lobte er den Hund.

Dann dackelten sie gemeinsam weiter. Immer schön langsam rund ums Karree. Überall gab's was zu schnuppern. Es war lange her, dass Willi hier spazieren gegangen war.

Wieder zu Hause räumte Willi die Bremen zurück auf den Schrank. Dann brannte nur noch die kleine Lampe über dem Fernseher, Willi saß still auf dem Sofa und betrachtete den Hund, der auf dem kleinen Teppich vor dem Sofa eingeschlafen war.

Eine Art von Scheu und Andacht überkam ihn, als er das Fellknäuel sah. Wird vielleicht mal ein ganz schöner Brockermann, so große Tatzen, wie der hat. Willi wusste nicht viel von Hunden. Aber das wusste er: Kleine Hunde mit großen Tatzen werden später mal große Hunde. Mit noch größeren Tatzen. Tierheim hatte sie gesagt, morgen früh. Ob es ihm da gut ging? Aber es musste sein. Weil sie ja keine Zeit hatte. Besser jedenfalls, als an einer Parkbank am Aasee angebunden zu sein. Bestimmt kam er dann zu vernünftigen Hundeeltern. Oder auch nicht, meldete sich die Stimme in ihm wieder. Oder auch nicht, hast du gehört!

Der Hund schlief seelenruhig. Willi saß auf dem Sofa und beobachtete ihn regungslos.

Welche Chancen hat er denn im Tierheim, ist doch wie im Waisenhaus, du Blödkopp. Das wird 'ne Ratte von Hund. Von einem zum anderen. Wenn er auf den Teppich pinkelt, wird er am Aasee ausgesetzt. So einfach ist das. Sie wollte dir was dafür geben, dass du auf den Hund aufpasst. Du bist ein Silver-Dollar. Du hast jetzt einen Sohn. Einen Hundesohn von deiner ersten Liebe. Der Frau aus der Bücherei. Und deinen Sohn willst du in ein Tierheim geben? Kauf ihr den Hund für einen Groschen ab. Schenk ihr ein englisches Wörterbuch. Ratten und Hunde vertragen sich nicht. Du bist eine silberne Ratte. Ich habe einen Buckel, sagte der Hund. Darum komme ich ins Tierheim. Nein, du wirst ein Seehund, sagte Willi. Seehunde kommen nicht ins Tierheim. Ich werde eine Ratte, sagte der Hund. Nein!, schrie Willi. Du bist ein Silver-Buck! Ein Silver-Buck! Du bist ein Silver-Buck!!!

Willi schrie und wachte von seinem eigenen Schrei auf, Tränen liefen ihm über die Wangen.

Er saß noch immer auf dem Sofa, während der kleine Hund Hundeträume träumte, als Ursula schellte. Von irgendeiner Kirche schlug die Turmuhr Viertel nach zehn. Ursula war ganz außer Atem.

„Tut mir Leid, dass es etwas länger gedauert hat. Wie geht's dem Strubbelhund?"

„Kommen Sie doch erst mal rein."

Willi hielt ihr die Tür auf. Sie gingen zusammen in das kleine Wohnzimmer. Ursula setzte sich auf das Sofa und blickte sich um.

„Meine Bude ist auch nicht größer", kam es von ihr ganz spontan. „Oh, entschuldigen Sie, so hab ich das nicht gemeint. Ehrlich, mir gefällt es bei Ihnen. Ich hab's noch nicht so gemütlich. Im Übrigen, Sie können mich ruhig duzen. Ich bin doch erst 19."

„Studierst du denn schon lange? Ist vielleicht dumm, meine Frage, aber davon habe ich keine Ahnung."

„I wo. Ich fange gerade erst an. Biologie. Vielleicht werde ich mal Lehrerin. Hätte auch gerne Medizin studiert, aber ich habe keinen

Studienplatz bekommen. Morgen muss ich früh raus und vor der Uni erledige ich das mit dem Tierheim, bevor sich der Hund zu sehr an mich gewöhnt, okay?"

„Na, ich weiß nicht", zweifelte Willi. „Tierheim? Aber es geht wohl nicht anders."

„Nehmen Sie ihn doch. Ihren Teppich mag er jedenfalls." Sie lachte.

„Ich muss doch arbeiten. Was soll ich da mit einem Hund?"

„Ich weiß ja nicht, was Sie so machen, aber können Sie ihn nicht einfach mitnehmen zur Arbeit?"

Willi sagte nichts. Er dachte an Schulte-Beikel und was er da wohl zu hören bekäme. Willi kannte Schulte-Beikels Hass auf Hunde nicht. Hatte sich nur mal gewundert, warum er, wo er doch auch Jäger war, selbst keinen Hund hatte. War wohl eine Marotte von Schulte-Beikel junior. Der Alte, der hatte immer einen Hund. Bis damals. Der Hund hatte irgendeinen fürchterlichen Unfall. Und danach hatte der Alte keinen Hund mehr haben wollen.

Wenn er es sich recht überlegte, konnte das schon irgendwie gehen.

„Und? Wollen Sie es nicht wenigstens mal probieren? Schlafen Sie eine Nacht drüber. Dann können Sie sich ja immer noch entscheiden!"

Aber Willi Stolp hatte sich bereits entschieden. „Einverstanden, Tochter."

Ursula guckte verwirrt.

„Verstehst du nicht", brummte Willi. „Schlaf gut. Und den Hund, den lass mal heute Nacht bei mir."

14. Kapitel

3. Juni, Mittwoch, 05:00-20:33 Uhr

Der Wecker klingelte. Was ungewöhnlich war, denn Willi Stolp stand sonst erst eine Stunde später auf und dafür brauchte er keinen Wecker. Sonntags schlief er länger, aber wenn er dann um neun Uhr von selbst aufwachte, war das für ihn spät.

An diesem Morgen jedoch hatte er den Wecker gestellt und wurde unsanft aus dem Schlaf gerissen. Neben dem Bett, das tagsüber als Sofa diente, fühlte er etwas Wuscheliges und mit einem Mal war ihm alles wieder gegenwärtig. Er war über Nacht Hundevater geworden!

Noch im Halbdunkel angelte Willi mit einem Bein nach seinen Pantoffeln. Ein Pantoffel war auch noch da, wo er ihn beim Zubettgehen hingestellt hatte. Der andere hatte seinen Besitzer gewechselt. Du kleiner Racker, dachte er. Noch so klein und schon so frech. Der Linoleumfußboden war kalt an dem unbeschuhten Fuß, Willi bückte sich und nahm dem kleinen Hund, der schwanzwedelnd aufgesprungen war, den Pantoffel aus dem Maul. Dabei entdeckte er einen kleinen Bach unter dem Tisch. „Na sowas", sagte Willi, „aber ich hätte dir gestern Abend auch die Toilette zeigen sollen. Meine Schuld. Am besten gehen wir zwei mal schnell vor die Tür."

Im Treppenhaus ging Willi auf Zehenspitzen, denn er wollte mit seinem nagelbeschlagenen Schuhwerk nicht das noch schlummernde Haus aufwecken. Den Hund trug er auf dem Arm. Irgendwo schlug eine Kirchturmuhr die Viertelstunde.

Trotz des frühen Aufstehens, fühlte Willi sich recht erfrischt, als Hund und Herr von ihrem ersten gemeinsamen Spaziergang heimkehrten. Den Kaffee hatte er soeben aufgeschüttet, als es zaghaft an der Tür klopfte. Es war Ursula.

Willi konnte sie noch immer nicht anschauen, ohne einen Kloß im Hals zu spüren. Die Ähnlichkeit war einfach zu frappierend.

„Haben Sie denn schon einen Namen für unser Findelkind?"

„Ja, Donnerwetter! Das habe ich im Eifer des Gefechtes doch glatt vergessen!"

Willi kratzte sich hinter dem Ohr. „Aber einen Namen muss er ja nun mal haben. Erst wenn etwas einen Namen hat, fängt es an zu leben. Haben Sie, ähm, hast du nicht einen Vorschlag?"

Ursula lachte. „Da fragen Sie mich was! Ich bin nicht gut im Namengeben. Mir fallen nur Kindernamen ein. Wuschel, Zottel oder Bello."

„Wuschel", rief Willi, „lass dich mal begucken. Wir wollen dir einen Namen geben."

Und als ob der Hund ihn verstanden hätte, kam er neugierig herbei, setzte sich auf seine Hinterbeine und schaute erst Ursula, dann Willi mit großen, braunen Augen an.

Willi blickte auf seine Uhr: „Fünf vor halb sieben. Ich muss mich beeilen. Sonst komme ich zu spät zur Arbeit. Womit transportiere ich denn das kleine Ungeheuer?"

„In meinem Korb. Ich hole ihn schnell." Ursula begleitete Willi bis an die Haustür und hielt den Korb, während Willi sein Fahrrad aus dem Keller hievte. Dann war er startklar, der Korb wurde samt Hund einfach über die Lenkstange gehängt und Ursula rief noch hinterher: „Ich seh' heute Abend mal bei Ihnen rein, wenn ich darf."

„Ist okay!" rief Willi und winkte ihr zu. Donnerwetter, was ist denn mit dir los? „Ist okay", sagte Willi noch einmal halblaut vor sich hin. Er benutzte diesen Ausdruck sonst nicht.

Willi sah auf seine Armbanduhr. Bereits zwanzig Minuten vor sieben. Heute Morgen war ein Geschwindigkeitsrekord fällig. Willi stemmte sich kräftig in die Pedalen. An der Ampel musste er warten und nutzte die Gelegenheit, um den Hund zu streicheln. So wie manche Hunde gerne Auto fahren, schien dieser das Radfahren zu mögen. Er guckte ganz fröhlich aus seiner neuen, fahrbaren Hundehütte. Willi überlegte, dass er den Hund in der Frühstückspause füttern könnte. Nach Feierabend wollte er sich dann um den Hundekram kümmern: Fressnapf, Leine, Halsband, Wassertopf. Ein Besuch beim Tierarzt wäre auch nicht schlecht. Hunde mussten, so viel wusste Willi Stolp, auch gegen Krankheiten geimpft werden.

Jetzt kam ein fast häuserfreies Stück Landstraße. Willi schwitzte. Auf diesem Stück fuhr er meist normales Tempo und genoss den Sonnenaufgang, wenn die Jahreszeit dafür war. Dann sah er bereits blass das Neonschild leuchten: Münsterländer Landwirtschaftlicher Maschinenhandel. Ja, Schulte-Beikels kleines Imperium war schon beeindruckend. Der Chef war mit Sicherheit noch nicht da. Seine Kutsche rollte immer erst gegen acht Uhr auf den Hof. Die Leute von der Werkstatt kamen so um halb acht, das Büro machte erst eine Stunde später auf. Er war meist der Erste, hatte aber nur einen Schlüssel für das Rolltor, das ihm Zugang zu seinem Hinterhofreich verschaffte. So weit er wusste, hatte nur Schulte-Beikel noch einen Schlüssel von diesem Bereich. Es war ihm sehr recht, so hatte er seine Ruhe. Am regulären Werkstatt-Service arbeitete er schon lange nicht mehr mit.

Willi fuhr mit seinem Fahrrad um das Firmengebäude herum. Vor dem Schiebetor angelangt, sprang er vom Fahrrad ab und streichelte zuerst einmal ausgiebig seinen Hund. Ja, er, Willi Stolp, hatte einen Hund. Einen feinen Hund. Ganz aufmerksam verfolgte der von seinem Aussichtskorb aus, was sein neues Herrchen tat, und wartete, was weiter geschehen würde.

Willi öffnete das Schloss des Rolltores und machte sich dann am Hängeschloss der Kette zu schaffen, mit der das Tor zusätzlich gesichert war. Es war jeden Morgen derselbe Ärger. Da das Schloss draußen hing, war es Wind und Wetter ausgesetzt und mittlerweile arg verrostet. Heute Morgen weigerte sich das Schloss beharrlich aufzugehen und Willi war ohnehin schon ein paar Minuten zu spät. Er wollte nicht, dass Schulte-Beikel ihn hier mit dem Hund vor dem Tor traf. Er würde ihn später darauf ansprechen. Hinterher mochte der keine Hunde. Willi kramte sein Taschenmesser aus dem Overall. Er schob die Klinge durch den Griff des Schlüssels und benutzte so das Messer als Hebel. Mit einem Klick sprang das olle Ding endlich auf. Nun, Willi hatte die Faxen dicke und steckte das Schloss in seine Hosentasche. Das Fahrrad schob er über den Hof zu seinem Schuppen und leinte den Hund an der Werkbank fest. Aus der Hosentasche fingerte er das widerspenstige Hängeschloss und spannte es in den Schraubstock ein. Er steckte den Schlüssel wieder hinein und benutzte diesmal ein Stemmeisen als Hebel, um den Schlüssel zu drehen. Mit einem Hammer schlug er kräftig auf das Eisen, bis es im Inneren des Schlosses knackte. Es war überdreht. Zufrieden stellte Stolp fest, dass sich der Schlüssel nun mühelos herumdrehen ließ. „Das hätten wir“, brummte Willi zufrieden und an den Hund gewandt: „Bin gleich zurück.“

Willi stapfte zum Rolltor und hing zufrieden grinsend das Schloss wieder ein. Dann zog er das Rolltor zu. Jedenfalls hatte der Ärger mit diesem Hängeschloss für alle Zeiten ein Ende. Jetzt musste ein neues her. Schulte-Beikel würde von ganz allein darauf kommen, wenn er beim nächsten Mal abschließen wollte. Willi Stolp ging langsam zurück zu seinem Schuppen.

Vor dem Lanz-Bulldog, der gottverlassen unter dem Wellblechdach vor sich hinrostete, blieb Willi stehen. Schulte-Beikel hatte ihm schon vor einiger Zeit gesagt, dass er sich bei Gelegenheit mal um das alte Rappelding kümmern solle. Heute, fand Stolp, war Gelegenheit. Er wollte das mit dem Trecker ruhig angehen lassen, es war eine schöne Arbeit, jetzt für die Sommerzeit. Der ehemals blaue Lack des Treckers war über und über mit Rostbläschen bezogen, als ob das gute Stück einen Hautausschlag hätte. Gut, dass er den Trecker damals, als er in den Hof geschleppt wurde, gleich aufgebockt hatte. Ein Bauer, dem Schulte-Beikel einen neuen Trecker verkauft hatte, hatte das alte Ding in Zahlung gegeben. Heute war es ein Oldtimer, bestimmt eine Menge wert, so viel verstand Willi Stolp auch von der Sache. Keinen Handschlag würde der Boss investieren, wenn damit nicht ein Geschäft zu machen war. Ob ihn ein Sammler angesprochen hatte?

Wie auch immer, ihm konnte es eins sein. Doch zuvor musste das mit dem Hund geregelt werden. Merkwürdig, ob Schulte-Beikel sich heute überhaupt blicken ließ? Meistens war er ja um diese Zeit schon in der Firma. Umso besser, wenn der Boss nicht da war. Der Hund war auffallend brav. Lag wohl daran, dass er Willi von der Schuppentür aus die ganze Zeit beobachten konnte, so weit reichte seine Leine gerade. Willi Stolp kratzte sich am Kopf. Ja, genau, die alte Holzkiste in der Ecke war als Hundehütte gut geeignet. Doch vorher sollte er noch Schulte-Beikel an der Nase herumführen. Er nahm die alte, ölverschmierte Arbeitsdecke und trug sie zusammen mit dem Werkzeugkasten zum Trecker. Dann suchte er in der Kiste nach einem Schraubenschlüssel, der zu den dicken Muttern passte mit denen die Vorglühkuppel unterhalb des Motors befestigt war. Willi steckte ihn in die Tasche und legte einige andere griffbereit auf die Decke. Das sah nach Arbeit aus, fand er. Den eingesteckten Schraubenschlüssel legte er auf das Fensterbrett neben der Tür. Jetzt konnte Schulte-Beikel ruhig kommen und dumme Fragen stellen.

Mit einer Stichsäge schnitt er aus der Kiste eine kleine Türöffnung heraus, wühlte dann in einem Regal und fand ein paar Bretter. Er nahm Maß und schnitt sie so zurecht, dass er daraus für die Kiste ein Dach bauen konnte. Nach ein paar Hammerschlägen war das Werk vollendet. Zuletzt brachte Willi noch eine Schrauböse an, an der er die Leine verknoten konnte. „Mal sehen, ob dir deine Hütte gefällt", sagte Willi zu dem Tier. Er trug die umgebaute Kiste zu dem Hund, der sein zukünftiges zweites Zuhause sofort ausgiebig beschnüffelte.

„Na, das gefällt dir wohl, was?" Echter Vaterstolz klang aus Willis Stimme.

In der hinteren Ecke des Schuppens räumte Willi allerlei Gerümpel beiseite und schuf so eine Stellfläche für das Hundehaus. „Eine Decke fehlt dir aber noch", brummte Stolp und kratzte sich wieder hinter dem Ohr. „Einen Moment", erklärte er dem Hund, verließ den Schuppen, überquerte den Hinterhof und betrat das offizielle Imperium von Schulte-Beikel.

In der Büroetage, einen Stock höher, hatte er nichts zu suchen. Stolp bog rechts ab zur Werkstatt, die Mechaniker und Schlosser waren beschäftigt mit den metallenen Treckertieren, die bis auf ihre Eingeweide entblößt und zerlegt auf einer Art Intensivstation vor sich hin dösten. Willi umkurvte die Wartungsplätze und sprach dann einen jungen Mann an.

„Morgen. Ich bräuchte 'ne neue Arbeitsdecke."

Der junge Mann nahm ihn überhaupt nicht zur Kenntnis. Auch die anderen ignorierten ihn.

„Tag, Herr Kruse, ich brauch' 'ne neue Arbeitsdecke", wiederholte Stolp.

Der junge Mann in dem grünen Arbeitskittel sah durch Stolp hindurch.

„Bitte", sagte Stolp.

„Schon besser, viel besser. Aber ich möchte noch einmal alles zusammen hören."

Stolp wurde unruhig.

„Guten Tag, Herr Kruse, ich brauche bitte eine neue Arbeitsdekke."

Stolp stand vor ihm mit seinem Buckel wie ein verängstigtes Tier. Es war ein erbärmlicher Anblick. Inzwischen blickten Kruses Kollegen herüber, einer stellte sich krumm wie Stolp hin, ließ die Arme schlaff hängen. Ein anderer zog eine Grimasse.

„Okay", sagte Kruse, „du kriegst deine Decke. Wenn du niederkniest und bitte, bitte sagst. Na?"

Alle grienten. Stolp sah es. Stolp dachte an den Hund. Und Stolp musste an den Tag denken, als er in der dämmrigen Kirche unter dem Bild gesessen hatte, auf dem Jesus das Kreuz schleppt, genau unter diesem Bild der Kreuzstation saß er. Willi war damals noch klein, er verstand es nicht, er wusste nur, dass der Mann mit dem Bart auf dem Bild Gott sein sollte. Und irgendwo in seinem Kopf war ihm klar, Gott trug ein Kreuz, er einen Buckel. Und es war kein Unterschied.

Stolp dachte an das Kreuz, er dachte an den Hund. Es war diffus, aber für Stolp hing alles miteinander zusammen. Mit einem Mal lächelte er. Und kniete vor Kruse und sagte: „Bitte. Bitte. Ich hätte gerne eine neue Arbeitsdecke."

„Sehr schön", lobte Kruse, aber er vermied es, Stolp in die Augen zu sehen. „Sollst deine Decke haben. Komm mit."

Die anderen kicherten. Stolp ging hinter Kruse her zum Magazin. Stolp griff hastig nach der Decke und wollte sich an Kruse vorbeidrücken, als dessen Hand mit Wucht auf seinen Buckel fiel.

„*Danke* heißt das, du Krüppel."

„Danke", keuchte Stolp und verschwand mit der Decke. Nun benutzte er nicht den Weg durch die Werkstatt, sondern ging über den Flur, der vom Magazin zur Halle verlief. Aus der Werkstatt dröhnte Gelächter herüber. Stolp trat aus der Halle ins helle Tageslicht des Hinterhofes.

„Ich habe die Decke", sagte er laut zu sich, „ich habe die Decke."

Der Hund war außer sich vor Freude, als er sein Herrchen wieder sah. Wie warmes Sonnenlicht überflutete die Zuneigung des Hundes Willis Herz. Willi Stolp war glücklich. Wenn ihn die Menschen schon nicht liebten, so wie er war, mit Buckel, dieser Hund war gut zu ihm.

Willi schwor sich, ein guter Hundevater zu werden. Er sah auf seine Armbanduhr. Zeit für seine kleine Frühstückspause.

„Ja, mein Hund", sagte er, während er das Findelkind mit seinem Wurstbrot fütterte, „wird nun mal Zeit, dass ich dir einen Namen geb! Wuschel oder so, das ist auf Dauer nix. Da hat die liebe Ursula schon recht. Wat mag wie nu?"

Und dann war auf einmal der Name da, wie angeflogen. Grim. Obschon der kleine Hund wirklich nichts Grimmiges an sich hatte. Nun, er würde noch wachsen und seinen Namenspatronen Ehre machen. Jetzt hieß der Hund also Grim. Und Grim schlief.

Gott sei Dank war von Schulte-Beikel noch nichts zu sehen, was erfahrungsgemäß hieß, dass dieser erst spät am Nachmittag oder überhaupt nicht auftauchte. Er wollte mit ihm reden, sobald er kam. Wenn er nicht gerade seine schlechteste Laune hatte.

Willi Stolp beschloss, nun ernsthaft mit dem Trecker anzufangen. Er nahm den Schraubenschlüssel vom Fensterbrett und machte sich daran, die Muttern zu lösen. Nach der Demontage der Glühkuppel legte Willi den Motor frei. Mit einem Zimmermannsbleistift trug Willi nach jedem Arbeitsgang in sein Notizbuch die Lage der einzelnen Teile ein, manchmal, wo es ihm nötig schien, machte er eine kleine Skizze. Keine Meisterwerke, aber er wusste seine Zeichnungen zu lesen.

Als die Uhr halb eins zeigte, legte Willi sein Werkzeug nieder und entschied, Mittagspause zu machen. Grim hatte sich zwei, drei Mal in der Schuppentür sehen lassen. Als er sah, wie beschäftigt sein Herrchen war, hatte er sich wieder in seine Ecke zurückgezogen. Doch nun war Mittag, Willi Stolp wollte die Pause nutzen, um mit Grim einen kleinen Ausflug machen.

Der Nachmittag verging mit dem Ablassen des Motoröls und der Zerlegung des Treckers. Mehrfach schleppte Stolp die volle Ölwanne vom Trecker zum Altölfass und leerte sie aus. Kurz vor Feierabend hatte Stolp alle Anschlüsse des Motors abgelöst und die Nebenaggregate Stück für Stück in Kartons sortiert. Morgen konnte er den Motor mit dem Gabelstapler aus seiner Halterung heben.

Es war kurz vor Feierabend. Er war im Schuppen und gerade dabei, den Hund aus seiner Hütte in den Fahrradkorb zu bugsieren, als er Schulte-Beikels Auto scharf um das Haus fahren hörte. Dann war es für eine Weile ruhig, doch plötzlich flog die Hintertür auf und Schulte-Beikel stürmte über den Platz. Eine weitere Tür knallte und in Schulte-Beikels Bürobehausung ging das Licht an.

Stolp war mit dem Hund gefangen. Denn wenn er jetzt seinen Schuppen verließ, geriet er in Gefahr, von Schulte-Beikel bemerkt zu werden. Und in dieser Laune wollte er mit Schulte-Beikel nicht zusammentreffen. Dann war der Boss eine Bombe auf zwei Beinen.

Selbst wenn er anscheinend guter Laune war, bedeutete das Gefahr. Denn aus heiterem Himmel konnte Schulte-Beikel sich eine neue Bosheit, eine neue Schikane einfallen lassen. Besser, er versteckte Grim in seiner Hütte. Grim hatte aber keine Lust, weiter brav zu sein. Er war den ganzen Tag brav gewesen, nun wollte er endlich spielen. Sein Rudelführer musste das doch wirklich verstehen.

Grim bellte. Willi Stolp erstarrte vor Schrecken. Grim hatte den ganzen Tag nicht gebellt, er hatte vollkommen vergessen, dass ein Hund bellen konnte. Nein, alles durfte passieren, nur nicht, dass Grim jetzt Theater machte. Willi schob Grim zurück in seine Hütte und sprach besänftigend auf den Hund ein. Grim freute sich, hatte das Bellen also doch etwas genutzt. Er bellte weiter und Willi geriet in Panik.

„Sei still, verdammt", zischte Willi in seiner Angst und Verzweiflung. Grim verstand die Welt nicht mehr. Wieso war Bellen verboten? Willi Stolp hielt Grim die Schnauze zu. Dieser entwandt sich ihm, Grim hatte Angst, er zog sich in die hinterste Ecke seiner Hütte zurück und winselte.

Jetzt hörte Willi dröhnende Schritte auf seine Bude zukommen. Er kniete neben der Hütte. Hatte endlich den Hund im Griff und hielt ihm die Schnauze zu. Vielleicht ging Schulte-Beikel ja vorbei. Dann sah er entsetzt, dass die Lampe noch brannte.

„Willi!", hörte er ihn brüllen.

Es war zu spät. Alles war zu spät. Willi wusste, was jetzt geschehen würde.

Krachend flog die Schuppentür auf. Schwarz und schwer stand Schulte-Beikel im Türrahmen. Willi kroch in sich zusammen, aber Schulte-Beikel sagte eine endlose Weile gar nichts und blieb einfach im Türrahmen stehen.

„Was haben wir denn da? Was seh' ich denn da?" setzte Schulte-Beikel auf einmal beängstigend sanft an. In seiner Angst überhörte Willi den drohenden Beiklang.

Willi Stolp war aufgestanden, Grim immer noch im Arm.

„Gib mal her, den Hund!" kam es plötzlich barsch von Schulte-Beikel.

Willi machte einen Schritt zurück.

„Nein", sagte er bestimmt.

Schulte-Beikel verfiel übergangslos auf seine dröhnende Flugzeugstart-Stimme: „Wenn ich sage, her mit dem Köter, dann gibst du ihn mir! Auf meinem Grund und Boden gibt es keine Hunde!“

Mit zwei Sätzen sprang Schulte-Beikel auf Willi Stolp zu und entriss ihm den Hund. Grim quiekte. Willi Stolp hing sich an Schulte-Beikels Arm.

„Nein“, rief er, „gib mir den Hund zurück!“

Und als ob er Schulte-Beikel damit aufhalten konnte, fügte er matt hinzu: „Wir verschwinden ja schon!“

Schulte-Beikel aber gab Grim nicht frei, sondern schleuderte Willi mit seiner ganzen Bullenkraft in die Ecke, sodass er auf die Hundehütte krachte. In der Tür drehte sich Schulte-Beikel zu Willi um, den Hund hielt er am Nackenfell, wie eine Tragetasche. Grim jaulte.

Stolp rappelte sich hoch, um einen neuen Angriff zu starten.

„Stopp!“ brüllte ihn Schulte-Beikel an. „Ganz ruhig. Ich tu deinem Hündchen ja nichts. Keine Sorge.“

In seinen Augen blitzte es tückisch. Schulte-Beikel trat rasch zwei Schritte rückwärts, er stand jetzt draußen vor dem Schuppen. „Du kannst dein Hündchen sofort wiederhaben.“ Er grinste Stolp diabolisch an.

Willi trat näher, er war gespannt wie ein Tiger vor dem Sprung.

Schulte-Beikel war der erfahrenere Kämpfer. Aus schmalen Schlitzen behielt er Willi Stolp genau im Auge.

„Du kannst ihn sofort wiederhaben“, sprach er leise und gedehnt, „aber“, und seine Worte schossen heraus, „vorher nimmt der Kleine noch ein Bad!“

Mit der freien Hand schlug Schulte-Beikel den Deckel der Öltonne ab und tauchte Grim so tief hinein, bis er verschwunden war.

Willi schnellte auf Schulte-Beikel zu, der trat wie ein Torero beiseite, hielt ein Bein ausgestreckt, sodass Willi zu Boden stürzte. Wie eine Dampframme sauste Schulte-Beikels Fuß auf seinen Buckel nieder.

„Hä hä!“ dröhnte Schulte-Beikels Gelächter, dann fiel ein öliger Klumpen klatschend neben Willi Stolp. Willi rührte sich ebenso wenig wie Grim.

Seelenruhig schloss Schulte-Beikel sein Büro ab und verließ den Hinterhof über das Bürogebäude, wie er gekommen war.

Jetzt erst vermochte Willi sich zu bewegen, stemmte sich mühsam hoch und ergriff Grim. Er stürzte mit ihm zum Spülbecken und versuchte mit zitternden Händen das Öl abzuwaschen. Grim lebte. Rasselnd ging sein Atem. Seine Augen waren verklebt. Er konnte Willi nicht sehen. Ein Zucken lief durch den kleinen Körper und wurde immer schwächer.

„Nein! Nein!" Willi schrie. „Gott, tu's nicht. Nein! Bitte nicht!"

Willi nahm Grim und bettete ihn in den Fahrradkkorb. Dann radelte er los, duckte sich wie ein Rennfahrer über den Lenker, seine Beine wirbelten, er raste die Warendorfer Landstraße entlang.

Langsam tropfte das Öl von Grim in den Korb, es hinterließ eine dünne Spur auf der Straße.

Willi fuhr – dann ließ er das Fahrrad ausrollen.

Als die Sonne unterging, lag er noch immer neben Grim im Straßengraben und weinte stumm.

Grim war tot.

Willi Stolp war zum zweiten Mal gestorben.

Und Schulte-Beikel lebte. Aber nicht mehr lange.

15. Kapitel

3./4. Juni, Mittwoch/Donnerstag, 20:34-2:11 Uhr

Willi Stolp wollte nicht aufwachen. Er wollte nie wieder aufwachen. Sobald etwas Bewusstsein in sein Hirn drang, war der Schmerz unerträglich. Aber die Kälte, das nasse Gras der Straßenböschung, das Zischen der Reifen und Brummen der Motoren von den Autos, die vorüberfuhren, all dies holte ihn langsam, aber stetig und unbarmherzig zurück in die Wirklichkeit. Sein Entsetzen wuchs. Es war gar kein Traum gewesen.

Willi Stolp rannen Tränen über das Gesicht. Er lag zusammengekrümmt an der Straßenböschung und er lag zu tief, um von der Straße aus gesehen werden zu können. Mit der ausgestreckten Hand fühlte er das feuchte Gras, die Hand begann zu tasten, suchte. Wo war Grim? Langsam öffnete Stolp die Augen. Weiß und gleißend schoben sich die Lichtbalken der Autos über die Straße wie Suchscheinwerfer. Es gab keinen Fluchtweg. Der Körper, den er fühlte, war verschmiert und feucht. Jäh war Willi Stolp wach. Er schrak hoch, neben ihm lag Grim. Sein verdreckter, stinkender Rest. Mit weit vorgequollenen Augen, die Zunge hing aus der Schnauze, alles war öldunkel, nur ein paar Zähne blitzen grell weiß. Schwankend, als sei er betrunken, kam Willi Stolp auf die Beine. Auch jetzt, im Tode, verriet er seinen Freund nicht. Seinen Freund, mit dem er nicht einmal 24 Stunden zusammen gelebt hatte – für Willi Stolp die Freundschaft eines ganzen Lebens.

Wo lag nur sein Fahrrad? Es war die Böschung heruntergerutscht. Willi packte das Rad am Lenker und stemmte es die Böschung hinauf. Dann legte er Grim in den Korb und machte sich auf den Heimweg. Er taumelte mit dem Fahrrad über die Landstraße und bisweilen kam es vor, dass ein Auto hupte oder ihn mit Fernlicht strafte, weil er zu weit in die Fahrbahnmitte geraten war. Qualvoll war der Weg durch die Stadt. Den Blick abwechselnd auf dem besudelten Grim und der grauen Asphaltdecke, die schier endlos unter ihm klebte, die sein Fahrrad festzuhalten schien, diese verfluchte Straße, die verhindern wollte, dass er nach Hause kam.

Willi Stolp fuhr und wusste den Weg nicht mehr. Als er an der Straßenböschung gelegen hatte, musste es geschehen sein. Man hatte die Straße verlegt, die Häuser umgestellt. Er konnte sich nicht mehr erinnern. War er in dieser Straße nicht schon einmal gewesen? Münster war ein riesiges Labyrinth, es gab keinen Eingang, keinen Ausgang. Als ewiger Radfahrer verloren in unendlichen Straßen, begleitet von einem toten Hund, und über allem leuchtete der Mond wie ein Silver-Buck.

„Idiot! Können Sie nicht aufpassen!"

Zum Glück hatte der Autofahrer ihn gesehen. Nun war er in seiner Gegend, die nächste Straßenkreuzung musste es sein. Er bog um die Ecke.

Das Haus lag im Dunkeln, nur die Straßenlaterne ein paar Meter weiter leuchtete. Ich bin noch auf, ich hab Nachtwache. Stolp lehnte sein Fahrrad achtlos an die Hausmauer. Kramte nach seinem Schlüssel und schleppte sich mit dem Korb in das Treppenhaus, die Holzstiegen hoch zu seiner Wohnung. Er stellte den Korb mit dem Hund auf den Boden, setzte sich auf das Schlafsofa und starrte auf den zusammengerollten Grim. Willi Stolp saß im Halbdunkel, den Kopf gesenkt, die Ellenbogen auf die Knie gestützt, und starrte lange auf den toten Freund. In seinem Inneren wurde langsam alles zu Eis.

Mit einem Mal stand Willi Stolp auf und ging ins Badezimmer. Er krempelte mechanisch seine Ärmel hoch und stellte die Dusche an. Behutsam, so, als sei der kleine Grim noch am Leben, legte er den Hund in die Duschwanne. Aus der Küche holte Willi Spülmittel und begann Grims Fell vom Öl zu befreien. Das war weit schwieriger, als er es sich vorgestellt hatte. Willi Stolp nahm seinen Kamm und zog Fellsträhne für Fellsträhne hindurch. Dabei vermied er es, in Grims Augen zu sehen, die seinen Blick nicht mehr erwidern konnten. Langsam kam das Rosa der Ohreninnenseiten wieder zum Vorschein. Viel Mühe bereiteten ihm die Tatzen, in den Vertiefungen der Fußballen hatte sich das Öl besonders festgesetzt. Durch das Rauschen des Wassers hatte Willi Stolp das Klopfen an seiner Etagentür nicht gehört. Aber auch jetzt, als Ursula plötzlich neben ihm stand, fuhr er apathisch mit der Reinigungsarbeit fort.

„Die Tür war …", wollte Ursula ihr Eindringen erklären. Es war spät, Mitternacht musste bereits vorbei sein. „O Gott", sagte sie nur und hielt erschreckt die Hand vor den Mund. Sie musste Stolp nicht erst fragen, ob Grim tot sei. Die blau schillernden Ölspuren verliehen dem Fell einen merkwürdigen Plastikcharakter, der Hund sah aus wie ein billiges Stofftier, wie man es an Losbuden auf Jahrmärkten gewinnen konnte. Willi Stolp zeigte auch jetzt keine Reaktion.

Nicht, dass er Ursula übersah, er nahm sie überhaupt nicht wahr. Langsam reinigte er das Fell seines toten Grim. Währenddessen lief das Duschwasser in einem fort und bisweilen staute sich das schmierige Ölgemisch im Abfluss.

Ursula tappte in diese Situation wie ein Tier in eine Falle. Sie hatte gegen sieben Uhr zum ersten Mal an die Etagentür gekloft, um zu sehen, ob Willi Stolp zu Hause wäre. Als sie um acht noch einmal vergebens schellte, wunderte sie sich ein wenig. Ihr nächster Versuch war um Punkt neun Uhr gewesen und ab da hatte sie sich Sorgen gemacht. Dann war sie auf der Couch eingeschlafen und erst wieder aufgefahren, als sie Geräusche aus Stolps Wohnung gehört hatte.

Sie sah ihn in seinem kleinen Badezimmer an der Duschwanne knien. Zuerst wunderte sie sich nur, warum Willi zu dieser Zeit einen Pullover wusch. Doch dann erkannte sie den Hund und das Erkennen schlug jäh um in blankes Entsetzen.

Der Hund war tot, schlaff wie ein nasses Plüschtier. Sie schloss die Augen und lehnte sich gegen den Türrahmen.

„Mein Gott", sagte sie nur, „Herr Stolp, was ist passiert?" Sie legte ihre Hand auf seine Schulter.

Endlich wandte Stolp sich um, seine Augen waren wie aus Glas.

„Tot", sagte er nur und sah gespenstisch durch sie hindurch.

16. Kapitel

4. Juni, Donnerstag, 15:09-18:15 Uhr

Die Firma hatte ihren Chef an diesem Tag bis zum Mittag nicht gesehen und je weiter die Zeit fortschritt, desto unwahrscheinlicher wurde es, dass Schulte-Beikel überhaupt noch auftauchte.

Das war richtig. Schulte-Beikel lag nämlich im Bett. Am frühen Morgen hatte er nach dem Frühstück mit seiner Mutter den Hof verlassen, einen Termin mehr schlecht als recht wahrgenommen und war dann stundenlang ziellos mit seinem Auto umhergefahren. Er wollte es vermeiden, mit Stolp zusammenzutreffen, nachdem das mit dem Hund passiert war, merkwürdig, denn sonst machte ihm die Fortsetzung solcher Geschichten doch Spaß.

Jetzt ging er dem aus dem Weg, er ertappte sich bei dem Gefühl, Angst zu haben. Er hatte Angst vor diesem buckligen Nichts. Er hätte ihn gleich mit kaltmachen sollen. Schulte-Beikel atmete schwer. Von unten herauf klang leise Klaviermusik. Seine Mutter spielte klassische Musik, wahrscheinlich nicht mal schlecht; er konnte jedoch mit keiner Art von Musik richtig etwas anfangen.

Unvermittelt sprang er auf, trat ans Fenster und riss beide Flügel weit auf. Dann warf er sich wieder aufs Bett. Er verschränkte die Arme hinter dem Kopf und stierte gegen die Decke. Die Decke war stuckverziert und trug in der Mitte ein ovales Medaillon. In den Ekken waren ebenfalls barocke Muschel-Stilisierungen, es war eine schöne Decke. Sie war pastellfarben bemalt, vereinzelt schimmerte mattes Gold. Früher hatte dieses Zimmer eine andere Funktion gehabt, aber seit dem Tod des Vaters war es sein Schlafzimmer.

Von draußen fiel sanft das Tageslicht ein, Mittag war vorbei. Es war ein schöner Sommertag, die Vögel zwitscherten übermütig. Seiner Mutter hatte er gesagt, es ginge ihm nicht gut. Sofort hatte sie sich angeboten, ihm Tee zu kochen, und erst als er in einem für sie beide ungewohnten Ton geflucht hatte, sie solle ihn in Ruhe lassen, sie ginge ihm mit ihrem Getue auf den Nerv, hatte sie sich beleidigt zurückgezogen.

Da lag er nun auf seinem Bett und hing seinen Gedanken nach. Trotz des fröhlichen Sommertags sah es in seiner gequälten Seele finster und böse aus. Aus dem Nebel seiner Gedanken formten sich Bilder zu einer Idee, langsam wie ein Puzzle entstand ein Plan, ja, so würde er es machen.

In seinem Inneren wühlte eine Kraft, die zunehmend sein Denken steuerte und von seinem Handeln Besitz ergreifen wollte. Schuld daran war auch diese verdammte Musik, die zart von unten das große Treppenhaus hochkletterte, unter dem Türspalt durchschlüpfte und in sein Ohr drang, und er konnte es nicht verhindern, so sehr er die Hände auch gegen seine Ohrmuscheln presste. Immerzu war seine Mutter gegenwärtig.

Schulte-Beikel drehte sich auf die Seite und zog die Beine an den Körper, soweit es sein riesiger Bauch erlaubte. Nach einer Weile stand er auf und zog seine Jägersachen an. In die Tasche steckte er einen großen Jagdnicker, wie ihn Jäger für das Aufbrechen des Wildes benutzten, und ein großes Taschenmesser.

Ohne sich weiter um seine Mutter zu kümmern, polterte er die Treppe hinunter und ging in die Stallungen neben dem Haus, die als Garage dienten. Er öffnete die großen Scheunentorflügel und fuhr den Geländewagen auf den Hof. Dann ging er zurück in die Scheune. Obwohl es draußen taghell war, lag der hintere Teil der Scheune im grauen Halbdunkel. Hier befanden sich noch allerlei Gerätschaften aus der Zeit, als der Hof noch bewirtschaftet wurde. Hinter einer Holzkiste mit der abenteuerlichen Aufschrift Chicago Lines lag eine alte Milchkanne. Die holte Schulte-Beikel nun hervor, klemmte den Deckel ab und fasste bis zum Oberarm hinein. Zum Vorschein kam ein fingerdickes Hanfseil und eine herausgerissene Buchseite.

In fünf Schritten wurde bildlich erklärt, wie ein laufender Palstek geknotet wurde. Mit dem Messer schnitt Schulte-Beikel zwei Stücke des Seiles von gut anderthalb Metern ab und begann sie dann nach der Anleitung zu knoten. Er überprüfte die Funktionsfähigkeit seines Werkes und stellte dann die Milchkanne samt Inhalt zurück.

Schulte-Beikel hatte keine Angst, beobachtet zu werden. Direkt vor dem Haus war die Remise nicht einzusehen und jeden Besucher hätte man auf dem knirschenden Kies, der den Hofweg bedeckte, sofort gehört. Er ließ die Türen einfach offen stehen, kletterte in sein Auto und brauste vom Hof, eine deutliche Spur hinterlassend.

Automatisch stellte Schulte-Beikel während der Fahrt das Autoradio ein und begann wieder dissonant seine Marschmusik zu intonieren. Das klang nicht sehr erbaulich, Schulte-Beikel war es aber immer noch lieber als das Geklimpere seiner Mutter. In einem Mischmasch von *Ein bisschen Frieden* und den immer wiederkehrenden Takten von *Preußens Gloria* donnerte Schulte-Beikel über die Torminbrücke. Unten sah Schlimmansky interessiert einem jungen Schäferhund nach.

Schulte-Beikel achtete am Aasee peinlich genau darauf, die Geschwindigkeitsbegrenzung einzuhalten. Vorbei an dem protzigen Verwaltungskomplex einer Genossenschaft fuhr er an der letzten Kreuzung nun nicht rechts, was er hätte machen müssen, wenn er zum Reitstall auf der anderen Seite des Seeufers gewollt hätte, sondern er bog zügig nach links ab. Allerdings war die Fahrt nicht von langer Dauer. In einem Tante-Emma-Laden kaufte Schulte-Beikel eine große Tüte Lebensmittel ein. Es fiel nicht weiter auf, dass er eine Tüte mit Hundekuchen griffbereit obenauf in die Tragetasche packte.

Nach diesem Einkaufsbummel fuhr Schulte-Beikel zurück Richtung Münster-Roxel. Er bog ab und parkte seinen Wagen ein paar Minuten später inmitten der anderen Autos am Reitstall. Zwischen den Pferdeanhängern und anderen Geländewagen würde sein Auto nicht weiter auffallen. Hinter der Lehne des Fahrersitzes hangelte Schulte-Beikel die Packung Hundekekse hervor, zerquetschte rabiat die Packung und pfropfte die Kekse in seine Jackentasche. Nun hatte er alles dabei, rückte den Hut tiefer und stapfte zielstrebig los.

Kurz vor dem Wald, da, wo die Bank stand, erklomm er mit einem Satz den Wall linker Hand und verließ damit den Weg, den die Spaziergänger benutzten.

Obwohl der Sommer noch nicht lange währte, waren die Tümpel links des Waldes fast alle ausgetrocknet. Nur hier und da waren moorartige, schwarzbraune Stellen zurückgeblieben. Die Krone des Walles war fest, von heller Lehmfarbe, hier ließ es sich gut gehen.

Schulte-Beikel nahm von alledem nichts wahr. Weder das schattige, fließende Licht der sinkenden Sonne, noch den eigentümlichen Geruch von frischem Grün und Moder, der über allem hing. Er sah die Eidechse nicht, die sich vor ihm in Sicherheit brachte, sein Schritt brach achtlos das Gehäuse einer Schnecke entzwei.

Jetzt kam die Stelle, wo Schulte-Beikel zu seinem Beobachtungsstand hätte abbiegen können. Er ging aber noch gut hundert Meter weiter und ließ dann regelmäßig kleine Hundekuchenbrocken zu Boden fallen. Bei der Gelegenheit hob er auch einige Äste auf, die er mit sich nahm. Mit einem Mal rannte er die Böschung hinab und schlug dann einen weiten Bogen zu seinem Beobachtungsstand. So würde der Hund sich außer Sichtweite, verdeckt von Bäumen und Sträuchern, seinem Unterstand nähern, und dieses Aas von Cocker zu fangen und zu töten wäre eins. Die Alte ging ihm dann von selbst in die Schlinge. Natürlich würde sie wieder nach ihrem Hund suchen. Das mit dem Hundekuchen hätte er sich eigentlich schenken können, denn der Hund war es schon gewohnt, einen Besuch in der Nähe des Bunkers zu machen. Aber Schulte-Beikel wollte diesmal ganz sicher gehen. Nicht noch mal so eine Pleite.

Dass ihm dieses nicht eher eingefallen war! Natürlich genügte es nicht, ein paar von diesen Kötern auszumerzen, nein, diese Weiber würden sich unverzüglich einen neuen Hund anschaffen. Damit begann die Pest von neuem. Also würde er das Übel an der Wurzel ausrotten.

Schulte-Beikel hatte bei allem Hass aber genug Realitätssinn, sich selbst zu schützen. Vor der Polizei. Er hatte nicht die geringste Lust, sich erwischen zu lassen. Und sie würden ihn auch nicht kriegen, weil es einfach keine Verbindungen gab. Nicht von ihm zur Frau, nicht zu dem Cocker. Es würde keine Spuren geben, außer die Tat selbst.

Schulte-Beikel näherte sich dem Bunker auch diesmal mit äußerster Vorsicht. Er hatte ein gutes Gefühl. Alles würde nach Plan verlaufen. Von seiner Seite würde es keine Panne geben. Die Frage war natürlich, ob die Frau heute kommen würde. Aber sie war bisher immer an diesem Wochentag hier spazieren gegangen.

Das einzige Problem wäre die Leiche. Erst hatte er erwogen, sie zu vergraben. Aber dann war ihm das Zeitrisiko mit der Buddelei einfach zu groß. Vielleicht stieß er schon nach einem halben Meter auf felsiges Gestein. Und dann guckte nachher noch was raus. Das hatte er schon in der Volksschule gelernt. „Die Tulipan" hieß das Gedicht. Da hatte auch jemand nicht tief genug gebuddelt. Aber die Leiche hatte auch noch eine Blumenzwiebel in der Hand gehalten. Wer kam denn auf so was? Mit Verscharren war also nichts.

Manche zerstückelten ja auch die Leute in der Wohnung. So eine Sauerei. Damit hatte er nichts am Hut. Warum auch so kompliziert? Das war doch der typische Fehler. Die Lösung war einfach. Er konnte sie an Ort und Stelle liegen lassen. Die Frau so weit wie möglich an den Bunker heranlocken, nur keine unnötige Arbeit.

Schulte-Beikel spielte mit der Schlinge. Es würde wie am Schnürchen laufen. Wichtig war das, was er sich mit den Messern ausgedacht hatte. Er würde mit zwei verschiedenen Messern arbeiten. Was würden die Bullen glauben? Genau! Zwei Täter. Zwei Aaseepenner. Die ein bisschen Appetit auf Hundebraten hatten. Einen Grill aus Zweigen hatte er schon aufgebaut, wer das sah, für den waren Motiv und Tat eindeutig, die Bullen würden es fressen wie Zucker. Schade, dass er das nicht mit ansehen konnte. Schulte-Beikel wurde fast euphorisch.

Auf der bröseligen Rinde der Äste konnte man bestimmt keine Fingerabdrücke erkennen. Aber Vorsicht war die Mutter der Porzellankiste, jedenfalls trug er Handschuhe, nachher würden die unterwegs in irgendeiner Mülltonne landen. So einfach war das. Je einfacher, desto weniger Fehler.

Er sah auf die Uhr. Langsam wurde es für den Cocker und sein Frauchen aber Zeit. Er konnte hier nicht ewig sitzen. Zudem war es unbequem. Zumindest, wenn man, wie er, den Kopf durch das Kaminloch der Bunkerröhre gesteckt hatte, um nach draußen zu sehen.

Halt. War da nicht Hundegebell gewesen? Schulte-Beikel hielt den Atem an. Er hatte sich offensichtlich getäuscht. Er sah noch einmal zur Uhr. Frauen. Nie konnte man sich auf sie verlassen. Verlogenes Pack.

Er hatte ja mal einen Versuch gemacht. Mit Inge. Aber ins Bett gekommen waren sie nicht. Seiner Mutter hatte sie nicht gepasst. Die ist nur auf unseren Hof aus. Er hatte das damals nicht geglaubt. Er glaubte es auch heute noch nicht. Nee, das hatte einen anderen Grund gehabt. Die war seiner Mutter zu selbständig gewesen, sie war eifersüchtig. Und auf seinem Geburtstag war es dann zum Krach gekommen. In Gegenwart der Gäste hatte seine Mutter Inge mit einer Nachbarstochter verglichen, die sei einfach standesgemäßer und ihr Sohn würde schon noch zur Vernunft kommen. Er war gerade in der Küche gewesen. Als er zurückkam, schrie Inge ihn an, er müsse sich entscheiden, zwischen ihr und seiner Mutter. Er verstand zuerst gar nichts. Seine Mutter hatte sich sofort neben ihn gestellt, seinen Arm ergriffen.

Inge hatte seine Reaktion gar nicht erst abgewartet. Sie schrie: „Man sieht ja, wo du stehst. Du mit deiner vornehmen Familie! Ihr könnt mich mal." Und dann war sie weg. Seine Mutter hatte danach so getan, als sei überhaupt nichts passiert. Alle pflichteten ihr bei, und er, was hatte er eigentlich gemacht? Er war zuerst völlig verdattert gewesen. Aber dann hatte er Inge hinterherfahren wollen. Seiner Mutter ging es aber plötzlich schlecht. So schlecht, dass sie einen Arzt rufen mussten. Der Hausarzt diagnostizierte einen Nervenzusammenbruch, seine Mutter dürfe keine Aufregung haben, sonst drohe weit Schlimmeres, seine Mutter verlangte, er solle an ihrem Bett bleiben. Und er, der brave Sohn, hatte mitgespielt. Er hatte ihr Tee eingeflößt und ihre Hand gehalten. Jedes Mal, wenn er Anstalten machte, sie zu verlassen, hatte sie gequält aufgestöhnt.

So war dann nichts gewesen mit Hinterherfahren, Inge die Sache erklären. Er hatte erst am Morgen mit ihr sprechen können. Aber es war zu spät. Die durchwachte Nacht hatte Inges Entschluss betoniert. Er hatte am Telefon geheult, gedroht, gefleht – vergebens.

Schulte-Beikel fühlte, wie es hinter seinen Schläfen pochte und eine eisenharte Faust in seinen Schädel drang. Er hatte seinen Unterkiefer weit vorgeschoben, seine Augen bildeten einen schmalen Schlitz.

Auf einmal sah er den Cocker, der schwanzwedelnd näher kam. Doch wo war die Frau? Schulte-Beikel fluchte. Gehetzt jagte er seinen Blick umher.

Derweil näherte sich der Hund langsam. Er schnupperte hier, hob sein Bein dort und nahm sogleich seinen lässigen Trab wieder auf. Nun blieb er stehen. Er hob seinen Kopf und stand still, auch der kleine Stummelschwanz zeigte keinerlei Regung.

Verdammt, wo war die Frau? Wenn sie nicht allein war, musste er erneut alles abbrechen. Schulte-Beikel gab ein gequältes Geräusch von sich. Alles in ihm geriet durcheinander. Wenn der Hund erst im Bunker war, Quatsch, sobald er nur seine Nase in den Bunker steckte, musste er handeln. Aber solange er nicht wusste, wo die Frau war … Sein ganzer sauberer Plan geriet ins Wanken. Panik. Alles abbrechen. Wieder hatte ihn diese Ziege ausgetrickst. Natürlich war der Hund jetzt scheu. Natürlich war der Hund nicht so blöd, noch einmal in den Bunker zu laufen. Tiere vergessen nicht.

Aber da war diese leckere Spur. Der Wind stand gut für Schulte-Beikel. Flaps, der Cocker, war in den letzten Minuten seines Lebens skeptisch. Aber so richtig misstrauisch gegenüber Menschen war er nicht. Er hatte den Vorfall damals in der Bunkerhöhle schon fast vergessen, fast. Aber es roch immer noch lecker nach Hundekuchen.

Jetzt war er hier mit Frauchen im Wald. Und es duftete, es roch, es war eine Orgie. Halt! Flaps witterte etwas und richtete seine Nase nach dem Duft aus. Nein, das war kein Duft. Das war Gefahr. Flaps erinnerte sich vage. Er roch Schulte-Beikel. Dann war der Geruch wieder schwächer. Andere Gerüche überlagerten verlockend die Gefahr. Flaps trippelte zielstrebig auf den Bunker zu.

Schulte-Beikel hielt den Atem an. Jetzt kam die Entscheidung. Eine Frauenstimme rief: „Flaaaps, Flaaaps, wo bist du?"

Schulte-Beikel sah endlich ihren hellen Trench. Luise war weit hinter dem Cocker zurück. Sie hatte ein buntes Kopftuch à la Grace Kelly um ihr Haar gebunden und trug Regenstiefel. Die Stiefel waren rot und leuchteten inmitten all des Grüns. Luise ging zielstrebig, sie ging schnell. Aber sie näherte sich nicht dem Bunker, sondern schlug einen Bogen.

Flaps hatte alle Vorsicht vergessen. Obwohl doch die Spur des Zweibeiners noch frisch roch. Doch der Wind kam von hinten, seine Nase meldete keinen Alarm.

Dann war der Cocker am Bunker und alles ging sehr schnell. Flaps hatte sich kaum um die Schutzmauer geschlängelt und seine Schnauze in den Eingang gesteckt, als sich die Schlinge blitzschnell um seinen Hals zuzog und Bullenkräfte ihn in die Höhle rissen.

Flaps war schon fast tot vor Angst und Atemnot, als ihm der erste Messerstich heiß den Bauch aufriss. Und das war erst der Auftakt.

Luise hörte ihren Flaps einmal kurz bellen. Nun ging sie schneller, um am Bunker zu sein, bevor ihm noch etwas zustößt.

Sie war noch ein gutes Stück vom Bunker entfernt, als sie den Mann sah. Er lehnte an einem Baum, er trug eine dunkle Jacke, genau konnte sie es nicht erkennen, denn das Tageslicht war auf dem Rückzug und die Schatten der wogenden Zweige ließen alle Konturen

ren verschwimmen. Luise packte die Wut. Also doch, dachte sie, der Kerl lauert tatsächlich meinem Flaps auf.

Leichtfüßig schlich sie sich von hinten an den Mann heran. Als sie nur ein paar Schritte entfernt war, knackte ein Zweig unter ihrem Fuß. Der Mann warf sich herum und schnellte auf sie zu.

„Was machen Sie da?" konnte Luise noch staunend fragen, als ihr Kopf ruckartig am Haar nach hinten gerissen wurde. Mit einem einzigen Schnitt wurde ihr Hals vom Ohr am Kehlkopf vorbei bis zur Wirbelsäule hin aufgeschnitten. Ihr Kopf kippte seitlich weg und ihr Reflex zu schreien wurde in einem Gurgeln von Blut erstickt. Noch während sie auf die Knie sank, traf sie ein zweiter blitzschneller Messerhieb in die Brust.

Der Mann fasste die zusammengesunkene Leiche von Luise nicht an. Er rammte das Messer bis zum Heft ins Erdreich und säuberte so die blutige Klinge. Danach zog er seine grüne Jacke aus und prüfte sie auf irgendwelche Blutspritzer. Der Mann war zufrieden und machte sich durch die Bäume davon.

Luise blieb zurück, in einer bizarren Haltung. Ein Bein war nach hinten weggeknickt, ihr Oberkörper war gegen den Stamm gesunken, der Kopf zur Seite gefallen, sodass die Halswunde verdeckt war. Auf den ersten Blick schien es, als ob Luise schlief. So würde man sie finden. Im Schlaf des Todes. An diesem ersten wirklich schönen Sommertag. An einem Donnerstag.

17. Kapitel

4. Juni, Donnerstag, 02:11-20:54 Uhr

Willi Stolp lag wie tot auf seiner Liege. Dann sprang er auf und setzte sich zusammengekrümmt in den Sessel. Durch seinen Buckel bekam er fast ein kugeliges Aussehen. Er war die Karikatur einer Yeti-Phantasie. Nur seine Füße waren zu klein und seine Augen leuchteten nicht. Mit einem Schlag waren alle Geräusche des hellhörigen Hauses wieder da und Willi Stolp saß in diesem Geräuschmeer auf seinem Sesselfloß und immer höher schugen die Wellen. Und da war ein neues Geräusch, hatte sich in dem Karton nicht eben sein Freund bewegt? War Grim gar nicht tot? Ja, Grim lebte. Stolp lauschte. Aber jetzt war es wieder still.

Die Arbeit der Maden beginnt, dachte Stolp. Er saß in seinem Sessel, trieb im Nichts. Er wusste nicht, wie viel Zeit vergangen war, als er aufstand und sich im müden Straßenlicht, das sich durch das Fenster ins Zimmer stahl, zur Wohnzimmertür tastete.

Willi Stolp schaltete das Spiegellicht im Badezimmer ein und lehnte die Tür an. Das Licht, das in den kleinen Vorraum drang, reichte aus, um zu verhindern, dass er irgendwo anstieß, als er mit dem Karton, in dem der tote Grim lag, heimlich das Heim verließ. Die Haustür klickte leise, als Willi sie zuzog.

Da stand er nun mit dem Sargkarton auf der Straße, jeden Moment musste der neue Tag anbrechen. Willi holte sein Fahrrad. Für das, was er jetzt tun wollte, musste er nicht mehr überlegen. Er fuhr mit seinem Fahrrad den Weg, den er immer morgens zur Arbeit fuhr. Noch war er fast allein auf der Straße. Nur manchmal raste ihm ein Auto mit aufgeblendeten Scheinwerfern entgegen. Als er auf dem letzten Stück war, der Landstraße, als keine Häuser mehr den Blick versperrten, legte die Sonne einen rosafarbenen Saum über die Landschaft, der sich unmerklich vergrößerte.

Als Willi den Hinterhof der Werkstatt erreichte, stand das Rolltor noch offen, so wie er es verlassen hatte. Ohne anzuhalten, fuhr er hindurch und sprang vor seinem Schuppen vom Rad. Dort nahm er den Karton mit dem toten Grim vom Fahrrad. Nun durchwühlte er, was einiges an Gepolter verursachte, einen Haufen Alteisen, wobei er mehrere Eisenstücke aussortierte. Diese schnitt er am Schraubstock mit der Eisensäge und machte sich ans Schweißen. Als Willi ein Kistengerüst aus L-Profilen zusammengeschweißt hatte, war noch immer reichlich Zeit bis zum offiziellen Arbeitsbeginn. Mit einer rostigen Schere schnitt er passende Blechplatten zurecht, die er in die Profileisen einlegte und mit ein paar Schweißpunkten fixierte. Dicke Ösen am Deckel und am Unterteil hielten ein Hängeschloss, das er schon zurechtgelegt hatte. Nun musste der Metallkasten noch gestrichen werden und hierfür fand sich eine Farbdose in dunklem Trekkergrün. Als Stolp den letzten Pinselstrich getan hatte, stellte er den blechernen Hundesarg zum Trocknen auf zwei dünne Holzleisten und betrachtete sein Werk mit einer gewissen Zufriedenheit.

Willi Stolp verschwendete keinen Gedanken daran, ob Schulte-Beikel ihn in flagranti ertappen würde. Wenn der Boss in sein großes Königsrattenloch zurückkehren würde, dann würde das Abends sein. Aber tagsüber? Auf keinen Fall.

Mit Holzwolle polsterte er liebevoll die Kiste aus und legte Grim hinein. Es sah aus, als habe der Hund sich zum Schlafen zusammengekuschelt. Willi Stolp warf einen nachdenklichen Blick in die Kiste und trat dann zur Werkbank. Mit dem Handrücken wischte er ein Stück frei und beschrieb dann ein Blatt Papier mit großen, ungelenken Buchstaben:

Hier liegt mein bester und einziger Freund. Er wurde ermordet. Ich schwöre: Ich werde ihn rächen. W.S.

Willi steckte den Zettel unter Grims Pfote, holte das Schloss aus seiner Tasche und verschloss die Eisenkiste, nachdem er noch einmal Grims Kopf gestreichelt hatte. Zu der Kiste stellte er eine kurze Holzleiter und eine Hacke sowie einen Spaten. Im Hof kuppelte er einen Anhänger an sein Fahrrad. Kiste und Werkzeug waren schnell verladen und gegen 10 Uhr verließ Willi Stolp den Platz.

Er radelte die Landstraße entlang und entfernte sich immer weiter von Münster. Bald bog er auf eine schmale, asphaltierte Anliegerstraße ab, von der er wusste, dass sie zu einem Wald führte. Die kleine Straße stieg mit einem Mal kräftig an. Stolp musste sich mit seinem Gefährt mächtig ins Zeug legen, um die Steigung zu überwinden.

Als er die Kuppe erreicht hatte, ging es umso leichter. Die kleine Straße teilte ein gelbes Rapsfeld in zwei gleiche Stücke. Aber noch leuchtete das Gelb nicht, denn erst musste die Sonne die matte Lackierung des Taus vertreiben. Hinter dem Feld sah man die geduckte Silhouette eines Bauernhauses. Dahinter lag auch schon ein Buchenwald, den Willi über einen holperigen Wiesenweg erreichte. Er schob Fahrrad und Hänger ein Stück in den Wald, ein dicker Busch half ihm, beides zu verbergen. Die grüne Kiste ließ er auf dem Anhänger zurück und nahm die Arbeitsgeräte mit.

Früher hätte er es nie gewagt, während der Arbeitszeit das Betriebsgelände für private Gänge zu verlassen. Doch für Willi Stolp war nichts mehr bindend. Er hatte in der Nacht viel nachgedacht, über das, was passiert war und was jetzt geschehen musste. Jetzt musste er aber erst einmal ein Loch buddeln.

Im Wald war es morgendlich kühl. Der Sommer war zu jung, als dass der Waldboden schon durchgetrocknet wäre. Auch die Blätter des vergangenen Herbstes sind noch nicht alle verschwunden.

Dann erspähte Willi einen kleinen Hügel, die gigantische Arbeit einer Heerschar winziger Geschöpfe. Ameisen hatten hier ihr Reich errichtet, es war ein imponierender Haufen, bestimmt über einen Meter hoch. Das Morgenlicht schwand immer mehr, mittlerweile schien die Sonne durch die Baumwipfel und die Lichttupfen woben ein wirres Muster auf den Waldboden.

Ja, die Stelle ist gut. Willi Stolp fing hinter dem Haufen an zu graben. Die Erde war weich und locker, er kam zügig voran.

Das Loch war nun so tief, dass Willi sich jedes Mal ganz aufrichten musste, um die Erde über den Rand der Grube zu werfen. Als er über anderthalb Meter tief war, zog er die Leiter zu sich herunter und verließ das Grab.

Wegen der Spuren wollte Stolp den Anhänger nicht benutzen und wuchtete sich die Metallkiste auf die Schulter. Die letzten Meter fielen ihm schwer, denn die Kiste drückte ihn bei jedem Schritt auf das Schulterblatt und das Schlüsselbein. Vor Anstrengung war sein Gesicht fast zur Grimasse verzogen. Ohne Abzusetzen, stieg Stolp rückwärts die Leiter hinunter und befreite sich von seiner Last. Er überzeugte sich, dass Grims Sarg mittig in der Grube stand, und legte den Schlüssel oben auf die Kiste.

Als er Spaten für Spaten so viel Erde zurückgeworfen hatte, dass er das Loch ohne Leiter wieder verlassen konnte, sprang er hinunter und stapfte die Erde mit seinen Füßen fest.

Das Zurückschaufeln der Erde ging viel schneller vonstatten als das Ausheben. Obenauf platzierte Willi einen Stein und sah sich nach anderem Tarnmaterial um. Er fand noch zwei große Steine und einen alten Strunken, der aber so schwer war, dass er ihn zum Grab wälzen musste. Moos und zwei Schaufeln fast schwarzer, klebrig nasser Blätter vervollständigten seine Bemühungen. Die Natur würde in ein paar Tagen sein Werk vollenden, wenn es einmal stark regnete, würde auch die letzte menschliche Spur getilgt sein.

Erst jetzt setzte Willi Stolp sich auf den Baumstumpf und nahm Abschied von Grim. Er war müde, müde und zerschlagen. Schließlich schleppte er sich zu seinem Fahrrad zurück. Denn in seinem Kopf brannte ein kleines gelbes Flämmchen. Seine Wut auf Schulte-Beikel. Und solange Schulte-Beikel nicht erledigt wäre, wäre sein Tag auch nicht vorbei. Dieses gelbe Flämmchen entzündete seine letzten Energien. Zurück zur Werkstatt, zurück ins Rattennest.

Auf dem Rückweg taumelte er mit seinem Fahrrad die Landstraße entlang. Er konnte nicht mehr, keinen Tritt mehr. Er ließ das Fahrrad rollen. Trat doch wieder an.

Da, eine Imbissbude an der Straße. Willi Stolp war kalkweiß im Gesicht. Bestellte einen Kaffee. Süß, mit viel Zucker. Er hielt den Plastikbecher zwischen seinen Händen und trank gierig. Verbrannte sich fast. Die heiße, braune Flüssigkeit ging in seine Glieder und seine Lebenskraft kehrte zurück. Er trank noch einen Kaffee. Macht drei Mark sechzig. Er gab fünf. Kaufte noch eine Tafel Schokolade. Die Verkäuferin trug einen weißen Kittel, darüber eine durchsichtige Folienschürze. Sie stand auf ihrem Budenpodest und überragte Willi um einen Meter. Vor der Glasscheibe, hinter der sich Salate, kalte Frikadellen und mehr tot als gebraten aussehende Hähnchenbeine türmten, war eine schmale Ablage angebracht. Willi Stolp stützte sich schwer auf.

Die Frau blickte auf Stolps Schädel und versuchte ihn einzuordnen. Sie schwankte zwischen Hausmeister und erfolglosem Einbrecher. Wer um diese Zeit Schokolade isst, ist verdächtig. Ein Kombiwagen hielt und zwei Männer bestellten Currywurst mit Pommes frites, was ihr Interesse an Stolp verfliegen ließ. Sie warf gefrorene Kartoffelstäbchen ins heiße Öl. Als die Beschürzte den Männern ihre Schälchen servierte, war Willi Stolp nicht mehr da und ebenso schnell auch aus ihrer Erinnerung verschwunden. Wie die Bestellungen, so fielen auch die Gesichter bei ihr nur ins Kurzzeitgedächtnis.

Wieder in der Firma angekommen, würde Stolp sich an dem Lanz-Bulldog zu schaffen machen, überlegte er, um einen klaren Kopf zu bekommen. Bei dieser Arbeit brauchte er nicht nachdenken, die ging ihm so von der Hand.

Ob Schulte-Beikel damit rechnet, dass er zur Polizei geht? Bestimmt nicht, dafür hatte Schulte-Beikel ihn zu sehr in der Hand. Vielleicht denkt Schulte-Beikel auch, dass er die Mücke macht? Nein, Willi Stolp schüttelte den Kopf. Schulte-Beikel würde so tun, als ob nichts gewesen wäre. War doch nur ein kleiner Scherz von ihm, war doch nur ein blöder kleiner Hund. Genau so würde es sein.

Willi Stolp futterte den Rest der Schokolade. Seinen toten Punkt hatte er erst einmal überwunden. Er schleppte die Werkzeugkiste zu dem Lanz-Bulldog, breitete die Arbeitsdecke aus und dachte über seinen Plan nach. Es musste wie ein Unfall aussehen. Oder wie ein Herzschlag. Dick genug für einen Herzinfarkt war Schulte-Beikel ja weiß Gott. Er hat das mal im Kino gesehen. Da hat einer jemanden um die Ecke gebracht durch Starkstrom. Wäre doch auch hier eine gute Methode. Obwohl das Schwein abgestochen werden müsste, schön langsam. Oder – Auge um Auge – in Öl ersäuft werden müsste. Aber das mit dem Strom, das war ein feiner Gedanke.

Während Willi Stolp am Trecker arbeitete, nahm sein Plan Gestalt an. Ja, so ließe sich das machen, eine gute halbe Stunde Arbeit. Wenn allgemeine Aufbruchstimmung im Büro drüben war, dann würde er anfangen. Das Rolltor könnte er jetzt schon mal blockieren, für alle Fälle. Zeit gewinnen, falls Schulte-Beikel doch noch vor Feierabend vorbeischaut.

Praktischerweise befand sich der Stromverteilerkasten an der fensterlosen Rückwand des Bürogebäudes und ließ sich leicht mit einem Vierkantschlüssel öffnen. Mit seiner Spitzhacke zog Stolp eine Furche an der Grundstücksgrenze entlang bis zur Bürobude von Schulte-Beikel. Auch das Loch in die Bretterwand des Büros bereitete er schon vor. Als sich gegen fünf Uhr das Büro und die Werkstatt leerten, hatte Willi das Starkstromkabel schon sauber im Boden verlegt und wieder mit Erde und Schutt abgedeckt. Das Kabel lief hinter dem Trecker entlang, hier hatte er einen Schalter eingebaut. Mit dem Rücken lehnte er an Schulte-Beikels Bürotür, zwei, drei Handgriffe und die Tür war auf. Er zog das Stromkabel durch das Bretterloch, holte den Brenner und schweißte das Ende an den Tresor an. Im Nu war er wieder draußen, die Tür wieder abgeschlossen. Jetzt konnte Schulte-Beikel kommen. Er würde mit ihm zufrieden sein. Er war fleißig. Er hat alles todsicher vorbereitet. Leider würde Schulte-Beikel von der ganzen schönen Konstruktion nicht viel mitkriegen, dafür ginge es zu schnell.

Langsam versank der Hof im Grau der Abenddämmerung und Willi Stolp versteckte sich hinter seinem Trecker. Von hier konnte er den Hof gut überblicken, war aber selbst unsichtbar. Die Arbeitsdekke schützte ihn ein wenig gegen den kühlen Boden.

Es war acht Uhr vorbei, als Schulte-Beikels grüner Geländewagen mit quietschenden Reifen vor dem Rolltor hielt und den eingedösten Willi hochfahren ließ. Das Tor wurde aufgestemmt und der Schatten des Rolltorgitters wanderte über die Hauswand. Dann bollerte der Wagen über den eisernen Tankdeckel in der Mitte des Hofes. Glimmend erlöschten die Lichter des Autos.

Schulte-Beikel stieg zwar aus dem Wagen, ging jedoch nicht in sein Büro. Stattdessen öffnete er die Hecktür seines Autos, holte ein Plastikbeutelbündel hervor und warf es neben die Eisenplatte des unterirdischen Tankes. Danach ging er in Stolps Bruchbude. Für einen kurzen Augenblick beleuchtete die Funzel den Hof vor der Tür, dann trat Schulte-Beikel mit einem Stemmeisen in der Hand an den Tankdeckel heran. Ächzend stemmte er die schwere Eisenplatte hoch, es quietschte. Er war halb über den Schacht gebeugt, als er einen fürchterlichen Tritt in das Gesäß erhielt, er wankte, suchte verzweifelt nach Halt und fiel dann schreiend in den Schacht. Die Eisenplatte wurde zugeworfen und nur noch dumpf drang das tierische Gebrüll Schulte-Beikels aus dem Altöltank. Nach einer Weile senkte sich wieder Stille über den Hof.

Eine Stunde später ging in Schulte-Beikels Büro das Licht an und Willi Stolp machte sich zum zweiten Mal an diesem Tag am Tresor zu schaffen. Danach schloss er die Tür von Schulte-Beikels ehemaligem Machtzentrum. Nachdem er das Kabel ordentlich wieder verstaut hatte, nahm er sein Fahrrad und fuhr nach Hause. Allerdings alles andere als seelenruhig.

18. Kapitel

4./5. Juni, Donnerstag/Freitag, 11.24-06:17 Uhr

Sehr geehrter Herr Pfarrer Dr. Wibbel!
Die katholische Kirche, als Institution Gottes auf Erden, steht als solche unter einer besonderen Verantwortung. Die religiösen und moralischen Werte sind ihr heilig und es ist die Pflicht, insbesondere ihrer Priester, diese heiligen Werte würdig nach außen, vor der Öffentlichkeit, vor der Gemeinde zu vertreten, zu leben. In diesem Punkte kann es keine Nachsicht geben, auch nicht in so einer sittenverfallenen Zeit wie der unsrigen.

Umso unangenehmer und auch unverständlicher ist es für uns, dass Sie uns zu diesem Brief an Sie zwingen.

Aus absolut zuverlässiger Quelle haben wir erfahren, dass Sie, obwohl Sie Gott gegenüber das Gelöbnis der Keuschheit und Reinheit gegeben haben, ein festes Verhältnis zu einer Frau, deren Namen uns bekannt ist, eingegangen sind. Es ist umso beschämender, dass Sie dieses Verhältnis noch nicht einmal versucht haben zu verheimlichen, sondern in aller Offenheit in Gegenwart der Mitglieder unserer heiligen Mutter Kirche praktizieren.

So unangenehm die Konsequenzen sind, so kann die Kirche, auch wenn sie eine barmherzige Kirche ist, nicht Ihr sittenwidriges Verhalten tolerieren.

Wir teilen Ihnen darum hiermit in aller Form mit, dass gegen Sie ein Kirchengerichtsverfahren eröffnet ist, den Sie sich in seinem Urteil und seiner Strafe zu unterwerfen haben, gemäß Konkordat zwischen der heiligen römischen katholischen Kirche und der ehemaligen Reichsregierung. Eine Berufung ist nicht zulässig.

Der Tag hatte für Pfarrer Harry Wibbel mit diesem unerbaulichen Brief begonnen. Nun, es war ja nicht so, dass er nicht schon mit einer Maßregelung gerechnet hatte, aber gleich die Androhung, ein offizielles Kirchengerichtsverfahren zu eröffnen …?

So hatte Wibbel mit viel ketzerischem Schwung fast den ganzen Nachmittag seinem Buchprojekt gewidmet. Eine psychologische

Analyse der Bibel unter dem Aspekt Gewalt, Sexualität und Neurose. Ein Wahnsinnsvorhaben und ein aussichtsreicher Aspirant für den kirchlichen Index. Aber noch war die Bedrohung nicht so groß für Rom, denn leider fand Wibbel viel zu wenig Zeit, um die Arbeit am Buch zu verfolgen.

Der Pfarrer blickte auf seine Uhr und bekam einen tüchtigen Schrecken. Es war schon spät und um halb acht hatte er eine Andacht. Orate pro nobis. Wibbel wurde nun sichtlich nervös. Er klappte seine Quellen zu, lateinische und hebräische Urtexte, und räumte alles beiseite. In der letzten Zeit war er immer so hungrig. Ob er einen Bandwurm hatte?

Draußen wurde es langsam dunkel. Wo Luise nur bleibt? Sie müsste doch eigentlich schon zurück sein. Wibbels Nervösität erreichte einen kleinen Höhepunkt. Mit seinen Fingern fing Wibbel an zu trommeln. Es gab eigentlich keinen Anlass, so unruhig zu sein, es war ja nicht das erste Mal, dass Luise später kommt. Überhaupt, es war ihr freier Tag, da konnte sie machen, was sie wollte. Also würde er allein etwas essen. Zu seiner Verwunderung hatte Luise den Tisch schon gedeckt. Wibbel holte sich ein Glas Milch aus dem Kühlschrank und als er dann am Tisch saß, lief es ihm kalt den Rücken herunter. Luise hat ja nur für eine Person gedeckt. Ist doch alles Humbug, ermahnt er sich. Was soll die Spinnerei? Sie hat gesagt, es könne später werden. Wer keine Sorgen hat, der macht sich welche. Sieh lieber zu, dass du rechtzeitig in deine Kirche kommst.

Hastig schmierte sich der Pfarrer eine Scheibe Brot und mampfte sie in sich hinein. Dann sprang er auf, wobei er den Stuhl fast umwarf.

In der Sakristei verhedderte er sich zuerst in sein Messgewand, wenigstens musste er keine Messe lesen. Dann stand er vor dem Altar. Die Andacht war mager besucht, siebzehn zählt er, vorwiegend ältere Frauen, zwei Männer. Ein Kind. Eine kleine Vorstellung.

Er merkte erst, dass er sich versprochen hatte, als drei, vier Kirchgänger erstaunt den Kopf hoben. „Liebe Schwestern und Brüder! Wir feiern heute das Fest der heiligen Luise. Äh – Barbara – die für uns gestorben ist …“ Dem Pfarrer wurde schlecht. Danach war es nur noch eine D-Zug-Liturgie und er entließ seine Besucher fast zehn Minuten eher als gewöhnlich.

In der Sakristei trank Wibbel ein Glas Wasser. Ihm war immer noch übel. Er blickte aus dem Sakristeifenster hinüber zum Pfarrhaus, das völlig im Dunklen lag. Luise war also noch nicht zurück. Er hat es gewusst. Es ist etwas passiert.

„Beeilt euch mal ein bisschen", fuhr er die Messdiener an.

Die guckten verwundert. Denn erstens ist das sonst wirklich nicht des Pfarrers Art und zweitens, bitteschön, sie sind doch fertig zum Gehen. Alles wartet doch nur noch auf den Herrn Pfarrer. Wibbel entließ seine beiden Messdiener und er entließ sie in großer Verwirrung. Die Kirchturmuhr schlug die erste Viertelstunde vor neun Uhr.

Der Pfarrer stürzte die Treppe hoch zu seinem Schreibtisch, dann zwang er sich zur Ruhe. Aber der Vorsatz war leichter gefasst als ausgeführt. Für ihr Späterkommen gab es bestimmt eine vernünftige Erklärung. Natürlich, dass er da nicht gleich drauf gekommen ist! Sie hat nur für eine Person gedeckt und ihm einen Zettel auf den Tisch gelegt, sie komme später und mache nach dem Spaziergang noch dies und das.

Ich Idiot, dachte Wibbel und stürmte runter in die Küche. Die Lampe über dem Tisch beleuchtete Wibbels angefangenes Abendessen, aber kein Zettel war zu sehen. Wohl vom Winde verweht. Wibbel rutschte also auf Knien auf den Fliesen umher und suchte mit Adleraugen nach einem Zettel. Da, na also. Da ist er ja, unter dem alten Küchenschrank. Wibbel drehte den Zettel um.

1 Pfd. Butter, 2 l Milch, 5 Äpfel, 2 Pfd. Mehl, 2 Pfd. Zucker, Kaffeemilch, Kaffee, Waschpulver, Stärke, Schokolade.

Das war alles. Keine Nachricht von Luise. Die Kirchturmuhr dröhnte in Wibbels Kopf, als ob sie den Weltuntergang einläuten wollte. Er zählte mit. Eins, zwei, drei, vier, jetzt wechselte die Glokke, eins, zwei … Insgesamt 13 Glockenschläge. Vier für die volle Stunde. Neun Schläge für die Uhrzeit. Natürlich war Wibbel nicht abergläubisch. Schließlich war er Pfarrer.

Verdammt, wo ist das Telefonbuch? Er blätterte, endlich, K, Krankenhäuser. Und siebenmal bekam Pfarrer Wibbel ein Nein zu hören, denn so viele Krankenhäuser gab es in Münster.

Jetzt blieb ihm nur der Anruf, den er am liebsten schon vor der Andacht gemacht hätte. Pfarrer Wibbel nahm einen Bleistift und klopfte gegen den Stil der Schreibtischlampe. Er nagte an seiner Unterlippe, legte den Bleistift fort, kratzte seinen Bart, sprang auf, rückte die Bücherrücken im Regal auf Linie. Es half alles nichts, Luise war immer noch nicht da. Pfarrer Wibbel betete zu seinem Herrgott, bot ein Opfer an. Bot seine Demut an, seine Bereitschaft, die Kirche zu ertragen. Dann saß er wieder hinter seinem Schreibtisch, mit dem schwarzen Telefon.

Bei der Polizei ist man freundlich zu ihm. Aber er möge bitte eine andere Rufnummer wählen. Diese Nummer sei reserviert für akute Fälle. Notruf. Er hatte Verständnis. Sein nächster Gesprächspartner bei der Polizei war eine Frau. Wibbel war mit einem Mal die Ruhe selbst. Er schilderte die Lage. Seine Haushälterin vermisse er, seit frühestens halb acht Uhr. Konkreter Anlass? Merkwürdiger Vorfall mit dem Hund seiner Haushälterin.

Moment bitte, Wibbel soll warten. Es knackte. Wibbel wartete. Während die Technik ihn anschwieg, betete Wibbel wieder zu Gott. Aber auch Wibbel sagte zuletzt: Dein Wille geschehe. Was bleibt denn sonst, wenn man glaubt?

Da, die Frauenstimme meldete sich zurück. Er möge bitte Geduld haben. Man würde ihn gleich zurückrufen. Nach dem Gespräch sank Wibbel in seinen Schreibtischstuhl zurück. Nun weiß er es. Er fühlte es. Er glaubte nicht mehr, dass Luise noch lebt.

Seine Nervosität war verschwunden. Er stieg die Treppe herab und kochte sich Kaffee. Endlich klingelte das Telefon.

Pfarrer Wibbel wischte sich die Hände an der Serviette, während er die Treppe wieder hochstürzte. Da war seine kleine Hoffnung, dass es Luise war. Keine Hoffnung mehr. Es war die Kriminalpolizei.

Und wieder hieß es warten. In einer halben Stunde wollte der Beamte da sein. Nach der Stimme zu urteilen, kann der so alt noch nicht sein. Wird zehn Uhr werden, bevor er hier ist. Was kann er ihm sagen? Dass Luise zum Aasee wollte. Den Vorfall vom letzten Donnerstag erzählen. Pfarrer Wibbel hat das dumme Gefühl, er hat noch etwas vergessen. Aber was?

„Nicht zu fassen“, schimpfte er mit sich selber, aber auch das half nicht. Dann schellte es. Es schellte Sturm. Wieder hatte sich der Klingelknopft festgeklemmt. Harry Wibbel riss die Haustür auf. Vor ihm stand ein recht klein geratener Kommissar, hilflos die Hände erhoben, und wollte auf diese Weise wohl seine Unschuld an dem Klingelterror demonstrieren. Pfarrer Wibbel griff an ihm vorbei und puhlte erst einmal den Klingelknopf aus seiner Verklemmung.

„Pfarrer Harry Wibbel“, stellte er sich vor. „Sie sind sicher der Mann von der Polizei?“

„Peters, Kriminalkommissar. Guten Abend.“ Dabei holte er aus seiner Jeanstasche einen Ausweis und präsentierte ihn dem Pfarrer.

„Na, kommen Sie erst einmal rein“, bat der Pfarrer, „tut mir Leid mit der Klingel, ich muss das unbedingt reparieren lassen. Allerdings, seitdem das Ding kaputt ist, haben wir auch noch kein Klingeln überhört.“

Peters quittierte den Scherz mit einem kleinen Grinsen.

„Kaffee?“ fragt Wibbel unten in der kleinen Eingangshalle. Er fand den Kommissar ganz sympathisch, nicht so ein Haudrauf-Typ wie im Film.

Während das Wasser auf dem alten Elektroherd langsam warm wurde, erklärte Peters, wieso er hier war, erzählte von den Hundemorden. Er versuchte gar nicht erst, die Sorgen des Pfarrers zu beschwichtigen. Nun war sie also da, die Leiche, dachte er.

„Scheiße!“ sagte Peters laut. Damit war die Distanz zwischen den beiden Männern endgültig überwunden.

„Also geh'n wir!“ sagte Pfarrer Wibbel bestimmt. Er musste nicht erst erklären; Peters nickte.

„Taschenlampe“, sagt er nur.

Pfarrer Wibbel wurde schnell fündig. Das Licht in der Küche ließ er brennen; draußen war es recht frisch.

Am Himmel trieben zerrissene Wolken, es war Halbmond, viel sah man nicht. Mit Getöse startete der Motor des alten Käfers, der offensichtlich wenig Lust hatte, zu so später Stunde noch zu einer Expedition aufzubrechen. Peters schaltete die Innenbeleuchtung ein, als sie an einer Ampel warteten.

„Im Handschuhfach ist eine Karte. Von Münster. Vielleicht hilft uns das weiter?“

Pfarrer Wibbel drehte an dem Handschuhfachknopf und eine Ladung Krimskrams quoll ihm entgegen. Nach und nach grub er sich zum Stadtplan vor. Dabei förderte er ein Pistolenmagazin, leer, eine Taschenlampe, einen Schraubenzieher, einen Damenstrumpf (kein Kommentar von Wibbel), ein Gesangbuch, eine Nuss, ein Notizbuch, eine Karte vom Rhein, zwei Kinokarten, sieben Zitronendrops, leicht angefuselt, trotzdem steckte Wibbel sich eines in den Mund, und siehe da, die Kraniche des Ibikus, die anvisierte Karte zu Tage.

Rasselnd schaltete der Motor ab, als sie ihr Ziel erreicht hatten. Ein gutes hatte die späte Stunde. Der Parkplatz vor dem Café war völlig verwaist.

„Hier laufen die Gräben“, zeigte Wibbel auf der ausgebreiteten Karte, „wenn, dann sollten wir hier gucken. Den normalen Rundweg um den Aasee können wir uns schenken. Wäre da etwas passiert, hätte man Ihnen sicher schon etwas gemeldet.“

Sie kamen überein, in der Nacht wenigstens den Wall des Stellungsgrabens abzulaufen. Zu allem Überfluss fing es an zu nieseln, kaum hatten sie Peters Auto verlassen.

Die beiden Männer gingen gemeinsam über die kleine Brücke am westlichen Ende des Aasees und bogen am hölzernen Unterstellhäuschen links ab. Auch als sie am Wald entlang dem Feldweg folgten, sprachen der Polizist und der Priester nicht miteinander. Jeder hing seinen Gedanken nach und versuchte, im Dunklen abseits des Lichtkegels etwas zu erkennen.

Inzwischen erklommen Peters und Wibbel den Stellungswall. War dieser Weg schon am Tag, auch wenn es trocken war, stellenweise schwer zu gehen, so war er nun, schlammig und lehmglitschig, fast unpassierbar. Obwohl sie die Stelle, von der Luise dem Pfarrer erzählt hatte, zweimal abliefen, gelang es ihnen in der Finsternis nicht, den Bunker auszumachen. Resigniert brachen sie endlich die Suche ab und ihnen war noch finsterer zu Mute, als wenn sie Luise tatsächlich tot gefunden hätten. Bis Tagesanbruch stünden ihnen fürchterliche Stunden der Vermutungen und Spekulationen bevor.

Gegen ein Uhr in der Früh verabschiedete sich Peters. Der Pfarrer und er hatten ihre nassen Sachen bei zwei Gläsern Wein trocken gesessen.

In dieser Nacht schreckte der Pfarrer mehrfach aus Albträumen hoch. Bevor die Sonne ihren Tagesdienst antrat, war er wach und ging hinüber in seine Kirche. In der Kirche war es so kalt, dass nur Gott es dort aushielt. Das Ewige Licht zuckte und zitterte. Das Seelenlicht einer gequälten Seele, dachte der Pfarrer und versuchte seine Gedanken im Gebet zu sammeln. Er kniete sich hin, weil diese Nacht für ihn die Gewissheit gebracht hatte, was ihn mit Tagesanbruch erwartete. Er spürte, dass die nächtliche Suchaktion sein Garten Gethsemane war.

Dann setzte Vogelgezwitscher ein und zaghaft spähte das erste Licht durch das bunte Kirchenfenster. Pfarrer Wibbel war über der Bank zusammengesunken und schlief. Der Herr gab ihm die Kraft für den Tag.

Wer hat gesagt, dass Gott kein Pragmatiker ist?

19. Kapitel

5. Juni, Freitag, 07:14-09:29 Uhr

An diesem Morgen fiel Peters das Aufstehen schwerer als sonst, doch was danach kam, war Routine. Er schlurfte in die Küche und löffelte seinen Joghurt. Heute wollte er pünktlich im Dienst sein, denn er hatte sich viel vorgenommen.

Peters war kaum in seinem halben Büro, sein Jackett auf dem Bügel an der Garderobe pendelte noch hin und her, da klingelte schon das Telefon. Kann nur der Chef sein, denkt Peters. In der Tat, er war es, hocherfreut, ihn schon anzutreffen. Er möge bitte vorbeischauen, das mache ihm doch nichts, nein, besser er, der Chef, komme zu ihm, da sei eine Dame im Präsidium, eventuell ein schwerer Fall, ob es ihm recht wäre, wenn er jetzt sofort und so weiter.

Lokalprominenz? Peters beschloss, das Spiel mitzuspielen. Als es klopfte, hatte er drei Tassen gedeckt und die Kaffeemaschine röchelte in den letzten Zügen. Auch heute sah der Chef aus wie ein Mitarbeiter vom britischen Secret Service: weißer Schnurrbart, dunkelblauer Blazer, Einstecktüchlein. Bevor Dr. Treude sich setzte, stellte er Peters förmlich der Besucherin vor.

„Unser tüchtiger Kommissar Peters. Bei ihm liegt Ihre Sache in guten Händen!“

Na, wenn sich da unser Chef nicht mal verausgabt mit seinen Komplimenten, dachte Schlimmansky, freute sich aber insgeheim über diese offizielle Vorstellung.

Die Frau sagte nur: „Guten Tag“, setzte sich und schwieg.

„Herr Kollege Peters, Frau Schulte-Beikel“, Dr. Treude wandte sich der Frau zu, „ist heute Morgen zu uns ins Präsidium gekommen, weil sie ihren Sohn vermisst und befürchtet, dass ihm etwas zugestoßen ist.“

Die Frau nickte dazu. Sie war schlank und groß, Peters schätzte sie auf Anfang 60. Sie musste früher sehr attraktiv gewesen sein. Ihr langes, blondes Haar hatte sie zu einem Dutt zusammengesteckt, das ihrem Gesicht einen leicht strengen Ausdruck verlieh. Sie saß kerzengerade, die Hände auf dem Schoß gefaltet. Wenn sie von ihrem Sohn sprach, konnte der so jung nicht mehr sein.

„Haben Sie ein Foto Ihres Sohnes dabei?“ fragte Peters, es war die klügste Frage, die ihm zur Zeit einfiel.

Die Frau holte aus ihrer Handtasche drei Farbfotos, die sie Peters reichte. Der Mann auf dem Foto war also Schulte-Beikel junior. Über vierzig war der mit Sicherheit. Wenn man allerdings die Mutter sah, im Vergleich zu diesem unförmigen Brocken, dann hatte man allen Grund, die Mutterschaft anzuzweifeln. Peters holte erst einmal die Kaffeekanne und schenkte ein.

„Frau Schulte-Beikel, darf ich Ihnen ein paar Fragen stellen?“

„Nur zu“, antwortete stattdessen sein Chef, „stellen Sie Ihre Fragen, junger Mann. Ich darf mich dann vorerst zurückziehen. Bitte entschuldigen Sie mich, Frau Schulte-Beikel, aber ich habe gleich eine Konferenz, Sie verstehen.“ Die letzte Silbe flatterte noch durch den Raum, da hatte er seinen Kaffee schon hinuntergeschüttet, gnädige Frau gesagt, die Hand gereicht und weg war er. Auch gut. Vielleicht sogar für ihn, Peters, besser.

Frau Schulte-Beikel hatte sich gestern mit ihrem Sohn nicht sonderlich verstanden. Ihr Sohn sei in letzter Zeit ohnehin leicht reizbar, nervös gewesen. Gestern habe er sich auch nicht wohlgefühlt und ganz gegen seine Gewohnheit sei er ohne Gruß aus dem Haus gegangen. Das sei am späten Nachmittag gewesen. Er sei mit seinem grünen Geländewagen weggefahren, dieses Auto benutze er, soweit sie wusste, nur für private Zwecke.

Hier horchte Peters zum ersten Mal auf. Grüner Geländewagen?

Neulich sei er schon einmal nicht nach Hause gekommen, da habe er aber telefonisch Bescheid gegeben.

Wie lange er weg gewesen sei? Drei Tage, glaube sie. Nun, gestern Abend habe sie so ein komisches Gefühl gehabt und bis ein Uhr in der Nacht auf seine Rückkehr gewartet. Dann habe sie das gemacht, was man in solchen Fällen immer macht. Nein, sie sei nicht hysterisch. Sie habe die Polizei und diverse Krankenhäuser angerufen. Dann sei sie schlafengegangen, schließlich sei ihr Sohn ja erwachsen, vielleicht war er bei einer neuen Freundin, von der sie noch nichts wüsste, obwohl ihr Sohn ihr wirklich immer alles erzähle und sie keine Geheimnisse voreinander hätten. In der Frühe habe sie es nicht mehr ausgehalten und sei zur Firma ihres Sohnes gefahren. Warum ihr ausgerechnet diese Idee gekommen sei, wüsste sie auch nicht. Auf dem Hof habe dann sein Geländewagen gestanden, noch nicht einmal das Tor zum Hof sei abgesperrt gewesen. Da habe sie es gewusst, als Mutter fühle man das, ihrem Sohn sei etwas Fürchterliches passiert. Daran könne es keinen Zweifel geben, darum sei sie hier. Und diesen Buckligen, diesen merkwürdigen Mitarbeiter ihres Sohnes, den solle er, der Herr Kommissar, mal ins Verhör nehmen. Aber sie wolle nicht vorgreifen.

Herrn Dr. Treude kenne sie vom Englischen Club, in dem sie beide Mitglied seien, sie habe gehofft, Dr. Treude könne sich ihres Falles annehmen, aber sie hätte auch Verständnis dafür, wenn er nicht jeden Fall persönlich übernehmen könne. Uff, Frau Schulte-Beikel hatte gesprochen.

Erfahrungsgemäß lösten sich solche „Fälle" von selbst, also sprach Peters ihr erst einmal gut zu. Sie solle sich nicht so viele Sorgen machen. Ja, bei Kindern wäre die Sache anders, aber ihr Sohn sei doch immerhin über vierzig. Doch damit stieß er bei Frau Schulte-Beikel auf wenig Akzeptanz. So ginge das nicht. Sie sei nicht extra zu Dr. Treude gefahren, um sich trösten zu lassen. Sie bestünde darauf, dass, wenn nicht schon Dr. Treude selbst, zumindest er mit ihr fahre und sich das merkwürdig abgestellte Auto ansehe.

Vermutlich hatte die resolute Sechzigerin alles schon einmal Dr. Treude erzählt, hier gab es also kein Entrinnen, außerdem hatte die Erwähnung des grünen Geländewagens Peters Neugierde geweckt. So stimmte er zu, gegen 14 Uhr am frühen Nachmittag – nein, vorher ginge es auf keinen Fall – vorbeizukommen.

Endlich wieder allein in seinem Büro schüttete Peters sich Kaffee nach und beschloss, seine krausen Gedanken zunächst für sich zu behalten. Alles der Reihe nach. Telefonisch fragte er seine Kollegin Birgit, drei Räume weiter auf dem schwarzweißen Kachelflur, ob sie ein wenig Zeit entbehren könne. Birgit konnte. Sie konnte sofort und kam so in den Genuss der letzten Tasse Kaffee. Zunächst bat Peters sie, ein kleines Suchkommando, aber bitte und unbedingt in Zivil, für ca. 10 Uhr am Aasee zu organisieren.

In ihrer Gegenwart rief er bei Pfarrer Harry Wibbel an. Wibbel war auf dem Sprung ins Polizeipräsidium. So legte er auch mit dem Pfarrer das Treffen auf zehn am Aasee fest. Nun musste er nur noch auf einen Sprung zu Dr. Treude und versprach Birgit, sie danach in ihrem Büro abzuholen.

„Und noch etwas“, rief er ihr zu, als sie schon halb in der Tür war, „versuch doch bitte ein Auto von der Fahrbereitschaft zu organisieren.“

Peters atmete auf – noch einmal kurz nachdenken, bevor er beim Chef vorsprach. Er trat zum Fenster und setzte sich auf die Fensterbank, seine Lieblingsposition, und betrachtete mit verschränkten Armen sein Zimmer. Was passiert war, hatte er mit seinen Kollegen vorhergesehen. Aber sie hatten nichts tun können. Es war sein Fall. Er hatte total versagt. Dieser Vormittag würde ihm noch zwei Leichen bescheren. Und beide hätten mit den Hundemorden zu tun, so viel war sicher.

Dr. Treude bat Peters zunächst um eine umfassende Aufklärung über den Stand der Dinge. Nachdem Schlimmansky die Sachlage erörtert hatte, lautete die knappe Frage des Chefs lediglich: „Und was wollen Sie unternehmen?“

Peters legte alle Karten, vor allem die, die er nicht hatte, auf den Tisch. Er wolle Fräulein Birgit Felix als Assistenz. Einen möglichen Tatort absuchen. Diskret, das verstünde sich von selbst.

Als Peters geendet hatte, machte Dr. Treude einen Moment ein nachdenkliches Gesicht und gab dann in allem grünes Licht.

20. Kapitel

5. Juni, Freitag, 06:34-23:17 Uhr

Der Schmerz der Verkrampfung ließ Pfarrer Wibbel aufwachen. Sein Arm, seine Schulter, sein Nacken waren völlig verspannt, er war steif von oben bis unten und völlig ausgekühlt. Bei diesen Temperaturen reichte eine Stunde Aufenthalt im Gotteshaus völlig aus, um sich Rheuma für ein ganzes Leben zu holen. Pfarrer Wibbel erhob sich schwerfällig aus der Bank und trat in den Mittelgang. Im Angesicht des Herrn räkelte und streckte er sich, sein Bischof hätte es wahrscheinlich als gymnastische Häresie bezeichnet. Aber Pfarrer Wibbel hatte mit Konventionen nichts, gar nichts mehr am Hut. Diese Nacht hatte ihn verändert und er wusste auch, dass sich sein Leben ändern würde.

Schnellen Schrittes verließ er die Kirche und kehrte ins Parrhaus zurück. Zuerst rief er die Nachbarpfarre an und meldete sich krank. Danach fiel er wie ein Stein ins Bett und gab dem Sandmann keine Sekunde, sein Werk zu verrichten. Das Telefon musste lange klingeln, um Wibbel aus dem Schlaf zu reißen. Es war Peters, der ihn zum Strandcafé bestellte.

Mit einem lauten Auspuffknall entfuhr der Teufel aus dem Auto, als Pfarrer Wibbel darin Platz genommen hatte – aufgeklärte Geister hätten es für eine Fehlzündung gehalten –, und dann trug das Vehikel den Pfarrer mit der ganzen Kraft seiner 24 PS dem Aasee entgegen.

Der Pfarrer war eine gute Viertelstunde zu früh. Die Stühle im Café waren an die Tische gelehnt und auf den weiß lackierten Holztischen stand noch das Wasser vom nächtlichen Regen. Der Anblick des geschlossenen Cafés deprimierte Pfarrer Wibbel noch mehr, als er ohnehin schon war. Er klappte einen Stuhl auf und starrte hinaus auf den See. Das Stahlseil des Fahnenmastes klopfte seinen windigen Rhythmus und die Segelboote waren mit Planen zugedeckt. Die Möwen zogen ihre Kreise und vollführten im Flug seltsame Sprünge. Ein paar Möwen, dick und schwer, hockten auf dem Anleger und blickten scheinbar gelangweilt auf den Aasee hinaus. Sie warteten auf die ersten Spaziergänger, denn mit denen würde das Futter kommen. Was sollte schon Aufregendes am Aasee passieren?

Wibbel erhob sich und ging das kleine Stück Weg zum Parkplatz zurück, wo er sein Auto abgestellt hatte. In dem Moment rollte ein dezent grün-weiß lackierter Kleinbus ein, gefolgt von einem deutschen Kleinwagen in neutralem Beamtengrau, der Peters und seine Kollegin Birgit enthielt. Die seitliche Schiebetür des Busses glitt mit Wucht zur Seite und entließ einen siebenköpfigen Suchtrupp. Wenigstens waren die Beamten in Zivil, dachte Peters. Je weiter sich die Gruppe nun vom Parkplatz entfernte, desto mehr glich sie einem Exkursionstrupp der Münsterländer Wandervögel. Nur der Pfarrer sah in seiner schwarzen Kleidung aus wie ein entsprungener Beerdigungsteilnehmer und störte etwas den harmonischen Gesamteindruck.

Wie in der Nacht zuvor gingen sie am Rande des Waldes entlang, Peters und Pfarrer Wibbel voran. An der Ecke, wo es zum Reitstall ging, stoppte die Gruppe und Peters breitete auf einer Bank seine Karte aus. Der Bunker war als kleiner runder Punkt eingezeichnet. Man beschränkte sich darauf, zuerst nur rechts des Walles zu suchen. Der Suchtrupp schwärmte nach Anweisung eines Offiziers aus und durchkämmte die Gegend, während Wibbel, der Kommissar und seine Assistentin auf dem Wall warteten.

Es dauerte keine zehn Minuten, bis ein Polizist ein Signal gab. Pfarrer Wibbel wollte sich in Bewegung setzen, aber Peters hielt ihn an der Schulter zurück.

„Bitte, besser Sie warten", sagte er.

Sie fanden Luise mit seltsam verkrümmten Beinen im nassen Laub, ihr Kopf und Oberkörper waren vom Baumstamm in eine Mulde gerutscht, in der sich Regenwasser gesammelt hatte. Es hatte sich mit dem Blut zu einer dunklen Lache vermischt und so war Luise nach ihrem Tod noch einmal ertrunken.

Über Funk rief Peters die Spurensicherung. Aber viel zu sichern würde es nicht geben, denn der Regen der letzten Nacht hatte alle etwaigen Spuren fortgewaschen. Zwei Beamte stapften zum Polizeibus zurück, um Absperrungen für den Tatort zu holen.

Peters, obwohl keine dreißig Meter vom Geschehen entfernt, war plötzlich ganz allein. Die anderen waren mit der Absicherung des Fundortes beschäftigt. Er atmete tief ein. Mein Gott, dachte er. Nie zuvor hatte er eine solche Hilflosigkeit erlebt. Und dann diese grellroten Gummistiefel. Farblich gesehen war es taktlos, in diesen Stiefeln zu sterben. Auch der Tod hatte seine Harmonie verloren. Und auf einmal blieb Peters fast der Atem stehen und er machte die Entdeckung seines kurzen Lebens. Ich liebe meinen Beruf, ich bin gerne Kriminalkommissar. Weil er ein Idealist war, weil er an den Menschen glaubte. Weil er das Elend mit seiner Arbeit etwas lindern wollte. Es war ihm klar geworden, als er den Pfarrer weinen sah. Peters grub seine Hände tief in die Jacke und machte sich schweigend auf den Weg zum Parkplatz.

Dort saß Pfarrer Wibbel apathisch in dem grün-weißen Polizeibus. Immer wieder lief ihm diese Kreissäge durch den Kopf. Luise ist tot, Luise ist tot. Er war total übermüdet und mit seinen Kräften am Ende. Er wollte nach Hause. Diese junge Frau, was ist mit dieser jungen Frau, wieso sitzt er eigentlich in einem Polizeibus?

Peters beauftragte die junge Polizistin, Wibbel in seinem Wagen nach Hause zu fahren, und er versprach, sich gegen Abend zu melden.

Dann saß Harry Wibbel in seinem Auto, merkwürdiger- und ungewohnterweise nicht hinter dem Steuer, sondern auf dem Beifahrersitz. Auch gut. Aber wo wohnte er eigentlich? An der Kirche, lächelte der Pfarrer. Direkt neben dem lieben Gott. Wir sind Nachbarn. Das Pfarrhaus lag im Mittagsonnenglanz, als sie ankamen. Der weiße Putz zwischen dem Gefachere leuchtete, es strahlte Biedermeierglück und Frieden aus. Nur die Fensterläden waren geschlossen. Wer hätte sie aufmachen sollen, während der Pfarrer weg war? Durch die Lamellen der grünen Holzläden fiel ein wenig Licht in das Hausinnere. An der Tür drückte der Pfarrer der jungen Frau die Hand und bedankte sich.

Eine ganze Weile saß der Pfarrer auf den Stufen im Halbdunkel des Treppenhauses, nur manchmal blickte er hinüber in das helle Viereck der offenen Küchentür. Die Küche war von Licht überflutet. Luise hatte hier nur selten die Läden geschlossen. Wozu auch? Hinten lag der Garten, und es war schön, wenn man mitbekam, wie der Tag zu Ende ging und alles einen langen Schatten warf. Im Badezimmer in der oberen Etage ließ Wibbel Badewasser ein. Ganz heiß. Groß war die Versuchung, schon in der Wanne einzunicken, und danach fühlte er sich merklich besser. Wibbel stieg aus der Wanne, schlüpfte in seinen Pyjama und ging sofort zu Bett.

Als Pfarrer Wibbel wieder aufwachte, war es schon dunkel. Eine Weile hielt er sich im Bad auf und rasierte penibel die Kontur seines

Vollbartes nach. Langsam gewann Wibbel seine Handlungsfähigkeit zurück.

Im Arbeitszimmer kramte Wibbel den Brief des bischöflichen Generalvikariats hervor und legt ihn mitten auf seinen Schreibtisch. Der Pfarrer wurde erneut ein wenig blass, jetzt, wo er den Brief noch einmal las. Wo war nur das gute Briefpapier? Er würde nun den Rubikon überschreiten. Er wählte seine Worte sorgfältig, als er an den Kardinal schrieb und ihn um seine Entlassung aus dem Priesterstand ersuchte.

Am Ende zauderte Wibbel einen Moment, aber dann unterschrieb er den Brief doch mit Pfarrer Harry Wibbel. Er würde ihn morgen per Einschreiben aufgeben.

Sein Entschluss stand fest. Er würde ein neues Leben anfangen, Nägel mit Köppen machen, wie man in Westfalen sagte. Viel würde von seinem alten Leben nicht bleiben, sein Pfarr-Biotop war im Verschwinden begriffen.

Er wälzte im Telefonbuch, für seinen Anruf war es noch nicht zu spät. Wibbel wählte und ließ es ein paar Mal läuten.

„Guten Abend, hier ist Wibbel. Entschuldigen Sie bitte die Störung, aber ich würde gerne Frau Ulrike Rickmers sprechen."

„Das ist meine Tochter. Aber die ist im Augenblick nicht da. Wollen Sie morgen noch einmal anrufen, soll ich was ausrichten oder kann meine Tochter Sie zurückrufen?" Herr Rickmers schien einer von den zackigen Preußen zu sein.

Wibbel bat um einen Rückruf und lehnte sich in seinem Sessel zurück.

Er dachte an das Telefongespräch, das er erwartete. Versuchte alles andere aus seinen Gedanken zu verbannen. Luises Ermordung, das war weit, weit entfernt. Es war ein Albtraum, aber auch ein Traum. Luise hatte es nie gegeben, es gab auch keinen Mord, nothing is real, wie die Beatles sangen. Irgendwo ging Luise mit Flaps, dem lustigen Cocker, spazieren, nothing is real. Flaps tänzelte um Luise herum, Luise warf dem Hund einen Stock. Er hörte sie lachen …

Langsam versank Wibbel wieder in seine Melancholie. Er kämpfte an gegen die innere Leere, die immer größer wurde. Er fror und gegen diese Art von Kälte half kein Pullover. Inzwischen beschlichen ihn Zweifel, ob es richtig war, Ulrike Rickmers anzurufen. Er kam sich dumm vor. Er hatte keine große Erfahrung in Liebesdingen.

Wibbel schämte sich mit einem Male. Er hatte sich etwas zusammengesponnen. Für sie war es bestimmt nur ein Spiel. Und nach der Abfuhr, die er ihr gegeben hatte, würde sie sich nie wieder bei ihm melden.

Der Pfarrer, der bald keiner mehr sein würde, fasste einen Entschluss und machte sich auf den Weg in den Keller. Nein, er würde keine Gotteslästerung begehen, im Pfarrhaus hatte er keinen Messwein. Die Treppe zum Keller war steil und schmal. Wer sich hier unten, im weißgekalkten Gewölbe, dem Suff ergab, hatte kaum Chancen, ohne fremde Hilfe je wieder das Tageslicht zu erblicken.

Ein paar Flaschen in dem recht bescheidenen Weinregal stammten noch von seinem Vorgänger, er wählte ein eingestaubtes Schätzchen mit Strohhülle, das sich als Offenbarung entpuppte, eine '59 Beerenauslese. Bei seinem kleinen Rausch wollte Wibbel keine Konzessionen machen, die Wahl war gut.

War das nicht soeben die Haustürklingel? Energisch zeigte die Türglocke, was sie konnte. Dann verstummte sie. Scharfsinnig vermutete der Pfarrer, dass es nur jemand sein konnte, der den Trick mit dem Klingelknopf kannte. Die Flasche in der Rechten balancierte er vorsichtig die Stiege herauf.

„Moment, ich komme!" Zuvor wollte er die Flasche in die Küche bringen, denn auch wenn er bald kein Pfarrer mehr wäre, mit einer Flasche in der Hand wollte er doch nicht die Tür öffnen.

Dann schwang die Haustür auf und dem Pfarrer wäre in der Tat die Flasche aus der Hand gefallen, wenn er sie nicht in der Küche abgestellt hätte. Vor ihm stand niemand anderes als Ulrike Rickmers. Unbeholfen bat er sie herein. Er war schüchtern und verwirrt. Doch in einem Anfall von Mut holte er die Flasche und zwei Gläser aus der Küche und lud Ulrike auf einen Umtrunk in sein Arbeitszimmer ein. Dort saßen sie sich gegenüber und wie ein Teenager suchte Wibbel verzweifelt nach einem Schlachtplan. Aber es gab keinen, also schenkte er erst einmal den Wein ein. Und dann platzte es einfach aus ihm heraus.

„Luise ist tot", sagt er, „ermordet."

Harry Wibbel war Ulrike dankbar, weil sie nicht anfing, Phrasen des Beileids zu dreschen, sondern nur seinem Blick begegnete. Sie spürte das fürchterliche Durcheinander, das in ihm herrschte, als er ihr von dem Brief des Generalvikariats und von seiner Antwort darauf berichtete.

Und plötzlich wussten sie es beide und mussten es nicht mehr aussprechen. Wie in Stein gemeißelt saß Wibbel da, die Hände im Schoß, die Augen geschlossen. Ulrike Rickmers blickte ihn an. Das ernste Gesicht mit dem dichten Bart. Langsam glitt Ulrikes Hand über den Schreibtisch, streichelte seinen Unterarm. Mit Tränen in den Augen erwiderte Harry ihren Blick. Schließlich stand sie auf und schloss Harry Wibbel, den traurigsten Pfarrer der Welt, fest und entschlossen in ihre Arme.

21. Kapitel

4./5. Juni, Donnerstag/Freitag, 21:28-17:25 Uhr

Es nieselte sanft vor sich hin und Willi Stolp war nach seiner nächtlichen Radtour pitschnass, als er zu Hause ankam. Er wollte vermeiden, Ursula zu treffen. Denn sie würde ihm Fragen stellen und Stolp hatte Angst, dass sie ihm Fragen stellte, die er nicht würde beantworten können.

Abgesehen von seiner ersten Liebe hatte er bei ihr zum ersten Mal wieder das Bedürfnis, wenn nicht geachtet, so doch wenigstens nicht verachtet zu werden. Aber was sollte sie anderes tun, als ihn zu verachten, wenn er ihr alles erzählte? Nein, und abermals nein.

Willi Stolp kramte seinen Haustürschlüssel hervor und ließ behutsam die Tür zufallen. Ohne Licht und ohne Lärm zu machen, erreichte er den Treppenabsatz der zweiten Etage und stand nun vor seiner Wohnungstür. Hier schien endgültig das Reich der Finsternis zu beginnen, noch nicht einmal das Licht von der Straße reichte bis hier herauf. Stolp zog den Schlüssel und wollte eben an seine Etagentür treten, als er einen ungeheuren Schrecken bekam. Nach den Ereignissen der letzten Tage waren seine Nerven nicht mehr die besten. Er stieß an etwas Weiches. Wie ein Blitz schlug zuerst der Gedanke ein: Grim war wieder da. Doch der war tot. Er selbst hatte ihn begraben. Stolp bückte sich, fühlte eine Decke. Und in diesem Moment erwachte Ursula aus ihrem gespannten Schlaf.

„Na endlich", sagte sie, „ich habe mir solche Sorgen um dich gemacht. Wo hast du denn nur die ganze Zeit gesteckt?" Mit diesen Worten rappelte sie sich vom Boden auf.

Stolp wollte Zeit gewinnen. Was sollte ihm jetzt groß einfallen? Also rangierte er Ursula einfach in die Küche und bat sie, Abendessen vorzubereiten.

Unter der Dusche dachte Stolp fieberhaft nach. Das war es! Er würde die Geschichte einfach umdrehen. Natürlich war er bei Schulte-Bükel arbeiten. Aber das Schwein habe sich den ganzen Tag nicht blicken lassen. Das entsprach sogar der Wahrheit. Und nach Feierabend habe er dann Grim beerdigt. Und deswegen komme er so spät nach Hause. Und er sei fürchterlich müde, müsse unbedingt schlafen. Das würde sie verstehen.

Nach den tatenlosen Stunden der Warterei war auch Ursula froh, endlich etwas Nützliches tun zu können. Sie hatte Eier gefunden und Pfannekuchen gebacken. Dazu hatte sie für Onkel Willi eine Flasche Bier geöffnet, was sie nicht sehr passend fand, aber die Geschmäcker waren ja bekanntlich verschieden.

Sie hatte sich Sorgen gemacht und befürchtet, dass Stolp dem Schulte-Dingsbums eins über die Rübe gegeben hatte. Natürlich wollte sie kein Verbrechen decken, doch es war auch nicht ihre Sache, Willi bei der Polizei zu verpfeifen. Am liebsten wollte sie von der Sache überhaupt nichts wissen. Hoffentlich sah er ihr nicht an, dass sie sich Gedanken machte, ob er jetzt ein Mörder sei. Scheiße. Sie ertappte sich dabei, dass sie vor Onkel Willi auch so etwas wie Angst verspürte. Wenn er merkte, dass sie wusste, dass er … ob er sie dann auch abmurksen würde?

Sie schnellte förmlich herum, als die Küchentür aufging und Willi eintrat. Sein Blick wurde seltsam, als er ihren Schrecken bemerkte. Also hatte er schon gemerkt, dass sie ihn verdächtigte? Abendessen mit einem Mörder. Sie glaubte nicht, auch nur einen Bissen des Pfannekuchens hinunterzubekommen. Willi würde das sofort merken und dann war alles aus. Doing! Mit der Bratpfanne eins über den Kopf und dann würde er sie in einen großen Sack stecken und auf der Mülldeponie abwerfen. Sie würde lebendig vom Müll zugeschüttet und ihre Schreie würde man nicht hören bei dem Rattern und Quietschen der Planierraupen, die alles glattschoben. Ursulas Phantasie ritt Galopp.

„Was starrst du mich so an?“ fragte Stolp.

„Nichts“, wich sie ihm aus, „ich habe gerade nur an den armen Grim denken müssen.“

Diese Antwort schien Onkel Willi zufrieden zu stellen. Jedenfalls milderte sich sein finsterer Blick etwas. Er hatte beschlossen, die Flucht nach vorne anzutreten.

„Was hast du uns denn Gutes gekocht?“ fragte er Ursula ganz harmlos.

„Pfannekuchen mit Marmelade.“

Es musste schon eine besondere Katastrophe eingetreten sein, wenn man Pfannekuchen verschmähte. Als Ursula sah, wie sehr es

Onkel Willi schmeckte, schloss sie sich ihm mit gutem Appetit an. Der kaute, trank und erzählte in einem die eben zurecht gelegte Version. Nein, sein Boss habe sich nicht blicken lassen. Wäre ein Wunder, wenn der morgen in den Betrieb käme.

„Was willst du machen, wenn du ihn siehst? Der kann doch nicht einfach unseren Grim killen und du nimmst das einfach hin, Onkel Willi.“ Ursula machte eine Pause. „Wir müssen zur Polizei gehen. Der muss doch bestraft werden.“

Sie sah ihn fragend an. Im Augenblick hatte er jedenfalls nicht das Gesicht eines Mörders. Sein Blick war eher traurig und müde. Er war schon ein recht komischer Kauz. Sie beschloss, weiter zu ihm zu halten.

„Was ist nur los mit dir?“ Onkel Willi schüttelte den Kopf. „Ich habe fast das Gefühl, du hast Angst vor mir. Bist du noch immer ärgerlich, weil ich so spät nach Hause gekommen bin? Weil ich Grim alleine begraben habe? Ne, Mädchen, das wäre nicht richtig gewesen. Auch Grim hätte das nicht gewollt, dich so traurig zu sehen.“ Er schwieg einen Moment, nachdenklich. „Nein, nein, wir Menschen wollen uns immer in alles einmischen, aber der liebe Gott hat seine eigenen Pläne. Das ist mir klar geworden.“ Wieder schwieg er. „Lass uns zu Bett gehen. Schlaf ist für uns beide zur Zeit sicherlich das Beste. Aber einen Pfannekuchen ess ich noch. Wusste gar nicht, dass du so gut kochen kannst.“

Willi Stolp entspannte sich. Es war längst nicht so schlimm, wie er befürchtet hatte. Und wenn er nichts sagte, bekam auch keiner etwas aus ihm heraus. Zeugen gab’s keine, keine Beweise. Nur nicht in Panik geraten. Aber spätestens wenn diese Alte ihren Sohn vermisste, würde sie bestimmt alle Hebel in Bewegung setzen, um herauszukriegen, wo er war.

Was? Ursula hatte ihn angesprochen.

„Nichts, was soll schon los sein? Ich bin nur müde.“

„Nein“, widersprach seine junge Freundin, „du warst mit deinen Gedanken ganz woanders. Als ob dich noch etwas anderes bedrückt, etwas viel Schlimmeres als mit Grim.“

So, nun war es gesagt. Eine goldenere Brücke konnte ihm Ursula nicht bauen.

Doch Stolp beharrte: „Es ist wirklich nichts. Lass uns schlafen. Wir sehen uns ja dann vielleicht morgen Abend.“

So trennten sie sich und beide lagen noch geraume Zeit wach in ihren Betten.

Als die ersten Vögel mit ihrem Gezwitscher optimistisch den Tag begrüßten, schlüpfte Willi Stolp in seine dreckigen Arbeitsklamotten. Noch vor sechs Uhr verließ er das Haus. Die Morgenluft war frisch und tat seiner Lunge fast weh. Stolp atmete tief durch den Mund, während er in die Pedalen trat.

Wie erwartet lag der Hinterhof unberührt im blassen Morgengrauen. Schulte-Beikels Geländewagen stand verloren da, die Fahrertür war nicht richtig eingerastet. Der Lack glänzte feucht vom nächtlichen Nieselregen. Willi Stolp spähte vorsichtig in den Wagen. Auch der Zündschlüssel steckte noch. Stolp fasste nichts an, sondern betrat seine Bude und setzte sich auf den Stuhl nahe der Werkzeugbank. Durch die offen stehende Tür wanderte sein Blick über den Hof, vom Lanz-Bulldog hin zu dem grünen Geländewagen, haftete lange an der Eisenklappe des Altöltankes, folgte der Hausmauer, wo er das Stromkabel gelegt hatte, und kehrte flackernd wieder zurück zum Schachtdeckel.

Dann griff Willi nach seinen Arbeitshandschuhen und einem Seil und trat an den Wagen. Er öffnete die Tür und löste die Handbremse. Das Seil schlang er um die Anhängerkupplung und zog daran, bis der schwere Wagen sich Zentimeter für Zentimeter in Bewegung setzte und genau über dem rostig-roten Schachtdeckel zum Stehen kam. Sekunden später war die Handbremse wieder angezogen und Stolp achtete darauf, die Fahrertür wieder nur leicht einzuklinken.

Im Übrigen war der nächtliche Regen sein bester Komplize gewesen. Eine erstaunliche Ruhe bemächtigte sich seiner, er war fast wie beschwipst. Sollte die Polizei ruhig anrücken.

Und die rückte an. Und Stolp erkannte sie erst überhaupt nicht als solche. Sie kamen in einer Möhre von Kleinwagen, ein junger Mann und eine noch jüngere Frau. Der Mann hatte kaum noch Haare auf dem Kopf. Stolp lag unter seinem Trecker, verdeckt von dem grünen Werkzeugkasten. Das Rolltor stand halb offen, so wie Schulte-Beikel es gelassen hatte, und das kleine Polizeimobil parkte einfach neben dem Geländewagen.

Stolp war mittlerweile aufgestanden und ging auf die beiden zu, machte sein brummigstes Gesicht und wischte sich seine ölverschmierten Hände während des Gehens an seinem Overall ab.

„He, was machen Sie hier? Können Sie nicht lesen? Eintritt verboten. Wenn Sie 'nen Trecker kaufen wollen, dann benutzen Sie den Haupteingang vorne.“

Peters ließ sich nicht provozieren. Außerdem konnte er sich auf die magisch-optische Kraft seiner Polizeimarke verlassen, die er Stolp unter die Nase hielt. Aber zu seiner Verblüffung blieb dieser bei seinen kantigen Umgangsformen.

„Na und? Wenn Sie was wollen, sprechen Sie mit meinem Chef. Der ist nicht da. Wann er wiederkommt, weiß keiner. Ja, das ist sein Auto. Warum das hier steht? Blöde Frage. Weil das seine Firma ist.“

Bevor die freundliche Unterhaltung noch weiter eskalierte, fuhr ein großer Wagen auf den Hof. Schulte-Beikels Mutter stieg etwas umständlich aus, nickte Willi Stolp zu und begrüßte förmlich die beiden Polizisten.

„Willi“, sagte Schulte-Beikels Mutter, „die junge Dame und der junge Herr sind von der Kriminalpolizei. Josef ist nämlich letzte Nacht nicht nach Hause gekommen und wir machen uns alle solche Sorgen. Hast du ihn irgendwo gesehen oder weißt du, wo er ist?“

Willi Stolp hätte beide Fragen mit Ja beantworten können, aber er schob nur die Unterlippe vor und schüttelte den Kopf.

„Aber sein Auto steht doch hier. Dann muss er doch auch hier sein.“

Frau Schulte-Beikels Scharfsinn war nicht zu überbieten. Peters sagte auf diesen Ansturm intelligenter Äußerungen nur „27 Jahre und fast schon ohne Haare“.

„Wie bitte?“ Frau Schulte-Beikel war konsterniert, sie blitzte ihn an. „Sie scheinen die Angelegenheit nicht sehr ernst zu nehmen. Bitte, was gedenken Sie jetzt zu tun?“

„Darf ich mir mal den Wagen ansehen?“ Peters war immer noch freundlich.

„Bitte.“

Zwischen den beiden Vordersitzen befand sich bei diesem Modell ein großer, verschließbarer Kasten. Auf ihm lag ein dicker Schlüsselbund an einem schwarzen Lederetui. Der Autoschlüssel steckte, wie Peters registrierte.

„Gehören die Schlüssel Ihrem Sohn, Frau Schulte-Beikel?“

Treffer. Peters kratzte sich innerlich am Kopf. Kein Mensch verschwand freiwillig irgendwohin, ohne seinen Schlüsselbund mitzunehmen. Hier war wirklich etwas nicht in Ordnung. Er schlug die Autotür wieder zu.

„Wo ist denn sein Büro?“

Stolp zeigte auf die Bürohütte. Peters spähte auf den Fußspitzen stehend durch das Fenster, erkennen konnte er nichts. Die Tür war verschlossen. Vielleicht eine Entführung?

Er drehte sich zu Willi Stolp um: „Wann haben Sie denn Ihren Chef zuletzt gesehen?“

„Mmmh“, Willi Stolp zuckte mit den Schultern, „vielleicht vor zwei Tagen? So genau weiß ich das nicht mehr. Geht mich auch nichts an, was der Chef macht. Der kommt und geht, wann er will. Ich hab' an dem Trecker gearbeitet“, er wies mit dem Daumen hinter sich, „ich kann Ihnen nichts sagen.“

„Na prima, dann fahren wir jetzt alle ins Polizeipräsidium, du, Birgit, bleibst bitte hier und wartest auf die Spurensicherung. Scheuch mir jeden vom Hof, dass mir nichts verändert wird. Die Kollegen sollen alles gründlich absuchen.“

Dann wandte Peters sich an Schulte-Beikels Mutter: „Hatte Ihr Sohn eigentlich einen Hund? Er war doch bestimmt Jäger mit so einem Auto. Hinten im Wagen habe ich eine weiße Plastikwanne gesehen, wie man sie für Wildtransporte benutzt. Denn Metzger im Nebenberuf war, ähm, ist Ihr Sohn doch sicherlich nicht.“

„Nein, Sie können sich Ihre Scherze schenken. Mein Sohn hasste Hunde. Warum, fragen Sie ihn bitte selbst.“

„Dazu müssen wir ihn erst einmal finden …“, Peters vervollständigte den Satz bei sich: … wenn er dann noch reden kann.

Frau Schulte-Beikel wollte mit ihrem Wagen fahren; Peters bestand darauf, dass Willi Stolp mit ihm fuhr.

„Arbeiten Sie schon lange bei Schulte-Beikel?“

„Ziemlich“, sagte Stolp, „hab schon für seinen Vater gearbeitet.“

„Was machen Sie denn für ihn? Sicherlich keine Landmaschinen reparieren. Die Werkstatt ist doch vorne.“

„Nee, mach ich auch nicht. Ich bossel nur so für den Boss rum. So wie jetzt, seinen alten Lanz-Bulldog reparieren.“

„Ja, hab ich schon bewundert, das alte Schätzchen. Kriegen Sie den wieder hin? Ist bestimmt nicht einfach.“

„Jöh, der ist 'ne Menge Arbeit. Aber ich denke schon."

Im Büro knöpfte Peters sich zuerst noch einmal Willi Stolp vor, während Frau Schulte-Beikel zu ihrem Ärger im Nebenzimmer warten musste. Aber das Gespräch mit Stolp ergab so wenig wie das anschließende Fragequiz mit Frau Schulte-Beikel. Kurz vor Dienstschluss schickte er beide nach Hause.

Peters war frustriert. Zu seinem Unmut rief ein paar Minuten später noch Dr. Treude an und erkundigte sich mit salbungsvoller Stimme, ob sich das Verschwinden von Schulte-Beikel aufgeklärt habe. Nein? Aber schade. Ein Jammer. Ja, dann weiter viel Glück bei der Arbeit.

An einen frühen Feierabend war bei diesem Stand der Dinge nicht zu denken und tatsächlich kam um kurz vor halb sieben der Leiter der Spurensicherung zu ihm ins Büro. Im Gegensatz zu ihm war Jungeblut gut gelaunt.

„Hallo, altes Haus", begrüßte er Peters. „Immer noch so wenig Haare? Hast aber einen guten Riecher gehabt, uns zu rufen. Sieht alles sehr komisch aus, um nicht zu sagen, nach einem Verbrechen. Du bekommst morgen", Jungeblut überlegte, „besser am Montag alles schriftlich. Kannst dir aber jetzt schon ein paar Notizen machen, wenn du willst. Gibt's hier eigentlich was zu trinken? Und wo steckt Brenner? Immer noch im Urlaub?"

„Komm, schieß los. Was hast du gefunden, Schnüffelnase?"

Die Schnüffelnase war die Retourkutsche für die wenigen Haare, denn Jungeblut hatte keine Nase, sondern einen riesigen Zinken.

„Sachte, sachte, ohne Fließmittel kann ich nicht reden."

„Also gut!" Peters seufzte, holte aus seinem Schreibtisch eine Cola-Dose hervor, die er Jungeblut zuwarf.

„Man dankt."

Peters machte sich Notizen und fertigte eine tabellarische Übersicht an. Doch einen Reim konnte er sich auf die wenigen Fakten nicht machen. Und von Schulte-Beikel war auch nichts zu hören oder zu sehen. Weder lebendig noch als Leich'.

Peters schob den Zettel beiseite. Heute würde eh nichts mehr passieren, und am Wochenende erst recht nicht. Aber Peters sollte sich wundern. Denn in diesem Punkt irrte der Kommissar, und zwar gewaltig.

I *Mord Luise König*	II *Schulte-Beikel*	III *Hundemorde*
Professionell getötet *Jäger? Soldat?* *Polizist?* *Hundebesitzerin* *Hund wo?* *Beobachtet bei* *Hundemord?* *Wo ist Tierleiche?* *Verwischte Spuren.* *Regen? Zeugen?* *Bajonett?* *Schnittfläche mehr* *als 19 cm* *Oder I hat mit II nichts* *zu tun?* *Pfarrer?*	*Geflüchtet?* *Schulden?* *Entführt?* *Reich?* *Mord? Raubmord?* *Motiv? Tatort?* *Aussehen:* *groß, dick, Jäger,* *hat aber keinen* *Hund* *Auto:* *Geländewagen, grün* *Tressor: leer* *Schlüssel: vorhanden* *Täter: W. Stolp?* *Motiv:* *Geldgier, Rache,* *Hundebesitzer?* *Leiche?* *Wo?* *Keine Spuren:* *Regen. Handschuhe* *Zeugen?*	*Täter:* *groß, dick* *Motiv:* *hasst Hunde* *Zeugen:* *Silke Wolf,* *Dr. Fels* *Indiz:* *Seilfund* *Täterfahrzeug:* *Geländewagen,* *grün* *Spuren:* *Seil* *Schnitttiefe:* *7 cm*

22. Kapitel

6. Juni, Samstag, 09:11-22:17 Uhr

Wie der Dienstag, so war auch der Samstag eine Station in ihrem Beischlaffahrplan. Aber sie hatte sich ihm nicht nur am Dienstagabend, an dem Tag, an dem sie sich mit Petra getroffen hatte, sondern auch an diesem Morgen verweigert. Am Dienstag hatte sie die übliche Standardausrede benutzt: Migräne. Sie wusste nicht, ob er es ihr geglaubt hatte, aber zu ihrem und seinem Glück hatte er sie nicht bedrängt.

Heute Morgen hatte sie sich nicht mit Kopfschmerzen herausgeredet. Sie war einfach nicht da. Denn sie war im wahrsten Sinne des Wortes davongelaufen und zog nun schon ihre fünfte Joggingrunde auf dem Sportplatz in Nienberge.

Noch am Mittwoch hatte sie sich mit Petra zusammen einen Jogginganzug aus Fallschirmseide gekauft, nebst passenden Laufschuhen. Sie wunderte sich selbst, wie gut ihre Kondition noch war.

Noch zwei Runden wollte sie machen, sie konnte hier ja nicht ewig ihre Kreise ziehen. Inzwischen waren dem Pascha hoffentlich seine samstäglichen Standardgelüste vergangen. Mittlerweile war es fast zehn Uhr, ganz wohl war ihr bei der Sache nicht. Vielleicht hätte sie ihm wenigstens einen Zettel hinterlegen sollen …

Nun war sie doch ziemlich außer Puste und humpelte fast. Duschen tat sie lieber zu Hause. Die Duschkabinen vom Sportverein waren auch nicht so das Wahre, und Fußpilz war nun wirklich das Letzte, woran sie Interesse hatte.

Auf dem Rückweg fuhr sie mit ihrem Auto noch schnell beim Bäcker an der Kirche vorbei, denn wenn sie ihrem Mann schon den Sex entzog, so stand ihm ein gemeinsames Frühstück sicherlich zu und sie wollte, wenn schon, denn schon, das Beste daraus machen.

Schließlich wollte sie ihren Mann nicht unnötig reizen, denn für ihren Absprung brauchte sie noch Zeit, ihre Vorbereitungen waren noch nicht abgeschlossen.

Beim Bäcker herrschte reger Andrang. Offensichtlich hatten auch andere Leute Lust auf frische Brötchen am Samstagmorgen und so musste sie in einem Knäuel von Menschen warten, bis sie an die Reihe kam.

Zwei dicke, ältere Frauen unterhielten sich lautstark. Nein, wie entsetzlich! Und dann noch die Haushälterin vom Pfarrer. Ja, mit durchschnittener Kehle. Am Aasee. Ganz professionelle Arbeit, steht in der Zeitung. Die Polizei tippt auf einen Metzger. Regelrecht tranchiert der Kopf. Oder ein Soldat. Nahkampfausbildung. Entsetzliches Blutbad. Hohe Belohnung ausgesetzt. Ja, mit einem Messer. Nein, die Tatwaffe wurde nicht gefunden. Muss aber ganz schön gespritzt haben.

Der Mordfall beschäftigte sie noch immer, als sie die Brötchen in die Küche legte. Vor dem Duschen wollte sie noch schnell einen Blick in die Zeitung werfen, doch zu ihrer Verwunderung war die dicke Samstagszeitung nicht da. Na, dann eben nicht, resignierte sie und ging nach oben ins Bad. Ihr Göttergatte schien noch zu schlafen, da die Schlafzimmertür geschlossen war.

Als sie mit dem Badehandtuch ihre Haare frottierte, merkte sie an dem kühlen Luftzug, dass ihr Mann eingetreten war. Er näherte sich ihr von hinten und griff ohne Umschweife nach ihren Brüsten. Er war nackt und sie spürte seine Erregung.

„Du tust mir weh“, fauchte sie und versuchte sich seiner Umklammerung zu entwinden, „mir ist jetzt nicht danach, vielleicht nachher.“

Mit dieser vagen Aussicht auf Erfüllung seiner Libido hoffte sie ihn zu vertrösten, aber ihre Gegenwehr schien ihn nur noch mehr anzuspornen.

„Nein“, knurrte er, „ich will jetzt!“

„Aber ich nicht“, hielt sie ihm nochmals entgegen.

Zu spät bemerkte sie seinen erneuten Angriff. Mit einer Hand hielt er ihre Arme am Handgelenk zusammen und riss mit der anderen ihren Kopf an den Haaren in den Nacken. Sie wehrte sich, doch er löste seinen Griff nicht.

„Du verdammtes Biest“, keuchte er, „glaubst du wirklich, dass ich nicht merke, dass du mir aus dem Weg gehst? Aber nicht mit mir!“

Er stieß sie aus dem Bad über den Flur hinüber ins Schlafzimmer und warf sie auf das Bett. Noch im Fallen versuchte sie, sich auf den Rücken zu drehen, aber er war schneller. Ihr blieb nichts anderes übrig, als die Augen zu schließen, als er sich von hinten brutal auf sie warf, und die schlimmste aller Demütigungen über sich ergehen zu lassen.

Um sie herum war alles in betäubende Watte versunken, als er endlich von ihr abließ. Nackt wie ihr Mann war, trat er an sein Jakkett, das über dem Stuhl im Schlafzimmer hing und holte seine Brieftasche hervor. Er entnahm ihr einen Zwanzigmarkschein und warf ihn hämisch lachend neben sie.

„Mehr war der Spaß nicht wert!"

Wie von einem glühenden Eisen durchbohrt, schrie sie auf, schnellte vom Bett, trat ihm mit aller Kraft zwischen die Beine, sodass er laut aufheulte und sich zusammenkrümmte. Mehrere Stufen auf einmal nehmend raste sie die Treppe hinunter, schlüpfte in ihre schwarzen Stiefel, die sie zum Putzen herausgestellt hatte, riss den beigefarbenen Trenchcoat, nackt, wie sie war, von der Garderobe, griff nach ihrer Handtasche und stürmte aus dem Haus. Während sie auf ihren Wagen zulief, fasste sie in die Tasche, merkte entsetzt, dass es sein Mantel war, fühlte gleichzeitig den Autoschlüssel seiner englischen Luxuslimousine, zurück konnte sie nicht, dann eben sein Wagen, auch gut, und dann schoss sie aus der Einfahrt und preschte unter Verletzung sämtlicher Verkehrsregeln aus Nienberge.

Unaufhörlich fixierte sie den Rückspiegel, ob ihr Mann sie verfolgte. Sie zitterte am ganzen Körper und gestand sich zum ersten Mal ein, dass sie Angst hatte, Angst vor ihrem Mann.

Inzwischen war sie im alten Villenviertel von Münster gelandet, immer noch in der Nähe der City. Hier gab es Parkplätze, sie hielt am Straßenrand. Sie musste ein Telefon finden, aber nur mit einem Herrenmantel bekleidet …? Daher beschloss sie, die Stadt zu verlassen und von da Petra anzurufen.

Sabine gönnte sich noch ein paar Minuten, dann fuhr sie wieder an, diesmal zielstrebig mit Kurs auf Warendorf. Sie war schon auf der Bundesstraße, als neben einer Pommesbude endlich eine Zelle auftauchte. Dass sie besetzt war, war immerhin ein Indiz dafür, dass sie funktionierte. Ungeduldig wartete sie im Wagen.

Anstandslos schluckte der Fernsprecher ihre Groschen und sie erreichte Petra zu Hause. Ihre Freundin hörte sofort an ihrer Stimme, dass die Lage diesmal wirklich ernst war, sehr ernst.

Die Treppe hinauf zu Petras Wohnung schaffte Sabine mit letzter Kraft. Sie stürzte sich in Petras Arme und ließ sich ins Wohnzimmer zur Couch führen. Mit einer Wolldecke packte Petra Sabine warm ein, die noch immer zitterte wie Espenlaub. Nachdem Petra ihrer Freundin einen Cognac eingeflößt hatte, ließ sie Wasser für ein Bad ein und brachte sie dann ins Bett. Sie setzte sich zu ihr an die Bettkante und erst jetzt war Sabine in der Lage, ihr alles zu erzählen.

Während Sabine schlief, saß Petra im Wohnzimmer und überlegte, was zu tun sei. Kurz entschlossen trank sie erst einmal selbst einen Cognac. Vielleicht sollten sie in einem gemütlichen Restaurant essen gehen? Oder sollte sie selbst etwas kochen? Noch besser, sie beide zusammen. Aktivität wäre für Sabine bestimmt nicht das Schlechteste. Ihr selbst ging es nach dem Cognac merklich besser und sie wandte sich wieder ihrem Buch zu. Sie war drei Kapitel weiter gekommen, als Sabine verschlafen in der Tür auftauchte. Sie trug Jeans und einen Norwegerpulli, den sie ihr rausgelegt hatte.

„Besser?“ fragte Petra.

Sabine nickte. „Hast du etwas zu trinken für mich? Ich habe so einen trockenen Hals“, sie schüttelte sich. „Mir ist immer noch fürchterlich kalt.“

„Wie wär's mit heißer Milch und Honig?“, schlug Petra vor. „Und was hältst du davon, wenn wir hier bleiben und uns etwas kochen? Du kannst wählen zwischen Pute und Fischfilet.“

Die heiße Milch tat Sabine gut, und bald darauf stand sie mit ihrer Freundin in der Küche. Es begann bereits lecker zu duften.

Unvermittelt sagte Sabine: „Ich kann nicht wieder zurückgehen. In das Haus kriegen mich keine zehn Pferde mehr. Und wo soll ich bleiben?“

Das klang rührend hilflos. Petra nahm sie in den Arm: „Jetzt bleibst du erst einmal ein paar Tage bei mir und dann sehen wir gemeinsam weiter.“

„Aber er muss doch sein Auto wiederhaben!“

Petra reagierte hart: „Hör endlich auf, dir um diesen Kerl Sorgen zu machen. Denk lieber mal an dich!“

Nach dem Essen vermisste Sabine ihre Handtasche. Sie gingen gemeinsam nach unten, um im Auto ihres Mannes nachzuschauen. Dabei entdeckte Petra den Aktenkoffer und ohne dass Sabine etwas sagen musste, nahm sie ihn mit nach Oben. Petra zündete Kerzen auf dem Tisch an und legte eine Platte auf.

Erst sagte Sabine nichts, doch dann redete sie sich die Seele aus dem Leib, erzählte von dieser Ehe, die keine mehr war, nur noch auf dem Papier. Mehr aus Nervosität als aus Neugier griff Petra nach dem Aktenkoffer, den sie neben den Sessel gestellt hatte, und begann an dem Schloss herumzuspielen. Es war kurz nach Mitternacht, als es leise, aber vernehmlich klickte.

„Hallo, ich hab ihn geknackt!" Petra klappte den Deckel des Aktenkoffers mit dem siebenstelligen Zahlenschloss – nur für die oberen Etagen – hoch. Wie gebannt starrten die Frauen auf den seltsamen Inhalt und dann fing Sabine wie irr an zu schreien.

23. Kapitel

6. Juni, Samstag, 14:39-22:21 Uhr

Kriminalkommissar Peters alias Schlimmansky war gerade aus der Stadt gekommen und machte sich in der Mikrowelle eine Pizza heiß, die so pappig schmeckte wie erwartet. Dazu trank er ein Glas kalte Milch.

Er überlegte, wie er sein Wochenende verbringen wollte, und hoffte inständig, dass potentielle Mörder auf ihn Rücksicht nahmen, denn er hatte Dienstbereitschaft. Peters überlegte noch, als das Telefon klingelte und ihm das Nachdenken abnahm.

Es war Heinrich, Dr. Heinrich Fels, der Verhaltensforscher. Seit der gemeinsamen Tatortbesichtigung mit Silke zusammen am Kanal duzten sie sich, hatten seitdem aber auch noch nicht wieder miteinander gesprochen.

„Sag mal, Arne", meinte Heinrich, „ich bin schrecklich neugierig wegen des Artikels heute früh in der Zeitung, die Ermordung dieser Frau am Aasee. Das hat nicht zufällig etwas mit deinem Hundefall zu tun? Würde doch gut passen, oder?"

„Stimmt, aber die Sache hat nur einen Haken und das steht natürlich nicht so genau in der Zeitung. Aber hast du nicht Lust, mich zu besuchen? Ich habe nämlich Bereitschaftsdienst, kann deswegen hier nicht so gut weg und bin für Abwechslung zur Zeit ausgesprochen dankbar."

Bis der Doktor käme, hatte Arne noch genügend Zeit, um zum Café am Ende der Straße zu laufen. Kuchen war immer gut, und nach dieser Frustwoche wollte er sich nun ein wirklich gemütliches Wochenende machen. Anscheinend war in Deutschland aber eine baldige und dramatische Verknappung der Versorgungslage mit Kuchen zu erwarten, denn Peters musste Schlange stehen, fast eine geschlagene Viertelstunde verging, bis er endlich drankam.

Als Heinrich eintraf, machten sie es sich im Wohnzimmer bequem.

„Also, was passte nicht an der Tatausführung?"

Schlimmansky erläuterte: „Die Tatwaffe muss ein ziemlich großes Messer gewesen sein, fast ein Bajonett. Die Einstichtiefe der Klinge bei dem Mord an der Frau stimmt jedenfalls nicht überein mit der Klingenlänge bei den Hundemorden."

„Aber das heißt doch gar nichts. Bei den Hundemorden glauben wir doch, dass es ein Jäger ist. Dafür stehen Silkes und meine Beobachtung mit dem grünen Geländewagen und dem dicken Mann. Und Jäger haben nicht nur Taschenmesser, sondern auch Jagdnicker, um Wild aufzubrechen, bzw. Reh- oder Hirschfänger, wie diese Dinger heißen. Auf jeden Fall haben die auch fast Bajonettlänge. Abgesehen davon können Jäger doch auch Bajonette besitzen."

„Alles wunderbar, Heinrich", Peters strahlte ihn anerkennend an, „aber du weißt noch nicht alles, nämlich wie der Mörder es gemacht hat. Es muss ein Profi gewesen sein. Und wenn man den Jagdschein macht, gehört das zur Ausbildung nicht dazu. Unser Täter ist wahrscheinlich Soldat oder Exsoldat."

„Und was ist mit dem Seemannsknoten an dem Seil, das wir gefunden haben? Dieses Indiz kann man doch nicht wegdiskutieren."

„Das sehe ich genau wie du. Wir haben zwei gegensätzliche Pole, und für mich steht fest, dass wir zwei verschiedene Täter haben. Die Frau ist tot. Ihr Hund ist tot. Nur die Hundeleiche haben wir bisher nicht gefunden und jetzt geraten wir in den Bereich der Spekulation, Dr. Watson: Ich habe einen dicken Jäger, der keine Hunde mag und vermisst wird. Nehmen wir einmal an, dieser dicke Jäger – er fährt übrigens einen grünen japanischen Geländewagen – ist unser Hundemörder. Nehmen wir weiter an, unser Hundemörder ist tot. Auch umgebracht, wovon die Mutter überzeugt ist. Die hat mir beim Verhör gleich den möglichen Täter serviert, einen gewissen Stolp. So ein Faktotum in der Firma ihres Sohnes, der, welch Zufall, früher bei der christlichen Seefahrt war. Nach dem Tampen, den wir gefunden haben, könnte er also gut der Hundemörder sein. Aber bei einem Mörder frei Haus bin ich eigentlich immer misstrauisch."

Während Peters langer Rede hatte Heinrich einen Kugelschreiber aus der Tasche gezogen und auf der Rückseite einer Illustrierten eine Skizze gezeichnet.

„Sieh mal hier mein Kausalitätsmodell."

Interessiert sah sich der Kommissar die Skizze an.

„Genau das ist die Situation. Das heißt im Klartext: Wir wissen zu wenig. Und wenn wir nach möglichen Motiven suchen, ist es ganz Essig! Nur, unter anderem auch deine Vermutung, dass der Hundemörder Hunde tötet, weil er eigentlich Menschen töten will. Stellvertretermorde. Und einen richtigen Mord haben wir daher erwartet. Der ist eingetreten, aber nicht von unserem Hundemörder. Mist, ich kündige. Wir brauchen einfach mehr Fakten. Ansonsten wollte ich mit dir eigentlich gemütlich Kaffee trinken und Kuchen essen und was ist draus geworden? Ein Arbeitsessen!"

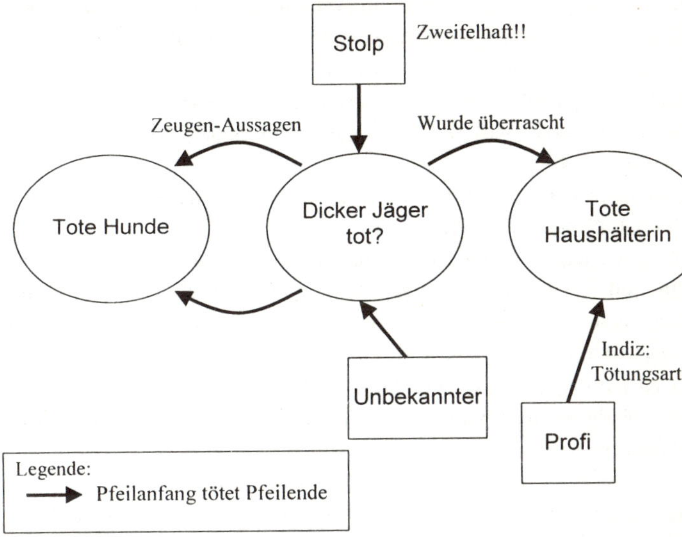

„Aber bis jetzt war es doch ganz unterhaltsam", widersprach Heinrich mit vollem Mund. „Du hast natürlich recht. Wir wissen ja nicht einmal, ob der dicke Jäger tot ist. Er kann ja auch ganz einfach verreist sein."

„Unwahrscheinlich. Obwohl unser dicker Jäger über vierzig war, muss er dennoch ein Muttersöhnchen gewesen sein, nach dem, was die alte Dame erzählt hat."

„Also gut, der dicke Jäger ist tot. Frage: In welcher Beziehung stand er zu seinem Mörder?"

„Eine gute Frage", bestätigte Peters, „aber wir haben darauf keine Antwort. Rache habe ich für mich schon einmal notiert. Doch Rache für einen Hundemord? Also hätten wir Schulte-Beikels Mörder unter den, ich sag mal so, Hinterbliebenen der ermordeten Hunde zu suchen. Macht bei insgesamt sieben Hundemorden sieben Tätermöglichkeiten. Eine gute Frage ist sicherlich auch: Wenn es zwei Mörder sind, haben sich Mörder 1 und Mörder 2 gekannt?"

„Ich glaube nicht", unterbrach Peters Heinrich, „dass wir so weiterkommen. Wir geraten immer mehr ins Spekulieren. Vielleicht sollten wir gezielt versuchen, eine Frage zu beantworten und so das Ganze immer mehr einzugrenzen."

„Ja ja", seufzte Peters, „so hat man uns das auf der Polizeiakademie auch beigebracht. Kriminalistik als Wissenschaft. Aber wenn es geregnet hat, alle Spuren zum Teufel sind, dann will ich dir was sagen: Dann gibt es nichts zu wissenschaftlern. Dann kannst du nur auf Kommissar Zufall warten. Und der ist noch immer unser erfolgreichster Mitarbeiter."

„Aber nur Däumchen drehen oder deine Aktendeckel lüften kannst du doch auch nicht", erwiderte Heinrich.

„Nein", lachte Peters, „das wäre mir auch zu langweilig. Für mich ist zur Zeit die wichtigste Frage: Was war in dem Tresor von Schulte-Beikel, unserem dicken Jäger, bevor er geleert wurde? Und das bekommen wir heraus, indem wir möglichst alle Leute ausfindig machen, mit denen Schulte-Beikel zu tun hatte."

„Herzlichen Glückwunsch. Dann hast du ja den Fall in spätestens zehn Jahren gelöst."

„Vielen Dank für deinen Optimismus", konterte Peters, „aber Glück gehört einfach dazu. Und Glück heißt für uns von der Polizei meist Pech für den Täter, weil er irgendeinen Fehler gemacht hat. So, jetzt ist aber Schluss, vor Montag tu ich in der Sache keinen Handschlag mehr. Willst du noch Kaffee?"

Zur gleichen Zeit, als Kommissar Peters mit seinem neuen Freund Dr. Heinrich Fels versuchte, einen roten Faden in dem Faktenlabyrinth zu entdecken, bekam ein niedergeschlagener Willi Stolp Besuch von seiner Nachbarin Ursula.

Eigentlich wollte er zuerst gar nicht die Tür öffnen, aber seine Gedanken quälten ihn so sehr, dass er mit sich allein fast verrückt wurde.

Als sie nun eintrat, war er erleichtert und konnte sich kaum noch zurückhalten, ihr nicht einfach alles zu gestehen, nur um einmal mit jemandem zu reden. Ursula war ihm gegenüber immer noch misstrauisch, aber sie gab sich unbefangen. Gestern, am Freitagabend, hatte sie auch bei ihm geschellt, aber er hatte nicht aufgemacht. Nun war sie ein wenig überrascht, als er sie einließ.

„Du warst doch gestern wieder in der Firma, erzähl mal, was war. Hat sich dein Chef blicken lassen?“

Willi zuckte mit den Achseln: „Was soll schon gewesen sein? Nichts ist gewesen.“

„Das glaube ich nicht. Du bist doch nicht den ganzen Tag allein gewesen“, hakte Ursula nach.

Willi Stolp holte tief Luft, sagte aber immer noch nichts und guckte sie groß an. „Komm, Onkel Willi, nun erzähl schon. Was immer passiert ist, mit mir kannst du darüber reden. Ich halte dicht. Großes Indianer-Ehrenwort.“ Dabei hob sie die Hand wie zum Schwur.

Willi stöhnte und vermied es, Ursula anzusehen.

„Ich hab auf ihn gewartet. Den Hund hatte ich schon tagsüber begraben. Es war schon dunkel, als er kam. Ich hatte alles vorbereitet, Starkstrom an seinen Tresor gelegt.“

Ursula schwieg. Sie wartete. Wenn er ihr alles erzählen wollte, dann würde er es auch tun.

„Er ist dann aus seinem Wagen gestiegen, aber gar nicht in sein Büro gegangen. Ich hatte mich unter dem Trecker versteckt. Konnte von da aus alles prima sehen. War auch ohne Licht hell genug. Er hat dann den eisernen Schachtdeckel zu dem unterirdischen Altöltank hochgestemmt. Früher war das unser Benzintank gewesen. Aber das ist schon lange her.“

Willi machte eine Pause und seufzte. Seine Augen verengten sich.

„Und da isser nun drin“, er nickte zur Bestätigung, „mausetot. Ersoffen im Öl, wie Grim.“

Ursula starrte ihn an. Sie schluckte.

„Du meinst, der ist da reingefallen? Und du hast ihn nicht gerettet?“

„Nee“, sagte Willi, „’nen Tritt in den Arsch hat das Schwein bekommen. Deswegen ist er da rein. Und keiner weiß, wo er ist.“

In Ursulas Kopf begannen die Gedanken zu wirbeln. Also doch. Sie saß in dieser Buckelwohnung gemütlich zusammen mit einem Mörder. Sie verschränkte die Arme vor der Brust, wie um sich zu schützen, auch vor der Kälte, die langsam aus ihrem Bauch nach oben kroch. Sie hatte es geahnt. Er hatte es getan. Und sie hatte ihm geschworen, dicht zu halten. Nun war sie seine Komplizin. O Gott, wo war sie da hineingeraten? Sie war doch noch jung, viel zu jung für so einen Film. Das alles konnte nur ein Film sein. Ein Film. Sie wurde fast hysterisch.

Erschrocken bemerkte Willi Stolp ihre Verwandlung. Angst packte ihn, gleich würde sie anfangen zu kreischen. Nach draußen stürzen. Willi Stolp wusste nicht viel, aber er wusste, dass, wenn jemand dabei war überzuschnappen, eine Ohrfeige half. Sie half auch hier. Er schlug nicht fest zu, aber es reichte, um Ursula wieder auf den Boden der Tatsachen zurückzubringen. Fassungslos sah sie Onkel Willi an und fing an zu weinen.

Stolp stand auf und legte beruhigend seinen Arm um ihre Schultern.

„Du hast ihn umgebracht", schluchzte Ursula, „warum hast du das nur getan!?"

Nun war die Verwirrung auf Willis Seite.

„Aber ich habe ihn doch gar nicht umgebracht. Hab' ich doch gar nicht gesagt!"

„Doch! Du hast ihn getreten. Ihn in den Öltank gestoßen!"

„Nun hör aber auf!" Stolp brummte richtig los. „Mit keinem Wort hab ich das gesagt. Dieser ekelige Typ hat ihn getreten. Und ich hätte es noch nicht mal verhindern können. Ich lag doch unter dem Trekker." Stolp holte tief Luft. „Ich mag ja ein buckeliger Kauz sein, aber ein Mörder bin ich noch lange nicht. Ja, auch ich wollte ihn umbringen, hab auch alles vorbereitet, aber ob ich es getan hätte, nee, ich hätte in letzter Minute gekniffen."

„Onkel Willi, ich bin so glücklich, dass du's nicht warst."

Ursula flog Silver Buck um den Hals. Nachdem sie sich wieder beruhigt hatte, setzte sie eine ernste Miene auf.

„Aber du musst der Polizei alles erzählen."

„Nein, nein!" Stolp wehrte ab. „Keiner wird mir glauben. Ich bin für die der Mörder. Die Mutter von Schulte-Beikel fing schon so komisch an zu gucken. Nein. Ich bin doch nicht bekloppt!"

„Du musst mit der Polizei reden. Ich komme mit. Von Grim und deiner Tresor-Bastelei musst du kein Wort erzählen. Wenn du alles gründlich wieder abmontiert hast, wird es kein Mensch jemals erfahren. Aber wenn du nichts sagst und irgendwann finden sie die Leiche, dann bist du in der Tat der Hauptverdächtige."

„O Gott, ich Esel hab auch noch den Wagen zurückrollen lassen, sodass er zuletzt über dem Schacht stand.“

„Ein Grund mehr, mit der Polizei zu reden. Sag, du hättest den Wagen fortsetzen wollen und dann Angst bekommen, weil der Mörder ja noch hätte da sein können.“

„Ich hab doch gar keinen Führerschein. Nee, wenn, dann kann ich nur die Wahrheit sagen. Hab gedacht, ich könnte verhindern, dass man Schulte-Beikel findet. Und wo keine Leiche ist, da ist auch kein Mord. Und wo kein Mord ist, da ist auch kein Mordverdächtiger.“

„Also?“ fragte Ursula.

„Okay“, Stolp nickte, „aber erst rufen wir an.“

Dr. Heinrich Fels war noch immer bei Peters, als es im Bücherregal anfing zu piepen. Es war der kleine Signalempfänger für den Bereitschaftsdienst.

„Kundschaft“, sagte Peters, „ich muss im Präsidium anrufen.“

Zusammen brachen die Männer auf. Dr. Fels fuhr nach Hause und Peters brauste mit seinem blauen Gefährt Richtung Polizei.

Man hatte Ursula und Stolp schon in sein Büro geführt, ein Kriminalbeamter war bis zu Peters' Eintreffen bei ihnen geblieben.

Unterstützt von seiner Freundin fing Stolp an zu berichten und Peters war so freundlich zu Ursula, diese nicht vor die Tür zu weisen auf eine Bank im Flur, denn das hätte Willis Redefluss sofort zum Versiegen gebracht. Je mehr Stolp merkte, dass Peters keineswegs vorhatte, ihn zu erschießen, umso mehr packte er aus. Er deutete sogar seine kleinen Hilfsdienste für Schulte-Beikel an, ja dann erzählte er sogar von Grim.

Nach dem Gespräch verließ Peters kurz sein Büro, um von Nebenan seinen Vorgesetzten Dr. Treude privat anzurufen. Er schilderte kurz die neuen Entwicklungen und erhielt von seinem Chef die Absegnung der von ihm für nötig befundenen Maßnahmen.

Auf einmal explodierte das Präsidium fast vor Aktivität, trotz Wochenende, trotz Notbesetzung.

Zur Identifizierung der Leiche, die man zu finden hoffte, nahm Peters Stolp und Ursula mit. Als sie bei Schulte-Beikels Unternehmen ankamen, wimmelte es von Autos. Auch die Feuerwehr war schon da. Scheinwerfer waren aufgebaut und beleuchteten die Szenerie taghell. Menschen und Gegenstände warfen Schatten an der riesigen, fensterlosen Rückwand des Bürogebäudes.

Peters suchte zuerst den Feuerwehreinsatzleiter. Der Mann, Oberbrandmeister seiner Funktion und Würde nach, strahlte Kompetenz und Sicherheit aus. Praktischerweise hieß der Mann Brandt. Das konnte Schlimmansky sich wenigstens gut merken.

Stolp zeigte dem Bergungskommano den Schachtdeckel, über dem immer noch der Geländewagen stand. Diese Information löste ein wildes Rangieren der Feuerwehrautos aus, bis der Feuerwehrkran so platziert war, dass sein Kranarm über die Schachtöffnung ragte. Die Eisenplatte wurde beiseite gestemmt, ein Scheinwerfer auf das viereckige Loch gerichtet.

Hinter einem der Einsatzwagen kam nun ein Feuerwehrtaucher mit einem schwarzen Anzug hervor und trat an den Rand des Schachtes. Rückwärts stieg er eine extra heruntergelassene Metallleiter hinab. Dann war er verschwunden. Über dem Loch, in dem die schwarze Brühe schwappte, schaukelte der Kranhaken.

Plötzlich geriet das Öl in Wallung, der Froschmann tauchte auf und streckte den Daumen nach oben. Dann verschwand er sofort wieder im Tank, diesmal mit dem Kranhaken in seiner Hand. Inzwischen hatten Feuerwehrmänner aus einer gelben Plastikplane ein großes Bassin gebaut.

Es dauerte nicht lange, bis der Taucher wieder zur Oberfläche kam, die Leiter emporstieg und von zwei Feuerwehrleuten zum Plastikbecken geführt wurde. Dort wurde er mit einem Pulver bestäubt, das das Öl zersetzte, und gleich danach mit Wasser abgespritzt. Während der Taucher gesäubert wurde, straffte sich das Kranseil und Schulte-Beikels Leiche wurde aus dem Tank gehoben. Wie zum Abtropfen schwebte die Leiche einen Moment über der Schachtöffnung, bevor sie über das Bassin geschwenkt wurde. Der Taucher hatte einen Gurt um die Achseln der Leiche gebunden und daran den Kranhaken befestigt. So schien es für einen Moment, als ob der in Öl eingelegte Schulte-Beikel schlafend inmitten des Plastikbeckens stehe, bevor er vollständig niedersank. Alles sah gebannt zu, auch Peters. Er zuckte zusammen, als ihn jemand an der Schulter berührte.

„Telefon", sagte der Feuerwehrmann und führte Peters zu einem Wagen der Schutzpolizei, der im Hof keinen Platz mehr gefunden hatte. Ein Gespräch aus dem Präsidium. Sobald er abkömmlich sei, möge er doch dringend ins Büro kommen. Es handele sich um Mord, den Mord an Luise König.

24. Kapitel

6./7. Juni, Samstag/Sonntag, 22:51-12:31 Uhr

Können Sie denn nichts alleine machen, Peters“, raunzte Dr. Treude. „Ich weiß nicht, ob Sie das schon bemerkt haben, aber wir haben Samstagabend, kurz vor elf. Was ist denn nun schon wieder? Brauchen Sie jetzt in der Nacht statt des Tauchers ein U-Boot, oder womit kann ich dienen?!“

„Kein U-Boot. Ich brauche einen Haftbefehl.“

„Den bekommen Sie bei der Staatsanwaltschaft, auch ein Kommissar sollte das eigentlich wissen. Wenn ich Ihnen noch einen Rat geben darf …“

„Chef, es ist eine brisante Angelegenheit. Ich wollte Sie zumindest vorher informieren. Es handelt sich um ein hohes Tier von der Landwirtschaftlichen Sparkasse. Vollmert heißt der Mann.“

Vom anderen Ende der Leitung war im Moment nichts zu hören.

„Geht das klar, Chef?“ fragte Peters nach.

„Haben Sie Beweise?“, kam die Frage zurück.

„Seine Frau sitzt im Nebenraum. Und dann habe ich für einen zweiten Mord einen Tatzeugen. Alles hieb- und stichfest. Kann uns keiner an den Karren pinkeln!“

„Peters!“ Dr. Treude spielte den Empörten. „Drücken Sie sich im Dienst bitte nicht so ordinär aus! Ich muss doch bitten. Das ist nicht die feine englische Art. Wie heißt der Mann, sagen Sie, Vollmert? Doch nicht etwa der Bankdirektor Vollmert?“

„Doch, genau der!“

„So ein Bockmist!“ sagte Dr. Treude, ganz seinen feinen englischen Ton vergessend. „Konnten Sie keinen anderen Mörder finden!?“

„Leider nein, Chef. Hab mir alle Mühe gegeben!“

„Ach herrje, weiß die Presse schon davon?“

„Noch nicht. Bis jetzt wissen nur Sie von der Sache. Chef, da hängt noch mehr dran als nur Mord. Auch Erpressung.“

„Na und“, schwächte sein Gegenüber ab, „Mord ist ja wohl ein bisschen dicker.“

„Ja, aber die Bank hängt mit drin. Es wurden Bankkunden erpresst. Vollmert hatte einen Partner. Schulte-Beikel. Und den hat er dann umgebracht. Also, was ist mit meinem Haftbefehl?“

„Okay, okay, rufen Sie den Staatsanwalt an. Haben Sie die Nummer notiert? Richten Sie ihm einen schönem Gruß aus. Ich komme gleich selbst ins Präsidium, will sehen, dass ich den Vorstand von der Bank auftreibe. Sie besorgen den Haftbefehl und ziehen mir Vollmert aus dem Verkehr. Ohne Tamtam, zivil, unauffällig. Wenn der nicht überhaupt schon über alle Berge ist.“

Als Peters die Nummer von Staatsanwalt Werner gewählt hatte, ertönte eine Stimme: „Hier spricht der automatische Anrufbeantworter der Staatsanwaltschaft. Ich bin nicht zu Haus. Das Büro ist geschlossen.“

Peters schüttelte den Kopf. Das war doch nicht ganz astrein.

Unterdessen fuhr die Automatenstimme fort: „Verbrechen wie Morde, Bankeinbrüche, Sittlichkeitsdelikte sind bis Montag 8.30 zu verschieben. Sollte irgendein Verbrechen keinen Aufschub dulden …“

„Herr Werner!“, rief Peters mit einem Male, „den Trick kenne ich! Hier ist Peters, von der Kripo.“

„Zuerst sind Sie aber doch drauf reingefallen. Wo brennt's denn?“ Die Antwort klang nun weniger dumpf.

„Ich brauche einen Haftbefehl. Vollmert, Claus Vollmert.“

„Jetzt sagen Sie nicht, für unseren Bankdirektor Vollmert. Prominenz persönlich. Warum wollen Sie nicht gleich den Bundeskanzler verhaften?“ Die vorher lustige Stimme war nun glashart.

„Was liegt denn überhaupt gegen Vollmert vor?“

„Mord, zweifach. Erpressung in mehreren Fällen.“

„Eine Nummer kleiner ging's wohl nicht.“

Peters schwieg.

„Gut, Sie können den Haftbefehl sofort bei mir abholen. Aber hoffentlich erweist sich die Aktion nicht als Mumpitz.“

„Ich bin in zehn Minuten bei Ihnen!“

Arne Peters hatte sich noch nie in seinem Leben so wichtig gefühlt wie jetzt. Er wandte sich zu Birgit, die seine Telefongespräche mitangehört hatte, und spreizte Mittel- und Zeigefinger zum Victory-Zeichen.

Nach dem Musiklärm zu urteilen schien man bei Vollmerts eine Party zu feiern, dachte Peters, als sie vor dem Reihenhaus hielten. Sie schellten, aber erst, als die Musik kurz pausierte, war ihr Klingeln zu hören. Dann ging die Tür auf und Vollmert stand da. In Unterhosen und Unterhemd, sichtlich angetrunken.

„Hallo, lieber Besuch", lallte er.

„Polizei", verbesserte Peters.

„Ist ja wunderschön. Den ganzen Tag hab ich schon auf euch gewartet. Ist aber nett, dass ihr endlich kommt. Kommt nur rein. Wir feiern erst alle zusammen. Dann komm ich mit."

Birgit schloss die Haustür und sie folgten Vollmert ins Wohnzimmer. Die Musik hatte wieder eingesetzt, kein Wort war mehr zu verstehen. Während Peters die Musikanlage sondierte, wurde sein Blick abgelenkt.

Überall auf dem Boden lagen Geldscheine, Fünfziger, Hunderter, Tausender. Vollmert hatte auf dem Perserteppich Platz genommen und warf die Scheine in die Luft wie Dagobert Duck.

„Habe ich ihm alle wieder abgenommen. Woll'n Sie was haben? Ist genug da. Hunderttausend Mark."

Plötzlich trat Stille ein. Birgit hatte endlich die Musikanlage abgedreht.

„Herr Vollmert, wir haben einen Haftbefehl gegen Sie. Wir möchten Sie bitten, mit uns zu kommen."

„Na klar doch", lallte Vollmert, „alleine feiern ist sowieso langweilig. Hat meine Frau mich verpfiffen? Hat sie doch, die Nutte."

Gemeinsam kleideten sie Vollmert wie ein kleines Kind an und führten ihn ohne Widerstand zum Auto. Birgit saß mit Vollmert auf der Rückbank und als das Polizeipräsidium schon in Sichtweite war, erbrach sich Vollmert über ihre Hose und den Autositz. Da an eine Aussage nicht zu denken war, steckten sie den Direktor erst einmal in eine Ausnüchterungszelle.

Dr. Treude war ganz auf Aktivität eingestellt und folglich wenig begeistert über den Vollrausch des eben Verhafteten. Er saß zusammen mit einem sichtlich nervösen Mann mit Juristengesicht im Dienstzimmer, wohl die Delegation des Bankvorstandes.

Und da man sich schließlich seit einer Stunde im Sonntag befand, löste sich die ganze Versammlung nach kurzer Zeit auf.

Um zehn Uhr war Peters bereits wieder im Dienst und ließ sich Vollmert zum Verhör vorführen. Wie sich das für einen Mörder gehörte, war er unrasiert, verkatert und finsterer Laune. Und er wusste, dass er ab jetzt zu den Verlierern gehörte.

Ja, er hatte lange mit Schulte-Beikel zusammengearbeitet. Sozusagen Hand in Hand. Schulte-Beikel hätte ihm die meist finanzschwachen Kunden geliefert, fast alles mittelgroße und kleine Bauern. Denen hätten sie zuerst großzügig Kredite gebilligt und dann hätte er sie wegen Ratenrückstand und dergleichen zurück zu Schulte-Beikel geschickt. Der wäre dann als der gute Onkel aufgetreten, mit Wucherzinsen. Und der Hof war da meist schon als Sicherheit an Schulte-Beikel abgetreten und teilweise an die Bank. Natürlich hätten sie mit dem anschließenden Grund-und-Boden-Verkauf nochmal einen ordentlichen Schnitt gemacht.

Und da wollte der Schulte-Beikel mir nichts, dir nichts mit dem Geschäft aufhören. Zum Glück habe er ihn schon Tage vorher beobachtet. Er habe schon vorher geplant, ihn bei Gelegenheit verschwinden zu lassen. Der Mann war doch unberechenbar. Und von ihm eine Abfindung. Nur so'n kleines Sümmchen von hunderttausend Mark. Zum Schein habe er sich einverstanden gezeigt. Tagelang sei er abends hinter dem Kerl durch den Wald gestapft. Er wusste ja, dass Schulte-Beikel Jäger war; wie ein Jagdunfall hätte es aussehen sollen. Aber Schulte-Beikel hatte sowieso einen Schuss. Der hatte sich darauf spezialisiert, Hunde zu töten. Völlig pervers. Er hatte beschlossen, sich das zu Nutze zu machen. Schulte-Beikel mit einem Messer abzumurksen. Hätte dann nach Rache von einem Hundebesitzer ausgesehen.

Er habe also Schulte-Beikel heimlich verfolgt, bei den Wällen am Bunker hatte er ihn abfangen wollen, und dann sei eben die Sache mit der Frau passiert, ungeplant, mehr ein Reflex. Plötzlich habe ihn diese Alte von hinten angesprochen. Er habe nur noch gedacht, eine Zeugin, dann habe er auch schon das mit ihr gemacht, was er eigentlich Schulte-Beikel zugedacht hatte.

„Nun, und sagen Sie mir noch“, unterbrach Peters, „wo sie das gelernt haben. So etwas kann man doch nicht einfach so, quasi als Naturbegabung.“

„Einzelkämpferausbildung bei der Bundeswehr. Wir waren 'ne starke Truppe.“

„Mmh“, gab Peters zurück, „das lese ich manchmal auch in den Anzeigen. Offensichtlich wird da manches verschwiegen.“

Nein, nachdem er die Alte umgebracht hatte, habe er nicht aufgegeben. Schulte-Beikel hatte doch schon sein Geld. Wo sie sich getroffen hätten? Auf dem Zooparkplatz. Schulte-Beikel hätte ihm da alle Unterlagen im Gegenzug für das Geld gegeben. Die Unterlagen waren in der Mittelkonsole in seinem Auto, da war ein großes Fach, wo er auch das Geld hineinlegte.

„Ja, und nachdem diese Panne mit der Frau passiert war, bin ich Schulte-Beikel gefolgt, hab auf eine neue Gelegenheit gewartet. Denn Schulte-Beikel verschwand sofort, aber jetzt konnte ich ihn nicht mehr überraschen. Es musste aber noch an diesem Tag passieren. Erstens hatte er mein Geld und zweitens, wenn er von dem Tod der Frau gelesen hätte, hätte er vielleicht geahnt, dass ich ihm an den Kragen wollte. Schließlich war das ja da passiert, wo er selbst grad aktiv war.“

So nennt man das also, dachte Peters.

Schulte-Beikel habe dann den toten Köter in eine Plastiktüte gesteckt und sei zu seiner Firma gefahren. Als er den Hund in diese Ölgrube geworfen habe, habe er ihn hinterhergeschickt. War ganz einfach.

„Und wenn er nun das Geld inzwischen in seine Jacke gesteckt hätte?“

Daran hatte Vollmert in dem Augenblick nicht mehr gedacht. Und er hätte ja Schwein gehabt. Aber nicht so viel Schwein wie ich, dachte Peters, nicht wirklich fröhlich.

Als Vollmert zurück in seine Zelle gebracht wurde und Peters wieder allein war, überkam ihn eine große Müdigkeit. Eine Müdigkeit, die nicht nur körperlich war. Er würde befördert werden, sein Chef hatte dies schon angekündigt. Zwei Menschen waren getötet worden. Nein, das war nicht richtig. Sie waren ermordet worden. Ein guter und ein schlechter Mensch? Und dann waren da noch die Hunde. Getreu bis in den Tod, im wahrsten Sinne des Wortes.

Peters schüttelte seine Gedanken ab, raffte sich auf und ging den gefliesten Gang entlang zum Aufzug. Peters machte Feierabend. Die Uhr zeigte genau halb eins, als er in die Sonne trat.

„Siebenundzwanzig Haare. Und so viele Jahre“, murmelte er.

Epilog

Und wie ging es weiter?

Der ehemalige Bankdirektor Claus Vollmert wurde verurteilt und erhielt eine lebenslängliche Freiheitsstrafe.

Sabine Vollmert ließ sich scheiden und macht nun auf dem zweiten Bildungsweg ihr Abitur nach. Mit Petra ist sie enger als jemals zuvor befreundet.

Pfarrer Wibbel ist natürlich nicht mehr Pfarrer. Er lebt heute in einer anderen Stadt und hat dort eine psychologische Praxis. Seine Frau heißt Ulrike, geborene Rickmers. Sie wurden nicht kirchlich getraut, da der Papst Wibbel nicht freigegeben hat. Also wird Wibbel in der Hölle landen, wenn er stirbt, so prophezeit es der Papst. Wibbels Buch *Im Namen Gottes* wurde ein Bestseller.

Dr. Heinrich Fels und Silke sind gute Freunde geworden, aber auf Distanz. Denn Heinrich arbeitet an einem Institut in der Nähe von Boston. Silke studiert noch, einen neuen Hund hat sie nicht.

Peter und Irene Venne sind mit Hilfe der Nachbarschaft aus ihrer wirtschaftlichen Krise heraus. Und bald werden sie zu dritt sein, beide wünschen sich ein Mädchen.

Stolp wurde natürlich arbeitslos, aber nicht für lange. Peters hat ihm einen Job verschafft. Bei der Kriminalpolizei, jawohl. Nicht als Polizist, als Hausmeister. Stolp geht es gut wie nie zuvor in seinem Leben. Nur manchmal, wenn er allein am Wochenende an seinem Schiff baut, das heißt jetzt Titanic, die Bremen ist fertig, dann denkt er an Grim. Legt das Werkzeug aus der Hand, weil er nicht mehr gucken kann, und wischt sich kurz über die Augen.

Haben wir jemanden vergessen? Ja, doch. Luise. Dort, wo sie die ewige Ruhe gefunden hat, ist eigentlich ein Doppelgrab. Wibbel und Ulrike haben des Nachts heimlich Flaps mit beigesetzt.

„Weißt du“, hat Wibbel zu Rieke im Schein der Taschenlampe gesagt, „was zusammengehört, das soll der Mensch nicht trennen.“

■ Jürgen Kehrer

Tod im Friedenssaal

Eine Kriminalgeschichte aus der Zeit des Westfälischen Friedens

1997, 160 Seiten, br., 19,80 DM
ISBN 3-89325-538-9

Wer ist der Tote, dessen Leichnam von einem Pfeil durchbohrt genau auf der Grenze zwischen städtischem Areal und Domplatz gefunden wird und die Frage der zuständigen Gerichtsbarkeit auslöst? Freigraf Bernd Ketteler, Untersuchungsrichter und oberster Polizist Münsters, und sein Freund Pater Martin Tewes stehen vor einem schwerwiegenden Problem. Zumal der Fall, nachdem sich der Ermordete als Anhänger der spanischen Gesandtschaft erweist, die laufenden Friedensverhandlungen zu bedrohen scheint. Als wenig später die Leiche der Hure Catharina gefunden und ein Giftanschlag auf das Gildenmitglied Wilhelm Eickhaus verübt wird, gerät Ketteler unter Einsatz seines eigenen Lebens immer stärker unter Druck, die Fäden des Verbrechens zu entwirren …

■ Jürgen Kehrer

Mord im Dom

Eine Kriminalgeschichte aus der Zeit Karls des Großen

1999, 168 Seiten, br., 19,80 DM
ISBN 3-89325-700-4

Im Jahre 799 n. Chr. begegnen sich Papst Leo III. und der König der Franken, Karl der Große, in Paderborn. Der Eine ist vor seinen Feinden in Rom geflohen, der Andere denkt daran, sein Lebenswerk mit dem Kaisertitel zu krönen. Doch dann wird der Aufenthalt an den Quellen der Pader von rätselhaften Mordfällen überschattet. Als ersten trifft es Bischof Odoaker während einer Messe im Dom …

Jürgen Kehrer, Verfasser zahlreicher Kriminalromane, hat mit *Mord im Dom* einen spannenden Mittelalter-Krimi geschrieben, der die historischen Ereignisse und Personen lebendig werden lässt.

■ Jürgen Kehrer

Baphomet in Münster

Eine Kriminalgeschichte aus der Zeit der Tempelritter

Juli 2001, ca. 160 Seiten, br.,
19,80 DM
ISBN 3-8309-1000-2

Im Jahr 1309 kommen zwei Kaufleute nach Münster, die wegen ihrer vielfältigen Kenntnisse bald die Freundschaft des Fürstbischofs Konrad von Berg gewinnen. Erst als ein münsterscher Kaufmann mit einem Spieß getötet wird und seltsame Schriften angeschlagen werden, in denen ein Wesen namens Baphomet die Stadt verflucht, kommen dem Fürstbischof Zweifel.

Arnd Wrede, ein junger Kaufmannsgehilfe, entdeckt das Geheimnis der Fremden – und ist doch von ihrer Unschuld überzeugt.

■ Ursula Meyer

Endstation Aasee

Ein Münsterkrimi mit Sieglinde Züricher

1998, 292 Seiten, br., 24,80 DM
ISBN 3-89325-650-4

Leblos hängt der Körper des Münsteraner Prominenten Rudolf Rehberg über dem Steuer seines Mercedes. Tod durch Zyankali. Feinde, Neider und Kritiker hatte er genug, der vielseitige, aber auch kompromisslose Schulleiter, Musiker, Kunstsammler und Gründer der Partei der Unzufriedenen. Sieglinde Züricher, Hauptkommissarin und soeben von der Münchener zur Münsteraner Polizei übergewechselt, steht vor einem verwirrenden Fall. Handelt es sich bei dem Mord an Rehberg um einen Racheakt, oder ist er die Folge eines familiären Dramas, dem auch sein Sohn Christian zum Opfer gefallen ist …?

■ Ursula Meyer

Münster – Weimar und zurück

Sieglinde Zürichers zweiter Fall

1999, 216 Seiten, br., 24,80 DM
ISBN 3-89325-720-9

Bei einem Schulausflug zur Burg Hülshoff verschwindet auf rätselhafte Weise ein Mädchen und wird kurz darauf tot im Wald aufgefunden. Sieglinde Züricher von der Münsteraner Polizei versucht Katharinas Mörder zu finden und stößt auf viele offene Fragen:
Wer ist der mysteriöse Waldarbeiter? Steckt mehr als jugendlicher Übermut hinter den schwarzen Messen? Hat ein Modefotograf Katharina in Rauschgiftgeschäfte verwickelt? Und welche Rolle spielt der Junge im Rollstuhl? Die Spuren werden immer verwickelter. Und das gerade zu einer Zeit, da Sieglinde sich einmal um ihr Privatleben kümmern müsste …

Waxmann Verlag

Ursula Meyer

Rosen aus Münster

Sieglinde Zürichers dritter Fall

2001, 252 Seiten, br., 24,80 DM
ISBN 3-89325-920-1

Eine Tote im Pool, eine mit ihrem Kopfkissen erstickte Frau, ein mysteriöser Sturz von der Treppe – im Seniorenstift „Haus Nettelbeck" fängt die Vorweihachtszeit nicht gerade besinnlich an.
Der Todesfall der Rosenzüchterin Helene Abraham stellt Sieglinde Züricher, Hauptkommissarin bei der Münsteraner Polizei, zunächst vor ein großes Rätsel und eine schweigsam-verbohrte Altenclique. War es am Ende doch ein Selbstmord? Aber welchen Grund gab es, eine alte Frau in ihrem Bett zu ersticken? Je mehr Sieglinde recherchiert, desto klarer wird, dass das Motiv in der Vergangenheit zu suchen ist, einer Vergangenheit, an die keiner mehr rühren wollte …

Georg Veit

Münsterland-Mafia

Eine Kriminalroman aus der Provinz

1999, 232 Seiten, br., 24,80 DM
ISBN 3-89325-761-6

Eigentlich will er seine Ruhe: Peter-Paul Pfühl, genannt Pepa. Seine Leidenschaft sind sportliche Autos, Tomaten und seine Freundin. Alles natürlich mit Ruhe. Doch damit ist es vorbei, als ein Nachbarsjunge tot aufgefunden wird. Studienrat Pepa wird in ein Verbrechen verstrickt, das immer organisiertere Kreise zieht. Und Pepa steht seinen Mann.

Ein Krimi, der temporeich und launig daherkommt, es aber faustwaffendick hinter den Ohren hat.

MÜNSTER · NEW YORK · MÜNCHEN · BERLIN